U0668455

有一种力量，叫文学；
有一种美好，叫回忆；
有一种感动，叫青春；
有一种生命，在鲁院！

鲁迅文学院「百草园」书系

哑巴的气味

尔雅 ◎ 著

YABA DE QIWEI

作者注重汉语言的张力，语言干净，优美，富于诗意，在小说叙事和文本技巧上都有较高的水准。

江西高校出版社
JIANGXI UNIVERSITIES AND COLLEGES PRESS

图书在版编目（CIP）数据

哑巴的气味 / 尔雅著. — 南昌：江西高校出版社，
2017. 4
（鲁迅文学院"百草园"书系）
ISBN 978-7-5493-5183-1

Ⅰ.①哑… Ⅱ.①尔… Ⅲ.①中篇小说—小说集
—中国—当代 ②短篇小说—小说集—中国—当代
Ⅳ.①I247.7

中国版本图书馆CIP数据核字（2017）第052298号

出 版 发 行	江西高校出版社
社 址	江西省南昌市洪都北大道96号
总编室电话	（0791）88504319
销 售 电 话	（0791）88505573
网 址	www.juacp.com
印 刷	北京一鑫印务有限责任公司
经 销	全国新华书店
开 本	700mm×1000mm 1/16
印 张	16
字 数	220千字
版 次	2017年4月第1版
	2020年7月第2次印刷
书 号	ISBN 978-7-5493-5183-1
定 价	43.00元

赣版权登字-07-2017-223

版权所有 侵权必究

图书若有印装问题，请随时向本社印制部（0791-88513257）退换

C目录
Contents

哑巴的气味 …………………………………… 1

好多事情我都没有办法 ………………… 16

民工张三 ………………………………… 50

一团鸟屎 ………………………………… 58

最后一个夜晚 …………………………… 94

小　薇 …………………………………… 100

1983 年的乡村少年 …………………… 121

多多叔叔的最后一天 ………………… 135

骑自行车的少女 ……………………… 154

许家堡纪事 …………………………… 170

乡村画家许多多的艺术生涯 ………… 185

鸡蛋长在麦子上 ……………………… 238

我们的八零年代 ……………………… 243

哑巴的气味

有一天，哑巴不见了。

我们听说这事的时候，哑巴失踪已经三天，或者五天。那天我们正在街上玩，哑巴她妈走过来，问我们说，可曾看见她家的哑巴。我们说，没有。我们在心里说，我们怎么能看见哑巴，哑巴与我们有什么关系？哑巴她妈说："我的哑巴不见了。"她说话的时候做出伤心和焦急的样子，但是我们相信，她并没有看上去的那样伤心，她在假装。我们对她的印象不好。她对我们很凶，还怀疑我们偷过她家的苹果。所以，即使我们看见过她家的哑巴，我们也不会告诉她。甚至，我们认为她其实知道哑巴在哪里，或者，哑巴就根本没有失踪，她不过是在散布一个虚假的消息。

但是，从种种迹象来看，哑巴的确不见了。我们很快从许多人的言谈里得到证实。在哑巴失踪三天或者五天的时候，我们看见，整个镇子上的人都在谈论这件事。这中间，还有合作社的老刘和医院的王大夫。他们都是令我们尊敬的人，看上去油光满面，嘴巴里散发出鸡蛋面片的香味，没有理由怀疑他们也在说假话。我妈在晚间做饭的时刻，也提起了哑巴失踪的事。她说哑巴是在前几天的夜里不见的。哑巴她妈半夜听见哑巴从炕上起来，走到院子里，然后打开院子的门。哑巴她妈当然已经习惯于哑巴半夜起来，走到院子里，或者打开院门。因为哑巴就是这样。她半夜起来，是给羊添草料，看一看鸡是否被黄鼠狼叼走，去井里打水；或者去麦场背柴火。所以，哑巴在那天夜里的动静与平时没有什么两样。当然，在那天晚上，哑巴她妈曾经打过哑巴一个嘴巴，可以看出，哑巴很生气，对于她受到的惩罚并不十分服气；但是这又有什么关系呢？难道她妈打她一下有什么错吗？难道她就为这一巴掌而半夜出走，不再回来吗？实际上我们知道，哑巴是经常挨巴掌的，所以哑巴的失踪与她挨巴掌是没什么关系的。但是，就在那天晚里，哑巴出了院门之后，再没有回来。那么，哑巴去了哪里呢？最初，镇子上的人认为，哑巴失踪没有什么大不了的，她只不过去了一个地方，比方她山背后的亲戚家、县城里，或者，哑巴根本没有走出镇子。她完全可以到山上的树林里被闲置的放牧牛羊的房子里，不被人注意到的一个山洞里，待上几天。几天之后，哑巴就回来了。事情就是这么简单。镇子上的人说起这件事，不能证明这件事有多么重要，只是由于他们找不到更好的事情来谈论，没有更好的方式度过晚饭之后的这段时光。的确，哑巴失踪与否，与大家的生活有什么关系呢？镇上的人在说起这件事的时候，每个人的脸上的表情都漫不经心，就像平常说起谁家丢了一只羊或者一只鸡那样。

哑巴她妈其实也是这么想的。她在镇子上走来走去，问她见到的每一个人，是不是看到过她家的哑巴。但是可以明显看得出，她只是在乎她的发问，并不在乎别人的回答。她只是想让大家知道，哑巴不见了。但是，她也相信，哑巴会在几天之后回来。

哑巴她妈说："这狗日的，这狗日的。"

哑巴其实会说话。也就是说，哑巴之所以叫哑巴，只是因为我们给她起的名字叫哑巴。如果我们需要哑巴说话，我相信她是可以说的。但是我们需要哑巴说一些什么呢？我想没有人需要。她妈可能都不需要，因为每当我们看见哑巴和她妈出现的时候，总是哑巴她妈在不停地说，而哑巴永远都没有说出一句话来。她看着我们，目光里充满了敌意，就仿佛我们都是她的敌人。所以，我们更没有理由听她说话。就算她想说，我们也不想听，她还能说出什么好听的话来呢？整个镇子上的人都已经习惯于她的沉默，我甚至敢肯定，她要是在哪一天说出一句什么话来，我们就会吓一大跳。

但是，哑巴真是能干活啊。

每天，当我们在尘土中滚来滚去、偷鸡摸狗、聊度时日的时候，就会看见哑巴在不停地做，简直就像供销社里的那辆汽车。她背着一个大背篓去麦场上背柴禾，背篓有她两个那么大；她这时候脑袋和腰弯得很低，差不多就像一只爬虫。然后她又去挑水，她挑两只水桶，每一只水桶看起来和她一样大，但是她居然挑了满满的两桶水，从街道上走了过去。当她从山上背了一捆柴禾回来的时候，我们只看见一堆庞大的柴禾在移动，而哑巴则被柴禾全部覆盖，只剩下在地面的移动的两个脚丫。论年龄，哑巴比我们可能大不了几岁；如果比个头，她甚至没有我们高，但是，她真是能做啊。我怀疑，她之所以不说话，是为了把说话的力气省下来用来做活。的确，由于不停地做活，哑巴看起来就像一个披头散发的鬼。她的两只眼睛隐没于黑洞洞的脸面之中，脑袋上的头发乱草一样四面乱飘飞，上面爬满了草屑、虫子和虱子。我们整天都在尘土里跳跃，但是，她还不如我们干净。

说实话，我们有点害怕哑巴。这是因为，有一次，哑巴给了我们一点颜色。从那以后，我们更加讨厌哑巴，我们还在心里诅咒哑巴，希望她有一天干活摔断了腿，或者干脆被狼叼走、吃了肉。

那天，我们忽然有一点无聊。跟往常一样，我们分了两派，一派是解放军，一派是鬼子。鬼子守在一堵墙后面，解放军则在墙前面的空地上发起进攻。这一天我被分到了鬼子一派，而通常我应该是解放军才对。我当了鬼子的原因，在于这一天鸡娃当了解放军。鸡娃还振振有词地说，凭什么总是让他当鬼子，无论如何也要当一次解放军。他简直跟他爸一样没意思。他永远掉不完的鼻涕叫人恶心。但是在这天，鸡娃怎么都不肯当鬼子了，后来我们决定同意他的要求。因为解放军多了一个，而鬼子少了一个，我们便决定从解放军里派出去一个鬼子。我原以为大家会选别人，不料最后选了我。所以我很瞧不起鸡娃，我心想：你当解放军有什么了不起，我一定要让你知道，解放军不是你想当就能当的。

之后战争开始了。双方的土块在空中飞来飞去。我和其余的鬼子们守在土墙背后，抛出的土块不断地命中解放军的脑袋。我发现，鸡娃竟然很坚强，他冲在了前面，逐渐地接近土墙；他虽然已经中了我们的三发子弹，看上去却像没有感觉一样。我想，要是让鸡娃冲上来，我们会多么没面子。于是我在土堆里挑选了一块坚硬的石头一样的土块，瞄准了鸡娃的脑袋。那土块直奔鸡娃而去，我很快看见，鸡娃应声倒地。鸡娃要是坚强的解放军，他应该迅速爬起来。但是，他倒到地上一动不动。过了许久，鸡娃才从尘土里抬起脑袋，发出一阵剧烈的大哭之声。我们看见，鸡娃的脑袋上流血了，血从他肮脏的脑门上往下流淌，仿佛新鲜的虫子。战争停止了，这倒不是因为鸡娃流了血，而是因为鸡娃发出的哭叫声。凡是战争，肯定流血，尤其是解放军，这没有什么。可是鸡娃居然哭了，而且他哭泣的姿势十分夸张，令我们非常反感。我想我们在下一场战争开始的时候，应该将其开除，连鬼子都不让他当。血流了一会就停止了，但是鸡娃还在哭。他这个人，是多么没意思啊！

这时候，我们看见哑巴走了过来。她背着一个背篓，准备去麦场上背柴禾。我们经常看见她从这里路过，由于我们正在进行战争，我们就当是没有看见她一样。这一天，战争停止了，我们很无聊，于是我们看着哑巴从我们旁边走过去。哑巴先是看了一眼流了血并且哭泣的鸡娃，然后用冷漠、仇恨的目光看着我们。要不是她一直就是如此，我们都要认为她在替鸡娃鸣不平。然后，哑巴从我们身旁走过去了。

忽然，我发现，哑巴的裤子上有一个洞，可以看见她屁股上的一块肉。而且，令我惊奇的是，她裸露出来的肉还很白！我于是大喊一声说："看呀，她的屁股！"

很快，我们都看见哑巴屁股上裸露出的那一部分了。鸡娃这时也停止了哭泣。而且，我们同时还意识到，哑巴是个女的，在从前，我们居然有点忽略。

我们早已知道，男的和女的是有区别的。鸡娃还向我们描述过，他爸和他妈是怎么弄到一起的事情。鸡娃是没有羞耻感的，因为鸡娃说得比我们多，我们也借此增加了更多的经验。所以，当我们看见哑巴露出的部分，我忽然有一种愿望：脱掉她的裤子，看一看。我相信，大家的想法与我相同，因为已经有人说："脱掉她的裤子。"

哑巴这时转过身看着我们，眼睛里充满了仇恨。

有人对鸡娃说："你去，脱掉她的裤子。"

我们便同时说："你去，你去。"

我对鸡娃说："你脱掉她的裤子，脑袋就不疼了。"

鸡娃这时仿佛受到了奖励，立刻大笑起来。他刚才由于软弱已经被我们小看了一次，现在则正好可以得到表现的机会。于是鸡娃从地上爬了起来，一边怪笑，一边向哑巴靠近。一场好戏将要上演，这是我们期待已久的事情。很快，我们就看得到一个女人的屁股，如果有可能的话，我们甚至可以去摸一摸。想到这一点，我们是多么的兴奋啊！而且，我们相信，脱掉哑巴的裤子，有鸡娃一个人，就足够了。

鸡娃这时已经走到了哑巴的身边，他神色下流，富于经验，在打量一番之后，突然伸出一只手，去抓哑巴的裤子。

但是，令我们吃惊的是，鸡娃不仅没有抓住哑巴，反而被哑巴的一只手迅速地抓住了。只见哑巴把鸡娃一下子拎了起来，就像拎了一只鸡那样容易。之后，我们看见鸡娃仰面朝天，倒进地上的尘土之中。软弱的鸡娃又开始大哭了起来。原来哑巴这么厉害，这是我们没有想到的。一时间，我们都感觉到愤怒，鸡娃可以被我们打得流血、痛哭，但哑巴是不可以的；另外，我们想，就算我们脱掉了你的裤子，你也不能说什么，脱掉你的裤子有什么了不起。谁料到哑巴居然做出如此强烈的反抗。于是，我们不约而同地包围了她，并且还有人向她扔土块。我看见一些土块已经击中了她的身体。

至少，哑巴应该表现得害怕、痛苦、慌乱，然后痛哭，或者逃跑吧。但是，她没有动。她眼睛里散发出一种令人害怕的仇恨和愤怒。忽然，她放下背篓，迅速地向我们包围的一侧冲过去。等到我们略一退缩，有一块巨大的石头出现在地面之上。接着，更令我们惊奇的事情发生了，那就是，哑巴没有费什么力气，就把那块石头举了起来。要知道，这块石头，我们两个人都举不起来。然后，我们看见，哑巴把大石头掷过来，它就像一只巨大的老雕在空中翻腾，差一点砸在我们中一个人的身上。

是的，我们离开了。我们实际上没有办法脱掉她的裤子。不仅如此，我们以后看到哑巴，还会感觉到惊心动魄，感觉到身体里的紧张。我们有时候会偷袭哑巴。我们藏在角落里向她扔石子，或者在她经过的路上放玻璃碴，放新鲜的牛粪；再比如，我们躲在她追不到的位置，喊她"烂屁股"。但是，哑巴似乎没有反应。不久，我们就厌倦了这些事情，我们尝试着把哑巴遗忘。我们差不多就要这样了。

　　我们听见哑巴她妈难听的哭声。看得出，她确实开始变得难过。她的鼻涕拖得很长，一直掉到她衣服的前襟上，看上去就像是糊了一层鸡屎。她一边哭一边说："狗日的哑巴，你死到哪里去了呀！"

　　镇上的人站成一个圈，看着哑巴她妈痛哭的样子。哑巴她妈就像一个悲伤的猴子。是啊，她的伤心是有道理的，因为，哑巴真的不见了。原先，她的伤心有点假装的成分，那是因为她相信哑巴还会回来；现在，哑巴失踪已经有十天，看起来，哑巴真的不见了。

　　镇上的一些女人也陪着哑巴她妈掉眼泪。她们一个个拼命从眼睛里挤眼泪，很响亮地擤鼻涕，就仿佛在进行比赛。她们一边掉眼泪，一边安慰哑巴她妈说："你别哭了，哑巴这娃可能还活着哩。"

　　不知谁叹息一声说："哑巴这娃，好娃呀！"

　　有人说："这娃真能做。"

　　有人说："背那么多柴禾一趟又一趟。"

　　有人说："家里没她不行呀！"

　　有人说："顶半个男人呢。"

　　有人说："胆也大，半夜三更的，一个人干活。"

　　这样，悲伤变成了对哑巴的赞美，就好像他们这么一讲，哑巴就会回来，哑巴她妈就会高兴。实际上，她们只不过是故意做出这样的表情罢了；但是，哑巴她妈却因此哭得更伤心了。当然，她的伤心是真的。我们差不多也感觉到，她有些可怜。要是哑巴不帮她干活，只靠她一个人，也的确够她受的。

　　现在，我们隐约感觉到，哑巴或许已经不在人世了。有可能她被狼叼走、吃掉了；也可能掉到水里，沉到水底去；也可能她被鬼魂勾引，到阴间去了。总之，我们从此之后，就再也看不见哑巴。当然，这没有什么。哑巴于我们的生活没有什么关联，就像我们从来不期待哑巴会说话一样。甚至，我们还会感觉到高兴，我们不喜欢哑巴，她仇恨的目光令我们感觉到不舒畅，她还带来一股让我们不安的气味。

我相信，镇上的人也会这样想。

到哑巴失踪有一个月的光景，镇上的人差不多已经忘记这件事，就好像哑巴从来不曾在我们生活中出现过一样；忽然，我们又听见哑巴她妈发出的哭声了。这当然不是因为哑巴的失踪而引起的，而是，哑巴她妈发现，哑巴并没有走远，她还在她的身边。因此，当半晚时分，哑巴她妈的哭泣声和呓语声在寂静的夜空响起的时候，全镇人都感觉到惊恐不安。到了白天，镇上人看见哑巴她妈散乱的头发，肿得像桃子一样的眼睛，还看见她神色里漂浮不定的慌乱。她匆匆忙忙地从我们面前走过去，根本不想停下来和我们说些什么；要是在平时，她显得多么能说啊。

终于，有人打听到确切的情形，那就是，哑巴还没有离开她的家。在深夜的时分，哑巴会悄悄地来。跟从前一样，她在院子里走来走去，给家里的羊添饲料，看一看鸡是否被黄鼠狼叼走，然后，她挑起水桶，走出院门，去河里或者井里挑水；哑巴她妈清楚地听见她走动的脚步声、她打开院门的声音，还有因为劳累而发出的叹息声。最初，哑巴她妈以为哑巴回来了，她便从炕上起来，到院子里去寻找，她大声地说："哑巴，你狗日的，死到哪里去了，这时候才回来呀！"

但是，当她这样喊了之后，发现院子里什么都没有；刚才响起的声音也都听不见了。她于是以为这不过是自己的一个梦，其实什么都没有发生；奇怪的是，当她早晨起来，却发现前一天晚上空荡荡的水缸里贮满了水，关得好好的院门居然被打开了。另外一个晚上，哑巴她妈在半夜时分，听见哑巴又在院子里走来走去，她就起来，走到院子里，结果就什么声音都没有了；哑巴她妈关好房门，躺到炕上，忽然，她听见哑巴就在屋里了。她在地上走动，好像要喝水，一只瓷碗在桌子上移动。接着她听见倒水的声音、喝水的声音，还听见哑巴发出的叹息。哑巴她妈从炕上起来，哭着说："哑巴，你这狗日的，什么时候回来的?"

同样，当哑巴她妈说了话，屋子里的动静再次消失了。哑巴她妈于是坐起来，对着黑洞洞的夜晚说话，就仿佛哑巴坐在她的身边。她一边说一边哭，一直到天亮。

是的，哑巴还在。这件事让镇上的人感到意外，一股不祥的气息在镇子上弥漫。很快，我们看见，奇怪的事接二连三地出现了，而且，它们都与哑巴有关。

合作社的老刘有一天夜里起床，到后院的墙角去解手。合作社后院十分宽敞，平时没有什么人走动，因此院子里长满了蒿草，草丛里有蛇。但是老刘是不怕蛇的，他有一次踩死了一条，被他泡了酒。还有一次，老刘看见一只狼躲在草丛里，当然，老刘也没有害怕。老刘认为，狼是来偷袭羊或鸡的，它未必敢吃人——果然，狼很快逃走了。这件事情可以充分说明，老刘是个胆大的人。

那天晚上老刘去解手，他对着一院蒿草撒尿。他撒尿的声响稀里哗啦，在深夜听起来格外响亮。他借着月光望去，看见一个人站在后院里的井里打水，甚至还听见那个人摇动辘轳的声音。老刘想，这么晚谁还在打水？老刘于是朝那人走去，他说："你谁呀!"只见那人已经打好了水，接着挑起水桶向外走。老刘说："你是谁?"

这时老刘猛然想起，这口井已经干涸了很多年，哪里有水可打。老刘顿时吃了一惊，恍惚之际，他看见打水的人像一阵风似的从他眼前消失了。在惨白的月光之下，他分明看见，打水的人就是哑巴!

第二天，来合作社买盐和油的人等了很久，也不见老刘来开门。他们于是到后院老刘房里去找。他们发现，老刘蜷缩在被子里还在沉睡，他光着身子就像一盆烧得很旺的炭火。镇上人于是赶紧去喊卫生院的王大夫。王大夫掐了一阵老刘的嘴唇，老刘终于醒过来。老刘惊恐地说："我昨晚见着鬼了。"

听到老刘的事情之后，我们还有意到井边去看了看。这口井从我们记事起就没有谁来打水。我们看见，井里空荡荡的，什么也没有，

哑巴的气味

但是，在井边，确实有一串清晰的脚印，并且，那把快要腐烂的辘轳上，有新鲜的手抓过的痕迹。

晚上，老刘叫了个镇上的人一起住到他房子里。老刘还请他们喝两元一瓶的酒。他们划拳的声音很大，听得出，他们故意如此。

的确，我也看见了哑巴。

那天晚上，我妈从地里回来，叫我到麦场上背一些柴禾。我就从家里出来，往麦场上走。我经过镇上的道，又经过卫生院的前门和后门。这时候天已经很黑了，月亮还没有升上来。一路上没有见到什么人。经过卫生院的后门，到了白天我们做游戏的空地上，我看见那里空荡荡的，一片黑沉。我忽然想起这里其实是个死角，平日里少有人来，我们曾看见过各种各样从医院里丢弃的杂物，有几次我们还看见被丢弃的死婴。在白天，这里没有什么。但是据说，夜里这里会有鬼的哭叫；我妈曾说，这里的鬼还举行过聚会，他们唱、跳、打锣、敲鼓。我于是有一点恐惧，当我尽量不去想这些事的时候，却发现我心里更加恐惧，根本无法驱赶。而且，我居然想到了哑巴。我一直认为哑巴与我没有什么关系，但是，我想起在这里，我们曾经要脱掉哑巴的裤子，而哑巴则用愤怒的眼睛看着我们。

我站在黑沉沉的空地上，实在没有胆量再往前走，我准备回家去。这时候，我看到，在我眼前不远的地方，有个人在缓慢地移动。它看起来仿佛一团浓稠的黑影。我站在那里，感觉到脑袋像背篓那么大，两条腿像两根结实的橡子。我差不多看见，黑影里的一张仇恨的脸，一头乱糟糟的头发！

我于是用了最后的力气转身，向家里狂奔。我在奔跑的过程中，还听见身后黑压压的凉风在追着我，我还听见凉风里的喘息。

我跑到家里，蹲在地上喘气。我妈看见，脸上的神色惊骇无比，她说："你的脸怎么跟白纸一样？"

我哆嗦着说："我看见哑巴了。"

"作孽啊。"我妈说。

我翻肠倒肚吐了一顿。我妈就把我抱到炕上，给我盖好被子。不久我就睡着了。到我醒来，看见我妈举几张点燃的纸钱在我头顶上晃，三支筷子直挺站在水里。我妈把纸灰放进碗里，她说："我的娃没有招惹你，你就不要来缠着他了，成不成？"这时我感觉哑巴就在地上站着，看我妈送给她纸钱，听我妈说话给她听。筷子忽然哗啦一声，倒在碗里。我妈就端起碗和筷子，往门外走。我妈的声音突然变得愤怒，她把碗和筷子摔在门外的石头上，大喊说："滚！滚得远远的！你再来缠我娃！我就剁了你的腿！"

我妈做完这些，我感觉舒服多了。这时我爸回来了，我妈就骂我爸，说："你死到哪里去了。娃险些叫死鬼缠住。"我爸坐在我旁边看我。我爸说："哑巴肯定是死不明白呢，所以她才这么窜来窜去的。"

我妈生气地说："我娃与她无冤无仇，她来缠我娃干啥？"

我爸说："你没听说吗？哑巴她妈家里闹得凶呢，请了阴阳来打整了。"

那天晚上，全镇的人都听见了，哑巴她妈家里，阴阳们敲锣，唱咒语，在院子里跳舞，在四面墙角钉上木桩。有一个时刻，锣声密集，脚步凌乱，就仿佛他们在激烈地打斗。阴阳们把家里属于哑巴的衣服、鞋子和她用过的背篓、碗筷，点起一把火，烧了。镇上的人闻见了空气里飘浮着一股焦煳、发臭的气味。供销社的老刘还请了阴阳们到供销社的后院走了一趟。阴阳们点着火把，在蒿草里走来走去，大喊大叫；我爸又请他们到我家的院子里走了一圈。我闻见阴阳们带进来的一种奇怪、难闻的气味。

现在，我们相信，哑巴已经彻底被我们驱赶走，她不会在镇上的什么地方出现了。从此以后，她就会成为一个孤魂野鬼，在山上或者远离镇子之外的地方游荡，与镇上人不会有什么关系。但是很快，镇上的人发现，阴阳并没有驱赶走哑巴，她仍然出现在某些隐秘幽暗的角落，只不过她从此隐藏起来，不让我们看得见；而我们中的许多人，仍然能够感觉得到她的气息，这气息无处不在，无法摆脱。或许，以这几个阴阳的法力，还不足以完全驱赶走哑巴，因为，他们只是哑巴她妈花了十斤粮食请来的，他们在这一带没有什么名气。

有许多人家的猪突然不吃食，有一些羊突然不喝水。它们看见热腾腾的猪食，看见清冽的水之后，眼睛里浮现出厌倦的神情，慵懒地躺到一边去了。它们连续几天几夜不吃不喝，已经衰弱得站立不稳，如果再这样下去，它们就会饿死；镇上人只好把它们赶到集市上，以很便宜的价钱把它们卖掉。镇上人知道这些猪和羊不吃食、不喝水与哑巴有关，但是，他们找不到充分的证据。他们抱怨哑巴她妈，仇恨阴魂不散的哑巴。不过这有什么用呢？哑巴她妈看起来披头散发，眼睛深陷，仿佛一个真正的鬼。她在镇子上走来走去，神情恍惚，一句话也不说，好像已经不认识大家一样。

财宝的女人那天做了一锅面片，一家人吃到锅底的时候，勺子一翻，出来一只煮得烂污一团的蛤蟆。当时财宝一家人就把吃到肚子里的面片全都吐出来了。之后财宝提着一根鞭子打她的女人，说："你为啥在锅里放蛤蟆？"财宝的女人沿着镇子的街道往前奔跑，她一边跑一边说："我没有放呀，我为啥要往锅里放蛤蟆，我烧水的时候锅里什么都没有呀！"

财宝忽然蹲在地上，不追了。他肚子疼，找了一个地方拉屎，拉出一串稀糊糊来。很快，他家人都开始拉肚子。他们拉的屎真是臭啊！有一些人家因为受不了这种气味，也拉起了肚子。镇上的人明白，在锅里出现煮烂的蛤蟆，吃完饭拉肚子，其实也是与哑巴有关系的。

财宝本来以为，拉肚子不算什么大问题，夜里睡一睡就会好的。不料到了半夜，拉得更厉害了。财宝的肚子疼得没办法，只好爬起来到卫生所去找王大夫。财宝在卫生所的院里敲王大夫的门，半天没有动静。财宝想，王大夫可能不在吧。忽然，财宝听见后面一排房子有动静，有个女人还在发出奇怪的叫声。财宝起初吓了一跳。后来他想起，这女人是新来卫生院不久的钱大夫。她平时一般都是一个人走来走去，与镇上的人不打交道。但据说，她看病很厉害。

财宝想，既然王大夫不在，就跟钱大夫要一点药吧。

财宝敲钱大夫的门。过了一会儿，门开了。财宝高兴地发现，王大夫也正在钱大夫的房子里。钱大夫躺在床上，表情痛苦，露出一截白白的屁股。王大夫举着一个针管，对钱大夫说："你放心，打了这一针就好了。"

王大夫对财宝说，钱大夫刚才也见着鬼了。

王大夫又叹气说："卫生院也不太平啊！"

当第二天财宝把这一切都说给镇上的人的时候，镇上的人都感觉到恐惧。试想，连大夫都要被哑巴缠上，可见事情的严重程度。

更令人恐惧的事情发生了。

有一天早晨，镇上人发现，王大夫赤身裸体被绑在卫生院门口的一根柱子上。他的身上是一道一道的伤痕，他的头发乱糟糟的，鼻子上和嘴巴里留下了血斑，嘴巴里还塞了一块毛巾。镇上人赶紧把王大夫解下来，抬到他的房子里。等到王大夫清醒过来，镇上问他是怎么回事。王大夫叹息说："不太平啊！"

正像镇上想象的那样，王大夫也遇到鬼魂纠缠。他说在半夜起来解手的时分，遇到一群青面獠牙的鬼怪，把他一顿痛打，幸亏他身体还算强壮，要不然，就会被他们打死了。

镇上的人认为，王大夫之所以被恶鬼纠缠，主要是由于他平时治病救人，引起了鬼魂的不满；当然，也有可能是财宝半夜时分把邪气带给了王大夫；也有可能，是王大夫给钱大夫治病的时候，沾上了邪气。

镇上的人注意到，攻击王大夫的不光是哑巴，而是一群。这说明，哑巴聚集了另外的孤魂野鬼，到镇上来作祟来了。保不准那天，镇上的人就被他们弄死——这一切多么可怕呀！镇上人聚集在一起，商量对策。无论如何，现在必须要找到一个彻底的解决办法了。最后，镇上人一致认为，请李阴阳来。

我奇怪地闻见一股气味。这气味黏稠、发臭，飘荡在镇子上空，无所不在。而且我疑心，这气味就是哑巴带来的。我能够在每个夜晚感觉到哑巴的存在，她隐藏在油灯光亮以外的任何一个地方。说实话，我感到害怕。甚至在白天也是如此。有一天，当我们像往常一样玩游戏的时候，我忽然感觉到鸡娃身体上飘升的一股发臭的气味，于是，我疯狂地把土块投掷到他的身体上去，直到他倒地，脑袋上再一次流了血。

我看上去没有精神，恹恹欲睡，面色苍白。

所以，当我看见李阴阳轻盈而至，长长的须发在空气中飘飞，就像一个真正的神仙，我顿时感觉到安全。

李阴阳驱鬼降怪，法力高超，在方圆百里声名赫赫。据说他能飞檐走壁，日行千里，能占卜生死，预知祸福。李阴阳能够洞知天地玄机，但不轻易给人推卦相面，因为若是泄露天机，上天就会减折他在人间的阳寿。但是，在我小的时候，李阴阳有一次当着镇上人的面，抚摩着我硕大的头颅，朗朗说道："这娃将来有福呢！"李阴阳话一出口，便引起了镇上人的无比惊叹。从此以后，镇上人对我刮目相看，也使得我爸我妈在镇上很有地位，这都是李阴阳的功劳啊！或许，李阴阳对于我的慈爱还有其他原因，比如，李阴阳算起来，还是我妈的亲戚。再比如，我小时候长相有点奇怪，的确与别人不一样。

李阴阳飘然到来，带来一股浩然之气，令镇上人肃然起敬。李阴阳先到我家里看了一看。他又像从前一样抚摩我的脑袋，他对我妈说："娃不要紧。"接着他挥笔在一张黄表上写了几个字符，让我妈贴到院门上方。

很快镇上的人都赶来了。财宝还想描述一下最近发生在镇上的事情，李阴阳摆摆手说："不必说了，我全知道。"只见他微闭双目，念念有词，几根手指动来动去。镇上的人屏息静气，期待着李阴阳说出推卜的话。

李阴阳说，镇上的邪气太重。

李阴阳过了一会又说，哑巴还没有入土。

这时，哑巴他妈分开人群，扑通一声跪在李阴阳面前，连连磕头说："李阴阳，我的哑巴在哪里，请你指点呀！"哑巴她妈披头散发，语无伦次，看起来像一个疯子。她哭着哭着，竟然口吐白沫，晕厥过去。李阴阳叫镇上人把她送回去。李阴阳说:"据阴气来看,哑巴应该离镇上不远。"

李阴阳说:"你们往北方寻找吧——能找得到。"

财宝问:"我们多久可以找得到?"

李阴阳说:"少则三五天,多则半个月。"

财宝又问:"找到之后怎么办?"

李阴阳说:"入土为安嘛。"

说罢,李阴阳被镇上人簇拥到镇上走了一走。到了晚上,镇上人在合作社的食堂摆了酒和饭,准备招待李阴阳。这时候,镇上人发现,李阴阳已经飘然而去,而镇上人竟然没有一个人说得清,李阴阳是什么时候离去的。或许,李阴阳就是如此吧。

现在,我们都可以感觉得到,镇子上空飘荡着一股浓重的、挥之不去的气味。拉肚子的人越来越多,差不多所有的牲口都不吃不喝。蚊子和苍蝇越来越多;到了夜晚,还能听见野狗聚集到镇子周围,发出凄厉的吠叫。甚至,有人还见到了狼。狼已经有很多年没有出现了。这一切,都是由于哑巴留下的气味引起来的。我们差不多明确地感觉到,这气味就是从北边弥漫过来的。

当镇上人沿镇子以北开始寻找的时候,卫生院的王大夫伤势刚刚恢复,却接着得了拉肚子的毛病。王大夫叹气说:"不太平啊!"

这一天王大夫去井里打水。镇上的这口井距离卫生院不远,附近的许多人家都在这里打水。平常王大夫少自己打水,他的水由镇上人给他打好。这一天因为镇上的男人都出去寻找哑巴,所以王大夫自己来到井边。

王大夫惊奇地发现,在井边,有许多大大小小的苍蝇在飞,它们使得井口显得很脏。王大夫是个爱干净的人,他生气地用手去赶苍蝇,用脚去踩苍蝇。不小心脚下一滑,一只鞋子掉到了井里。

王大夫的这双鞋是他在县上买的,油光油亮,还没有穿多久,但是现在,却掉到井里去了。

王大夫叹气说:"倒霉啊,不太平啊。"

我们这时正在镇子上跑来跑去，我们注意到，王大夫的鞋子掉到井里去了。王大夫向我们招手。他问我们："你们谁会下井？"

"我们都不会。"这时鸡娃说，"我爸会。"

王大夫说："去找你爸，捞我的鞋子。"

鸡娃说："我爸不在家。"

王大夫说，你去找你爸："你就说我的鞋掉到井里了，你对你爸说，他要是捞上来，我给两元钱。"

鸡娃屁颠屁颠地跑了。我们都有点嫉妒鸡娃他爸，捞一趟鞋子，就能挣两元钱，太容易了。

当鸡娃他爸脱了衣服，只剩下一件脏兮兮的裤衩，从井口下到井里，去捞王大夫的一只鞋子，我们发现，天气已经很暖和了。太阳从头顶照下来，我们背上出了汗，仿佛有许多毛毛虫在爬。我们还看见，因为王大夫的鞋子掉到了井里，许多镇上的女人和孩子，挑着水桶聚集在井边，等待王大夫的鞋子从井里上来；许多苍蝇在空中飞来飞去。王大夫光着一只脚，一只手里拿着两元钱，他只等着鸡娃他爸捞出鞋子，就把这两元钱给他。

当然，鸡娃他爸没有找到王大夫的鞋子。他发现了另外一件东西。

在哑巴失踪的一个月之后，我们在暖烘烘的春天看见，在井里已经被浸泡得有哑巴两个那样大，仿佛由无数块抹布拼凑起来的哑巴的尸体。当哑巴从井口上来，在正午的阳光里，她的身体散发出一股强烈的、令人窒息的恶臭，一大群苍蝇雨点一样飞舞，回旋。

的确，这井口就在镇子的北方。

好多事情我都没有办法

1

　　好多事情我都没有办法。我就那样眼睁睁地看着。看着事情就是那个样子了。没有一点办法。从早上到夜里，就算我把头发都想白了，还是没有办法。你比方说，有一次我遇见一个和尚，他说我有麻烦，而且还是一个大麻烦。我知道我有麻烦，傻子都看得出来我有麻烦。可是我还是要听他给我讲我的麻烦，就好像我原本不相信我的麻烦，得听他讲了才能够确定我有麻烦一样。他在那里察言观色，说我的生辰八字、八代祖宗，有些他说得对，这是他的本事，他能看出来；有些没说对，不过我没有戳穿他。我就只是听着他说。果然就跟我料到的一样，说到后来就是钱的问题了。他说要有一沓钱包起来，放到一个我眼睛能看见的地方，然后他要念禳解的咒语，等到禳解完了，包里的钱还是我的，他不要钱，但是我的麻烦就没有了，因为他已经把麻烦赶走了。我知道他是个骗子，你说他要是不图钱，他何必这么口干舌燥地白白辛苦？我知道。可是我那时候就没有办法。我的心不想把我的钱包起来放到他面前，可是我的手和我的腿就不听使唤了，我的手在我的房子里到处找钱，零零碎碎的钱也不放过；我的腿蹦蹦跳跳地走来走去，就想走到他说的地方。我明明知道我的手和腿很愚蠢，就跟白痴差不多，可我还是控制不了它们。然后我就把一包钱放到地上了。和尚念了一会咒语，然后告诉我说，好了，麻烦没有了。我的眼睛从头至尾没有离开过那包钱。但是我知道那包钱已经被他拿走了，包里剩下的是一块砖头。等到和尚离开，我打开包，果然里面就是一块砖头。你说，我能有什么办法？要是下一次又遇见一个和尚，他要是说我有麻烦，我肯定还会跟上一次一样控制不了我的手和腿。事情就是这个样子的啊。再说，女人就是这个样子的啊。

不过话说回来，一个人活着要是没有麻烦，那还算是个人吗。人人都有麻烦，这些麻烦个个都不一样。有些人多一点，有些人少一点。我就算是一个麻烦多的了。我经常觉得我活着就是为了这些麻烦，因为我的麻烦比别人多得多。要是哪天没有了麻烦，我肯定都不知道该怎么活了，因为我已经习惯了这些无穷无尽的麻烦了。可是话说回来，麻烦多了也有好处，当一个人的麻烦多到很多，就比方像我这么多，那反而就觉得不麻烦了。你知道活着就是为了这些麻烦，而这些麻烦又不可能解决，那样反而就感觉轻松了。总得活下去嘛，所以过一天算一天吧，麻烦解决一个算一个，解决不了的就先放着，没关系，想也是白想，就那么放着倒好，说不定哪天它就发霉了。

从我的脸上看不出来？是啊，看不出来。那是因为太多了，顾不得挂到脸上了。就算我挂到脸上也没有用。所以后来我就不管它了。是啊，我要是天天挂到脸上可不就老了吗。一个女人的脸是最重要的。脸要是老了，那活着还有什么意思呢。

可是我知道，像我这样的女人，长了这么一张脸，它本身就是个麻烦。我从小就知道这个。嗯，我不是洛镇镇上的人，我家在距离洛镇20里的一个村子里。可是洛镇方圆几十里地方的人们好像都认识我。我去看庙会的时候，洛镇上的人们就开始看我了。那时候我是十几岁的样子。人群里有人说："看呐，刘小美来了。"于是所有的人都停下来开始看我。人群哗一下散开到街道的两边，就像是一条河流突然被谁划开了，然后就剩下我站在空阔的道路中间。庙会上正在唱秦腔的演员也都停了下来。演员们就像是突然被点了穴位一样没有声音。人们说："看呐，这就是刘小美。"他们看我的眼神就像是看一个在洛镇从来没有出现过的异类。我从小就是一个和所有的女人不一样的女人。他们说，洛镇方圆20里的村庄，从来就没有看见过我这样的女人。长成我这个样子很奇怪，当然也一定是邪恶的。他们告诫洛镇的年轻人不要和我说话，因为一旦和我说话，他们就会中邪，就会变成傻子。可是不光是那些年轻人，就连那些年老的、痴呆的、驼背的人，见到我都要忍不住停下来看着我。因为我的相貌，他们仇恨我。这真是太可怕了。那时候我就希望自己能够快速地变丑，变成洛镇女人的样子，这样他们就不会议论我了。后来我真的变丑了。这是真的。你要是一直想着自己要变得和洛镇的人一个模样，你只要一直这么想，那你就真的会变的。你要是一直在洛镇住下去，那么用不了多久，你就会变得和洛镇的女人一样丑。那时候你会觉得丑就是漂亮，你要是见到漂亮的女人，反而就会觉得恶心了。我还是漂亮？啊，那就漂亮吧。可是现在像我这样的女人很多了，对吧？所以就是一般的漂亮。我是说我十几岁的时候，那种漂亮太奇怪了，连我自己都觉得害怕。

　　我上中学的时候，我的老师爱上了我。我不在洛镇的中学，我在我们村子旁边的另一所中学。语文老师是个年轻人，只是看上去要老上20岁。他写诗给我。洛镇的语文老师都会写诗。他的诗句写得很奇怪，现在我还记得他写的那些句子。比如说：你的眼睛照亮我黑夜里的白发/我的夜晚比我的年纪还要漫长。我明明知道/你递给我一碗毒药/但是我还是要一饮而尽/就仿佛那是一碗最美的酒。这是刚开始的时候，到后来，他的句子就写得越来越肉麻：我想你想得睡不着觉/我就像一条孤独的狗。人在花下死，做鬼也风流/我就想做花下的鬼。肥肥的花朵肥肥的蕊/粉嘟嘟的酥胸粉嘟嘟的嘴。那时候我看不懂他诗句里的意思，但是我好像也喜欢他，因为我漂亮，我觉得孤单。我闻见他身上的烟草味、他凌乱的头发里灰尘的味道。他说要给我辅导作业，就把我带到他自己的房子里。他说话的时候，声音和身体在颤抖，就好像他得了病。他在我身上嗅来嗅去，跟一条狗似的。他说他上大学的时候爱过自己的英语老师，英语老师长得漂亮极了，就像我这个模样。他爱了她整整四年，他为她写了四年的诗。他上大学就是为了爱上英语老师，他活着就是为了爱上英语老师。他原以为再也不会有爱情了，但是他见到我之后觉得爱情回来了，因为我看上去就像是他的英语老师，只不过，我比英语老师更年轻，更漂亮。说着话的时候，他就开始抚摸我，他喘着粗气，浑身发抖，就像是得了病。那时候我真的不晓得他要干什么，他为什么会是这个样子。接着他慌慌张张地脱自己的衣服，他的两只手抖得厉害，不听他的使唤，怎么努力也脱不掉衣服。忽然他停下来了，他好像是尿了裤子，空气里有一股奇怪的味道。他坐在地上，哭起来了。他看上去羞愧又伤悲，哭泣的样子难看极了，满脸都是他的眼泪和鼻涕。他哭了很久。后来他说："我知道，我要的爱情总是得不到。我本来觉得我就要得到你了，可是我知道，我得不到。"他说的话我不明白。假如那天他脱掉自己的衣服，再脱掉我的衣服。他是乡村里唯一一个赞美我的人，唯一一个亲近我的人。我明明就在他的眼前，在他的手里，可他为什么说自己得不到？长大之后我才明白了。他就是得不到。他控制不了自己。我有毒，他要是那样做，他害怕自己会死掉。人们说，语文老师有病，因为他会写诗，他写诗是为了掩饰自己的懦弱；就跟大多数酗酒的人都是胆小鬼一样。他其实给每一个他遇到的女人写诗。他给校长的女儿写的诗被贴到校门口，上面抹了一团屎。人人都把他看作是一个笑话。我喜欢他只是因为我觉得他和我一样孤单。

　　语文老师有一天死了。他把自己悬挂在房梁上。那是因为他得了胃癌，他受不了病痛的折磨。他死去的时候看上去就像是一把骨头。人们议论说，他的死和我有关系。人们说，像我这样的女人是有毒的，任何一个男人只要沾上我，就会得病。唉，人们就是这么说的。他们这么说之后，就会认为事情就是这个样子的。你根本没办法和他们说清楚。到后来我也觉得我是有毒的，要不然，语文老师怎么就会把自己吊死呢。我不能待在那个地方了。人们的眼睛能杀人，就像刀子一样。我经常觉得，要是我一直留在那里，呼吸就会出问题，好像连空气都被他们瓜分干净了，最终我就被憋死了。你就那样眼睁睁地看着，但是你就是吸不到空气。

　　那时候我不过十几岁，还算不上一个完整的女人。可是我已经觉

好多事情我都没有办法

得活着是一件很麻烦的事情了。从小我就有一种愿望，我想着自己能够去一个陌生的地方，一个谁也不认得我的地方，那样我就可以自由自在地活着了。我没多少文化，但是我知道，世界比洛镇要大得多，任何一个地方都会比洛镇这样的地方有气量。洛镇太小气了，小气得连给我一口空气都舍不得。我想到城市里去，那里有高楼，有汽车，有漂亮的衣服，有各种各样的人，人们在街道上走来走去，每个人互相都不认识。我年轻、有力气，愿意干任何工作，我希望自由呼吸。

2

说一说广州吧。唉，广州。真是让我开了眼。至今想起来，我还是要恨这个地方。又好像还不光是恨，里面还有其他的一些东西。这就跟我了解的自己一样，我原来以为我是简单的，我简单就可以；后来才晓得，我其实并不是我想的那样简单，简单里还有其他的东西。怎么说呢，广州打开了我的眼睛。很多事情我到现在都没有给人说。这是第一次说出来。你要是愿意听我就说出来，也不全是因为你我才说。可能是从前的时候我会觉得羞愧，所以我就没有说出来。现在我好像没有那么羞愧了，说出来也没有什么。我想我活着就是一个麻烦，这些事情最多就是另一个麻烦罢了。

我17岁到广州。我在一家工厂干活。这家工厂生产各种各样的遥控器。我一天要做12个小时，这中间连厕所都不能上，因为流水线上的遥控器一刻也不停地传送。我们甚至连说话的工夫都没有。老板很凶，有时候会到车间来检查。他秃顶，是个胖子，肉乎乎的眼睛，鼻子像是一颗红彤彤的大蒜。我虽然辛苦，但也觉得没什么。每月800元，这个数目算是很多了。伙食也还习惯。下班后还可以洗澡。嗯，从前我都不晓得洗澡是怎么回事，在我们乡里，很多人一辈子都没洗过澡呢。每个月放假一天，可以逛街。那时候我觉得城市里真好。只要我愿意，可以买到任何一件我想要的衣服、鞋子、皮包，可以吃到任何一种食物。不过我不随便花钱，我要把钱攒起来，我的愿望是给老家的母亲修一座房子。我只买过一件裙子，因为我还没有穿过裙子。我穿上裙子之后，我的伙伴们说："哇，你好漂亮啊。""哇"，这个字被拖得长长的，很夸张的样子，那里的人就是这么说话的。我对着镜子看自己穿上裙子的样子，嗯，我是挺漂亮的。而且，我的皮肤也迅速地变白、变细了。我想，城市确实是个好东西，虽然看上去又脏又乱，可它养人呢。

有一天，车间里的一个工头叫我。他说老板请我过去。我就停下活，跟着他到老板的办公室里。老板躺在一把肥大的椅子里，他前面是一个巨大的桌子。老板看上去一点都不凶，很和蔼的样子，他让我坐。然后他给了我 500 元钱。他说这是我的奖金，因为我干活干得好。那时候我说："是不是每个人都有？"老板说："不是啦，只是给你的。"我就不要。我说："我没有比别人多干，只给我奖金不公平。"工头这时候说："你这个孩子好傻瓜啊，老板给你奖金是关心你，你还不快说谢谢老板？"我只好说："谢谢老板。"老板这时说："晚上我有个重要的宴会，请你和我一起去。"我说："晚上我得上班呢。"工头说："你看看，这孩子，尽说傻话，老板请你出去，还上什么班？"老板给工头使了个眼色，工头就带我出来了。他带我到一个大商场里面。他说这是老板交代的，要买衣服和鞋子，为的是参加宴会。工头是陕西人，待我很和善，那天尤其和善，都感觉有点拍马屁了。他说："老板带你出去参加这么重要的宴会，说明他器重你，你可不能不领情，只要你表现好，以后吃香的喝辣的，好处多得很呢。"那天买衣服真是开了眼。那么好看的衣服，那么贵，不要说买，看一眼都要心惊肉跳，可工头眼睛都不眨一下就掏钱了。那件晚礼服穿上漂亮极了，我都不认识自己了，可是那领口也太低了，乳房都露出大半截子，我说这怎么穿啊，羞死人了。工头说："你这个傻孩子，晚礼服都得这样啊。"工头是个好人。这事情其实跟他没关系，我知道。买完衣服他带我到一家西餐厅里，他教我怎么用刀和叉，吃饭的时候嘴巴该怎么动，走路的时候又该怎么走，怎么和客人碰杯，说话等等，因为老板的晚宴是吃西餐。他还说："要是你表现好，买的这些衣服就归你了，因为以后有宴会还要穿的。"

这太诱人了。你想想，一个不到 18 岁的乡里女人，吃一次饭就得了 500 元，穿着平时想都不敢想的衣服，而且那时候就算我穿到身上，我也一直在怀疑自己是不是真的穿了这些衣服。我偷偷地躲到卫生间里看镜子，掐自己的胳膊，为的是确定自己真的穿了这些衣服。我在想，要是我天天做工，那得多少年才能够买得起这样的衣服。就算把我妈打死，她老人家也不会相信世界上有这么贵的衣服。

晚上和夜里的事情我不记得了。就算我记得，说出来又有什么意思呢？很多事情对我来说，都是第一次，那些光鲜体面、互相碰杯的人，那些互相客套、虚情假意的话，我没有一点经验，但是要假装有经验，假装我是一个城里人。我对着他们微笑，吃饭的时候嘴巴里尽量不发出声音。我一杯接一杯地喝酒，你要知道，从前我根本就没有喝过酒。很多事情都是第一次。闪闪发光的衣服和首饰，宫殿一样的餐厅，热情温顺得像狗一样的服务生，还有宾馆里玫瑰色的窗帘，巨大的落地玻璃。我记得老板比平常更矮更肥，他的嘴里有龋齿，龋齿发出古怪恶心的臭味。早晨醒过来，我赤身裸体，在巨大的床上。我记得身体上的疼痛。房间里没有人。床头上放着一沓钱，有 2000 元。

我躺在床上，哭了很久。我觉得羞愧。羞愧就像河水一样不停地流淌。我就这样成了女人。我的身体上还留着难闻的龋齿的味道。我一遍又一遍地洗澡，用完了房间里所有的香皂和浴液，可是，龋齿的味道仍然还留在我的身体上。我只是觉得羞耻。我只是想和一个普通的女人那样生活。可我还是不能够。我以为到一个谁也不认识我的地方就可以，可我还是不能够。只因为我得到 500 元的奖金，因为我实在喜欢那些衣服。我该怎么办呢？我一点办法都没有。但是有那么一个时刻，我感觉我似乎不再羞耻。就好像我其实也在期望着这样的事情发生。只是没有想到会在这一天，会是这样的方式。我有毒，从小洛镇的人们就这么说。现在我觉得洛镇的人们说错了。我没有毒，我其实是好的。要不然他怎么会这样。他有钱，住在广州，去过所有的地方，他比洛镇的人更胆小，更怕死。他要是不怕，那就说明我没有毒。那么，我是该感谢他吗，感谢他留下来的这股龋齿的味道？这种念头真让我羞耻。

我哭了很久。后来我就到街上去了。很多事情和前一天比起来，已经完全不一样了。事情就是这么快。我突然觉得我已经长大了，而且，我在以一种特别快的速度变老。我就在街道上走来走去。也不知道要到哪里去。有一会我想去工厂上班，但是我又觉得，见到那些同事们之后，我会觉得羞耻。

一个留着络腮胡须的男人走过来。他说他已经注意我很久了。他说他是个摄影师。他问我可愿意拍一些照片？他是付费的，一个小时500元；如果我觉得少，他可以加一些钱。他说他从来没见过我这么寂寞的少女，不光是漂亮。漂亮里的寂寞是真实的，不是经过装饰的。他不想知道我为什么会这样，他只是想拍照，拍照的时候他希望我还是这个样子。那时候我看着这个留着络腮胡须的男人，他有一张光滑明亮的脸庞，还有修长的弯曲的睫毛。他看上去不像是一个骗子。我不知道要去哪里。所以我就跟着他走了。他带领着我，穿过几个街口，来到他的摄影棚里。灯光明亮。他要求我站在那里，坐在那里，或者躺在那里。他拿着一台很大的相机，不停地拍摄。他说："你要放松，你就保持你在街道上行走的那种表情。"我就按照他说的那样做了。我还能有什么表情呢。我都不知道下一刻我会到哪里去。等到他拍完，他让我看相机屏幕里我的样子。真的是寂寞极了的一个女人。我都不认识相机里的这个女人了。有一会我都忍不住自己的眼泪。这时候他看见我的眼泪，他立刻又对着我拍了好多张。他请求我不要介意他这样做，因为很多情景都是转瞬即逝的，摄影师必须得学会抢和偷。他看上去特别激动和高兴。

我忽然觉得他的样子像是我夭折的哥哥。我的哥哥在15岁的时候，有一天去洛镇赶集，一辆飞速而来的卡车从他身上碾过去。我的哥哥活着的时候，一直在我的身边，无论我在哪里，他都会拉着我的手。他在学校的成绩特别好，他的理想是做一个音乐家，因为他会唱洛镇所有的山歌，他唱歌的声音美极了。他还说，将来他有了钱，他要在城市里给我买一座房子，他要给我买世界上最漂亮的衣服。可是一辆卡车飞过来，从他的身上碾过去。

因此那天我又哭了很久。他不知道我为什么这么悲伤。他坐在我身边，没有说话，一直等到我平静下来。然后他说这些照片非常美，他很久没有拍过这样美丽的照片了；这些照片洗出来会更漂亮。他要用这些照片参加一个摄影展览，有一些照片会做成画册。展览的时候他希望我来看看，等到出了画册，他会送给我画册。接着他给我钱，他给的钱比原先说好的多出很多。我需要钱，我是个农村出来打工的女人。但是那时候我忽然觉得，我可以不要这笔钱。我只想坐在这里。因为他看起来像是我夭折的哥哥。如果他愿意，我可以一直坐在这里。一直坐到天黑。我没有要他的钱。他说："那我就买一件礼物给你吧。"于是他离开了。等到他回来，他手里拿着一个手机。那时候我没有手机。后来我知道，他买的手机是当时最贵的手机。他说请我收下这个礼物。如果以后有机会，他希望我还能够和他合作。

摄影师姓寒，寒冷的寒。名字我不说了。他在摄影圈里很出名。我就叫他寒冷吧。后来我去了寒冷的摄影展。那些照片太美了。我没有多少文化，我不能给你形容它们有多么美。我只是觉得寒冷太神奇了。他能把冰冷的东西拍成暖和的，能把零碎的拍成整齐的，能把日常生活里很寻常的东西拍成色彩丰富的。不晓得他是怎么发现的。我的那些照片里的女人也变了，变成我完全不认识的女人。因为我觉得我没有她那么忧伤，忧伤得就像是进入了骨头。寒冷那时候走过来，向我表示感谢。他从来不问我在干什么，我从哪里来。我看着他。他就像是我夭折的哥哥。我对自己说，以后我不要和寒冷见面了。但是我不能够。我又去了他的摄影棚。我又拍了照片。后来有一次他要求我脱了衣服。他想拍我的裸体。

我没有拒绝，也不觉得害羞。就好像事情就应该是这个样子。他要是拍我的裸体，那个裸体的女人就一定会很寂寞，很美，一定就是我不认识的另一个女人。这和那个又矮又肥的男人所要求的不一样，和洛镇的人们所说的不一样，和我自己每天的生活不一样。他要我做什么我都愿意。我只是觉得自己有一点脏。我要感谢他没有问过我的生活。如果他问起来，我不知道我该怎么说。我希望我一直是这个样子。我一直可以看见他。很多次我都对自己说，从此我不要再见到他了，这个络腮胡须的男人。但是我不能够。我控制不了自己。

哑巴的气味

做过一次。我们。那是我自己愿意。我愿意这样。可是那时候我还是哭了。因为我忽然觉得自己有点脏。我的手放在他的后背上面。直到指甲抓破了他的皮肤。可我觉得我还是高兴的。我抓着他,我心里很明白,我根本抓不住。我没有办法。

3

那时候我还得跟着老板去吃饭。他说去哪里我就得去哪里。我穿着鲜艳的衣服,抹了口红。我喝酒,大笑,虚情假意,就像是一个彻彻底底的妓女。老板秃顶,越来越肥,越来越矮。他的嘴巴里永远有口臭,龋齿永远是肮脏的。但是很奇怪,逐渐地我习惯于他嘴巴里的臭气了。到后来我竟然闻不见他龋齿的味道。就像是每一个男人都应该像他一样长一颗难看的龋齿,龋齿里就应该发出这样的味道。我不用在工厂的车间里拼命地干活了。我被安排到一个办公室里上班。上班的时候没有什么事情可做。我唯一需要做的就是等待工头来传话,告诉我该穿什么样的衣服,到什么地方去吃饭或者喝酒。我好像已经习惯于这样了。在一些时候我甚至觉得享受。我看上去是完整的,看上去光鲜明亮,主要的是,我已经挣了不少的钱。那些钱完全可以给我母亲修一座房子。我真的觉得享受。这念头让我觉得羞耻。

很混乱。我知道。但是我没有办法。

有一天,一个女人来到我面前。她说她是老板的老婆。她说她早就发现了我和老板的事情。她在忍。直到这一天她再也无法忍受。她穿戴得珠光宝气,说话的口气温柔可亲,就好像她说的是一件和自己没有关系的事情。可是厚厚的脂粉挡不住她的松弛的皮肉,她看上去又老又寂寞。她说:"男人都是王八蛋,永远贪图的是青春鲜亮的年轻女人。可是你想过没有?你有一天也会老,也会像我这样,那时候你怎么办呢?这个男人的一切都是我给他的。我是他工厂里最大的股东,我甚至可以炒他的鱿鱼。他其实什么都没有,你明白我的意思吗?你还是回去吧,你从哪里来就回到哪里去。"说着说着她就哭了。她的眼泪划过脂粉，她的脸看上去古怪又滑稽，就像一个不成功的演员。她身后跟着两个男人。这时候他们走上来，把我房间里的柜子打开，翻出那些昂贵鲜艳的衣服。她一边流着眼泪，一边从容地撕扯那些衣服。她把所有的衣服都撕得粉碎。我的手机也被她摔成碎片了。接着她对我说："钱你可以带走，但是我希望从今以后不要再看见你。你老家在什么地方我都知道。你要是再出现在广州，你就会毁容。你明白吗？你今天就离开广州。我给你买了火车票。你现在就离开。"

好像我知道会有这么一天。我没有特别的惊奇。我也没心疼那些鲜艳的衣服。我知道它们不是我的，早晚都会是这样。那个又矮又肥的男人留给我的只是龋齿的味道。我只是贪图他的钱，就跟他只是贪图我的肉体一样。唯一让我留恋的是寒冷。那个沉默的，留着络腮胡须的男人。她能把我拍摄得那么悲伤和绝望，就像是我不认识的另一个女人。我想跟寒冷说一声。我告诉他，我要离开了。

但是那两个男人一直跟着我。他们一直送我进了火车的车厢。他们站在站台上，一直等到火车开动。那时候我终于忍不住泪流满面。那时候我才知道，我是多么留恋广州，多么留恋那个络腮胡须的男人；我甚至可耻地留恋龋齿的味道。可是我没有办法。所有的事情我都没有办法。我只能哭。火车到了长沙的时候，我跟邻座的一个人借了手机，给寒冷发了一条短信。

"寒冷老师（我一直叫他老师），我是刘小美。我的电话丢了，借了别人的机子给您发信。我离开广州了，在去往老家的路上。我很喜欢您给我拍的照片。那是我见过的世界上最美的照片。衷心祝福您！刘小美。"

我以为寒冷会回复短信，或者打一个电话过来。但是，他没有。那时候我想："寒冷，你真是寒冷啊。"

火车到兰州。我得转乘汽车。那时候我忽然看见人群里的一张面孔。那个留着络腮胡须的男人。他从广州坐飞机赶到兰州。看见他之后，我又忍不住泪流满面。就好像我到兰州就是为了在火车站看见这个男人。他找到一辆车，送我回老家。一路上他都没怎么说话。最

哑巴的气味

后，车子行走在山道上，快要到达洛镇的时候，寒冷拉住我的手，说："刘小美，我只是来送送你。每个人的生活里都有麻烦。我自己也是。所以我不能为你做什么，我只是来送送你。我不能爱你。你要是还在广州，我们甚至都不能见面。生活就是这样的。你很漂亮，是我见过的最漂亮的女人，可是那又怎么样呢？越是漂亮的女人，面对的生活可能会越残酷。你明白我在说什么吗？"

"我明白。"我说，"寒冷老师，我很感谢你来送我，我再也不去广州了。我哪里也不去了。"

寒冷一直没有表情。可是在村口，他离开的时候，我看见这个络腮胡须的男人眼睛里的泪水。那时候我突然有一种感觉。我觉得这一切都是假的，我并没有看见这个叫寒冷的男人，他也从来没有出现在洛镇的乡村。这些不过是我的幻觉。甚至，我从来就没有遇到过一个叫寒冷的男人。我永远都不会见到他了。

4

你知道吗，我的感觉是对的。因为寒冷死了。有一天夜里，他的工作室突然起了大火，人们在灰烬里发现了他。他的工作室在广州很出名，当地的报纸详细地报道了这件事。我在广州有一个姐妹，只有她知道我和寒冷的关系，也是偶然有一天，她买了一份报纸，看到了这个消息。报纸还推测说，寒冷的死是因为涉嫌某一种感情纠葛。报纸说，寒冷利用拍摄照片的机会勾引女人，说他就像是法国的一个很出名的雕塑家那样。对，就是叫罗丹的那个法国人。还说他资助某些乡村里的女孩子上学也是不怀好意，因为他和其中的一个女孩子发生了关系。报纸又说，寒冷的摄影室一直得到一个女人的资助，因为他的摄影作品不受欢迎；他和那个女人有长达数年的地下恋情。寒冷的死亡和这个女人有关系。报纸上就是这么说的。说得就跟真的一样。可我不相信。我不知道寒冷过着什么样的生活，可我知道，他一定不是报纸上说的那样。他是青海人，一个人来到广州。他除了摄影，没

27

好多事情我都没有办法

有一个朋友。他为了拍一张好照片，舍得掏出自己所有的钱。他拍照的时候看上去像是一个孩子，眼睛里干干净净，一点灰尘都没有。我觉得他其实是孤单的。他有时候比我还要孤单。报纸真不厚道，人都死了，还要这么说他。他活着的时候为啥不说？他死了，你说什么他都听不见了。可是你们看过他拍出来的照片了吗？只要你仔细地看看他拍的那些照片，你们就不会这么胡说八道了。他要是一个骗子，怎么会拍出那么美的照片呢？

那时候我回到村里已经快一年了。听到这个消息之后，我没有哭。我反而觉得轻松，就像是一块石头从我的身上搬走了。然后我对自己说，从来就没有这个男人。从来就没有。现在我终于可以忘掉他了。他让我不快乐，他让我一直在哭。这都是他的错。他死了我就安静了，我就什么都不用想了。从此以后，我再也不用为哪个男人哭了。因为哭泣，我耗掉了太多的力气。我再也不想这么辛苦了。

然后我在想，自己是一个坏女人。我走到哪里，哪里就会出现麻烦。我躲都躲不掉。我爱的哥哥死于非命。那个长得很像我的哥哥的男人，留着络腮胡须、眼睛明亮的男人也死于非命。我想，我真是一个坏女人。我这样的女人就该有数不清的麻烦，就该受苦、遭人笑话。想到这里，我就又忍不住哭起来了。我不是为我的苦命的哥哥，也不是为那个叫寒冷的男人而哭，不是为别人，我是为自己哭。

对不起。对不起。让你看笑话了。谢谢你，我有纸巾。我有很多年没有说过这么多的话。我也没有跟别人说起过这些事情。本来我就要忘记这些事情了。可是说起来我就还是忍不住要哭。女人嘛，就是爱哭。好，不说这个了。我给你讲讲洛镇吧。

5

确确实实，那时候我决定哪里也不去了。我不去广州，不去任何一个城市。我只想过平常简单的日子。我给妈妈修了一座房子，很气派很宽敞。我挨家挨户给村里人送礼物，每一家都是一斤茶叶、一包奶粉、一包糖、一袋饼干。我是想和村子的人亲近一些。因为我回来了，我想在村庄里安静地住下去。我还给村里的人说，我想找一个肯和我过日子的男人；什么样的男人都可以，只要他愿意和我过日子。有个当过兵的男人愿意。他是我小学同学。在村子里开了一家磨房。我也不要什么彩礼，也不要什么风俗，只是请阴阳查了一个日子就办了事情。我就想把自己嫁出去。就像是可以证明什么一样，可以忘记什么一样。可是结婚的第一晚就出了问题。我丈夫，就是那个当过兵的男人，出了问题。他喘着气，忙碌了很久，可就是不能够。这没什么，我不介意。后来很多个晚上还是这样。我就带他去洛州看医生。医生说，他没有问题。可是回来之后他还是不行。无论他怎么努力，就是不行。我就问他，到底是什么原因？那时候他忽然哭起来了，他说："村里人说你是狐狸精，是魔鬼，谁要是沾了你就会死；我其实很爱你，但是我害怕他们说的是真的。"

原来是这样。他说出这样的话，他显得这样害怕，我一点都不惊奇。我就说，没关系，只要一起过日子，这个有没有都没关系。我真是这么认为的。有时候我觉得自己特别地下贱、特别地屈尊。我只是想和那些乡村女人一样，过简单的、辛苦的日子。我特别羡慕她们。可是我连这个也得不到。我没有一点办法。

你知道村里人是怎么说我的吗。他们说我是婊子。说我在广州做小姐。要不然我怎么会赚那么多钱，要不然怎么会有人开着小车送我回来。他们还说，我在广州害死了很多男人，我就像吸血鬼一样吸干了他们的身体。我回来是因为我害怕遭到报应。起初他们还算是热情，因为我给每一户人家送礼，这些礼物堵住了他们的嘴；可是礼物都有保鲜期，过了保鲜期，他们的嘴巴就张开了。他们表面上对我热情礼貌，因为我还算有一点钱，在背地里就不是这样了。有些人把我送去的礼物扔到我的家门口，因为它们已经发霉了；他们说，我的礼物本来就是发霉的，这发霉的东西和送礼的人一样，都是肮脏的。

我的丈夫，就是那个当过兵的男人，变得越来越沉默。他经常很多天都不说一句话。他磨坊的顾客也少了很多，因为他是我的丈夫。他经常坐在房子里，一言不发。沉默似乎吸干了空气，让我觉得自己的胸腔要爆炸。有一天他终于说，他打算到兰州去，有个部队的战友开了一家家具店，请他过去帮忙。他想先自己干一阵，等站稳了脚跟，再把我接过去。待在村子里总不是个办法，总有一天大家都会发疯。

我很理解他的想法。出现这样的问题跟他没有关系，只跟我有关系。他这样想没什么错。我要是他，我也会这样想。村庄里的流言就像是空气，你躲到哪里也躲不掉。可我真的不愿意去任何一个城市了。城市比乡村更复杂，更麻烦。难道我在广州的遭遇还不够吗。我只想安安静静地活着，可我这样的女人，到哪里也不得安静啊。不过他要是在兰州能站住脚，我想我还是希望跟过去。有个男人在身边就会好一些吧。我就说，我同意他的想法。我说："家里还有一点钱，你都带上吧，到城市里去，哪里都要花钱的。"听了我的话，他显得特别的高兴，脸上都有笑容了。我的钱还有两万元，我就全给他了。他让我留一点，我没有留。我说在乡里生活，不要钱也可以，不是还有磨坊吗，我和母亲可以在磨坊干活，会有钱的。

实际上这是我们最后一次说话。我到今天也不知道他到底是什么心思。他去兰州干什么我也不知道。村子里有外出的人回来说，他在兰州做了老板了。他们还说，他捎话说他不会回来了。他们还说，他看起来很气派，就跟一个城里人一样，穿的衣服都是名牌，住在一个有钱的女人家里。我不相信他们说的是真的。因为城市里的人更容易说谎。可我也真不知道他是什么样的情况。他从来没有给我打电话，一次也没有。他就像是蒸发了。

我还是在等他回来。我不爱这个男人。我从来没有爱过这个男人。他甚至都不是一个男人。可他和我结了婚，是我的丈夫。我觉得我可以忍受他很多的缺点。只要可以过日子。我相信他会回来，或者会接我去兰州。虽然这希望越来越渺茫。我一直等了两年。这两年里几乎没有人来磨坊。他们说，我的磨坊里磨出的面也是脏的，有毒的。他们宁可多走十几里路到镇上去磨面。这两年里我花完了所有的钱。我没有地方去挣钱，因为没有人肯来磨坊。我只好卖家具。村子里的人不愿意买。我于是雇了车子，把家具运到县城里去卖。村子里

哑巴的气味

有些有钱的人暗示我说，我要是缺钱，可以跟他们借。他们不怕我有毒，他们也很想知道，有毒的女人是什么味道。他们看上去很无耻。可是他们说话的表情光明正大，就像是他们在帮我，就像是我要感谢他们才对。那时候我才知道，钱对于一个女人有多么重要。一个名声不好的女人更应该有点钱，不然的话，她会死得更快。

等了两年之后，我决定不再等了。要是再等下去，我和我妈妈就要饿死了。那天我就把家里所有的家具都卖掉了。磨坊是那个男人的，我没有卖。然后我就拿着钱到洛镇来了。洛镇那时候正在搞城市建设，有可以出租的铺面。我和妈妈步行了 20 里路，来到洛镇。那时候我满身都是尘土。我觉得好累。

6

洛镇这个地方，我住了两年。怎么说呢？我只是想安安静静地过日子，我不想惊动人们。我经常觉得自己已经很老了。我不想让他们认出我来，我希望他们把我当成是一个陌生人，一个他们从来没有见过的、乡里的女人。他们叫我寡妇刘小美。这没有什么，我不介意。只要我能够安静地住下来就可以。我开了服装店，我卖西装、裙子和雨伞，还卖牙刷和牙膏。我一年除去房租，可以挣一万元。这些钱在洛镇不算多，也不算少，够我和母亲生活了。我经常对自己说，就这样过下去吧，这样挺好。我是个名声不好的女人，人们要议论就让他们议论吧。只要我的日子能过下去。

可还是不行。那里的人们对我很热情，热情后面却包藏着虚情和假意。他们议论说，洛镇并不需要西装、裙子和雨伞，牙刷、牙膏也不需要，我卖这些东西是因为我是个寡妇。他们买我的东西也是因为我是个寡妇。买一个寡妇的东西就像是在银行里存钱，得到东西之后还得有利息。他们买我的东西，我就得付给他们利息。可我只是个女人，是个逐渐变老、也懒于梳妆的女人，我拿什么来支付利息呢？可是人们说，我有利息，我付得起利息。因为我是个寡妇。

我没有办法。我一点办法都没有。我就得这样。因此我就开始假装，我假装热情，假装糊涂。我有时候穿上鲜艳的衣服，有时候洗净自己的脸，抹上化妆品。人们说，世上没有免费的午餐，你要活着，就需要这样。这就像是签了一个合同。签了合同就得按规则办事。你说，我能有什么办法呢。

　　镇长买西装。语文老师买裙子。医生愿意免费给我治病。他们都不洗澡，身体上的气味就像是流浪的狗。镇长的神色光明正大，一点都不觉得羞耻。他不在乎镇上的人说他霸道，因为他是镇长。他拆迁的时候出过人命，死了人的家里到处告他的状，但是没有用。他只给对方赔了两万元。他有口臭，从来不刷牙，他的脸肿得像一只脸盆，可他不觉得，因为他是镇长。可对这样的人我还得赔上笑脸，因为他可以买西装，他能一次买很多件西装。语文老师买裙子，还给我写诗，他的样子让我想起已经死去的语文老师。他每一次读诗的时候都会尿裤子，那些尿的味道和他的声音混在一起。他看上去又肮脏又荒唐。医生说："你病了。"然后他就开始在我的身体上摸来摸去，他从来都不洗手，他的手看上去黏糊糊的。我躲着他们，就像躲着苍蝇一样；可我又不能呵斥他们，我一边躲一边还要假装高兴。

　　有一天晚上，镇长说，他要和我上床。那时候他已经喝醉了，他的脸看起来像是一大块肥肉。他说他已经买了我那么多的西装，我也应该给他一点回扣了。对，他就用的是这个词，回扣。他还说，以后他还会买我的西装，等到洛镇成为城市，他还会让我成为洛镇购物中心的经理。他又说，如果我不给他回扣，那他以后就不买我的西装了，而且他还要增加我的房租，那样的话我就赚不到钱，因为只要他不买西装，洛镇就没有人会买西装。镇长说话的时候我没有作声。我看着他喋喋不休地说，他嘴巴里的臭气让我差一点呕吐。我从来没有想过这种事。我觉得我赔上笑脸和时间，赔上虚情和假意，就算是给了他回扣。他怎么可以这么想呢。我是个名声不好的女人，可那也不是说我就可以随随便便和哪个人上床。就因为他是镇长，他买了我的西装，我就该和他上床？他看上去那么丑陋又肥胖，就算我是妓女，我也不愿意随便就这样。可他看上去一点都不羞耻，一点都不觉得自己长得有多么丑陋。你说，有一点权力的男人都会这样吗？唉，有时候我会觉得他其实挺可怜的。他不知道自己有多丑，不知道他的样子有多恶心。

他还在说话。他自以为是，不知羞耻。我没有说话，他就以为我是同意给他回扣。接着他就开始脱我的衣服，他喘着气，伸出两只肥腻腻的手。我觉得他的样子太恶心了。他那样不知羞耻地脱我的衣服的时候，我忍不住吐了出来。可他还是没有停下来，他一点都无视我的痛苦。于是我用了全身的劲挣脱开来。接着我又用了全身的劲，朝着他的油腻腻的脸上给了一记响亮的耳光。那一个耳光真是太响亮了。震得我的耳朵都嗡嗡响。我从小没有打过任何人耳光，这是第一次。那时候我才知道我手掌里多么有力量。

我知道，这就算是收场了。我在洛镇住了两年，我卖衣服的钱够我和母亲吃饭，我也想一直在这里住下去。我不想再跑来跑去了。可我没有办法，我还是得离开。耳光过后也就两三天的时间，镇政府的人就来找我了，他们说我的房租已经到期了，要是我还想租就得加钱。他说的价钱是原来的两倍。接着镇上工商所的人来找我，他说有人举报我卖假货，他们要检查并没收我的衣服。工商所的那个人我认识，我就偷着给他塞了 100 元，他就只没收了一些牙膏和牙刷。他告诉我，让我赶快把值钱的货物卖掉，因为过几天还有人来查扣。他倒是个好人。于是我就偷偷地雇了一辆车，把店里的货物运走，卖掉了。

那时候到哪里去我还不知道。可我只能走。我一年全部的收入也不够房租和工商所的罚款。那时候我忽然发现我没有从前那么害怕了。我不知道去哪里，可我知道我不能害怕。我去哪里都会有麻烦，我就是这样的女人。我得准备好面对麻烦。

有一天我就离开了洛镇。我在夜里悄悄地离开了。我带着母亲，带着我卖掉货物的一万多元钱，我和母亲走了 20 里的山路，一直走到通往县城的大路口。两年前我往洛镇走的时候也是这样。我想，这都是命。你怎么走回来，就怎么走回去。你活着就得不停地走。

好多事情我都没有办法

7

　　我到了洛州，租了一间房子住下来。我就想我可以干什么。我读书不多，没文化，我能干什么啊。走在大街上，看见来来往往的那些女人，个个都是光鲜漂亮，她们走过我身边，从来就不看我一眼。我知道我已经很老了。我和她们不一样，我只能干体力活，我所有的事情都得靠自己。我开了一家小饭馆，靠近一所大学。那里吃饭的人多。说是饭馆，其实就是一个小吃摊。我没有多少钱，租不起大门面。就这样的一个小饭馆，到开业的时候我的钱已经花完了。我母亲会做很多小吃，我也会做一点，我们就卖小吃。起早贪黑地做。生意特别的好，都没想到会是这样。一个月下来，除去饭菜的本钱、租金、给城管和工商的钱，我居然能挣到2000多元。这样真不错。没有人认识我，我也不想认识什么人，我是辛苦，可心里安稳。

　　看着那么多的人来吃饭，很有意思。大学里的学生们都来吃，人多的时候，他们就自觉地排队，都特别有礼貌；我喜欢他们，他们就像是土地里的粮食那样干净。我还想，读书就是好，读书让人有礼貌。我看着他们，有时候会想起我的哥哥。我的哥哥要是还活着，就已经读完大学了，他读大学的时候一定就是他们这个样子。然后，我哥哥一定不让我开小吃店的，这样太辛苦，他会心疼。唉，我就是喜欢这么胡思乱想的。还有很多体面的男人和女人也来吃。有些女人穿金戴银，花枝招展的，可有时候她们会因为5角钱和我争吵。我是个穷人，可我不想争吵，我是怕她们争吵的时候样子不好看。我特别希望城市里的女人就是平常我看见的样子。然后也知道了，城市里还是穷人多，光鲜的外表下面，日子里的酸甜只有她们自己知道。

　　认识了一个男人。他看上去是30多岁的样子，后来才知道，他已经有50岁了。他经常来我的小吃店里，不过他总是错开人多的时候来。有时候来得很晚，我快打烊了。他话很少，不慌不忙，头发梳得整整齐齐，很有学问的样子，我以为他是大学里的老师。吃了几次之后他开始说话了。他的第一句话是：很好吃。然后他问我说老家在哪里。我说在洛镇。他说他老家也在那里，是另外一个镇子。我说："好啊，那就算是老乡了，你要喜欢吃就多吃。"我们就这么认识了。后来他付账的时候经常不要我找零，他会说："下次找给我吧。"或者说："就算是提前收钱了，下次吃饭的时候免费就可以了。"我说这怎么行呢，该是多少就多少，可他不让找零。我就想，他要多给就多给吧，反正每次也就那么几元钱；不过我还是留了点心眼，每次我都把他多给的钱数记下来，万一要有什么事，我就会把那些钱还给他的。他当然不是那样的人，是我多想了。后来他说，我长得像他的女儿。他的女儿在北京读研究生。我不相信他说的话，我怎么会像他的女儿，我这么老这么忙碌。可是他好像不是故意说假话，因为他有时候看我的眼神不一样，那就像是一个父亲的眼神。我就想，也许我真的有点像他的女儿吧。哦，他姓张，叫张翔。

我的小吃店开了两年。挣了一点钱，可我实在是太累了。我就想，要是能找一个稍大一点的门面，雇两个店员，开一个稍微像样一点的饭馆就好了。这个小饭馆太拥挤了，刮风下雨，连个遮挡都没有。再说，我母亲已经老了，她也该歇一歇了。可我手里的钱也就两三万，加上我的首饰，最多也就四五万的样子，开一个饭馆，哪够啊。我就在心里这么想着，没有说出来。有一天，张翔突然说，是该开一个大一点的饭馆了。真是怪啊，他好像知道我心里想什么一样。我就说，好啊，正这么计划呢。张翔说，有个铺面在出租，离这里不远，位置也好，他正好认识老板，可以帮我联系一下。我心里大概算了一下，我那点钱根本就不够。我就说："再等一等吧，谢谢你啊。"他好像又看出了我心里想的。他说，那就开。他可以和我合伙，因为他原先一直想开一个卖家乡小吃的饭馆，只是没有找着合适的合伙人；我要是同意合伙，剩下的事情他可以去办。他的话让我很心动，可是他为什么要这么帮我呢？因为是老乡，还是因为我长得像他的女儿？那时候张翔微微笑了一下。他说："小刘啊，你就放心吧，我只是想合伙开个饭馆，我都50岁了，可以做你的父亲了，你说我能干什么呢？"他又看出了我的心思，这让我有点害羞。我不该这么想

好多事情我都没有办法

的。女人有直觉。从第一次见到这个男人，我就知道他不是那样的男人。还有，我觉得他一直有心事，他看上去整齐气派，像是大学里的老师，但其实，他的眼睛里流露出的是孤单。

就这样成了。饭馆开业的时候我才知道，张翔是个特别有能量的男人。他是税务局当官的。那家店面的位置非常好，主要的是，这家店面之前就是一个饭馆，开业没多久就关门了，据说饭馆的老板突然就不见了。装修很气派，几乎就是新的，因此我就基本用不着装修了。房租也便宜，而且不用提前预交，和店铺老板签合同的时候，老板一直很和气，他说年底的时候给他就可以了。营业执照、税务登记、食品合格证和健康证一类的手续也都特别快就办好了，我甚至都不用自己去。执照、登记手续都用的是我的名字。我知道，这都是张翔弄的。他告诉我说，平常不要给任何人提起他，他不会参与饭馆的经营，我有需要告诉他就行了，饭馆若是盈利，年底就给他分红。我说："好，你帮了我这么大的忙，前三年的盈利都归你，以后我们就一人一半。"他笑了笑说，这个不要紧。主要是他喜欢吃家乡的小吃，以后就可以舒舒服服地享受美食了。

我雇了两个厨师，三个服务员。我母亲在后堂指点厨师做饭，我主要在前台收款、招呼客人。生意特别好。人多的时候都要排队。你知道，人多不光是因为饭做得好。我知道该怎么招呼客人，该怎么对他们笑。我年纪越来越大，经验越来越多。还是很辛苦，可比起从前轻松多了。张翔经常来吃饭，有时候他会带一些朋友来。他们坐到饭馆里的包间里。我招呼他们，张翔很客气，多余的话一句都不说，就像是不认识我一样。可我能看得出来，他很高兴。他和朋友有时候要逗留很久。每次他来的时候，我就让母亲亲自下厨，做最好的饭菜送上去。

第一年除去房租、税金、伙计的工资和水电费用，我挣了5万元。我拿着那些钱，到银行里换成100元的新钞。然后我把这些钱包好，约张翔到饭馆的包房里。我把那些钱给他。我说："这是饭馆里挣的钱，也是你的分红。"张翔说，好嘛，挣钱了。他看着那一摞崭新的钱，很高兴的样子。我以为他就要收下了。他要是收了，我心里会轻松很多。可他没有。他把钱推到我跟前。他说："你先收着吧，以后再说。"我说那怎么行，原先说好的。我就又把钱推过去。他又推回来了。那堆钱推来推去，后来都散开了，落了一地。他就俯身捡那些钱。他重新把它们包好，又放到我跟前。他说："刘小美，这钱先留你那，好吗？饭馆里还用得着。"我说不行。我坚决不行。我就把钱往他的包里塞。他不要。我们互相推搡，就像是要打架那样。后来他抓住我的手。他看着我，就像是看着一个陌生的让他惊奇的人。那时候他的手颤抖了一下，另一只手做出一个要抚摸我的脸庞的动作。他是想摸一下我的脸。或者他还想捧住我的脸。那时候我在想，他要是想摸我的脸，或者捧住我的脸，或者亲吻。我都不会拒绝。可他没有。他留在空中的另一只手只是做了一个动作。后来他说，他就收一万元吧，剩下的就算是饭馆的周转资金。

8

你知道吗？我心里一直是孤单的。从前的时候，因为忙碌，我顾不得孤单。我的孤单被忙碌带走了。我没有时间来孤单。到我开了这家饭馆，我发现孤单的感觉又回来了，因为我不用整日整夜地忙碌了。而且我发现，我自己的容颜也有了变化。镜子里的这个女人，逐渐地变得丰满和光滑。就好像从前的日子什么都没有发生，都没有留下来。我想我真是一个贱女人，稍稍好一点的生活，稍稍多一点的悠闲，我的身体和容颜就会生长起来。然后，那种寂寞的感觉又回来了。在夜晚，寂寞的感觉就像是数不清的虫子，缠绕在我的身体上，一直钻进我的骨头里去。我经常会想起从前的生活。我想起我的苦命的哥哥，想起广州，想起那个叫寒冷的男人。

然后我在想，张翔到底是一个什么样的男人。他为什么要这么帮我？他不要钱，甚至也不要抚摸我的脸庞。他到底想要什么？

给你讲一讲这个男人吧。他是真对我好，我知道。所以，所以我是愿意的。怎么说呢，嗯，我是主动勾引他的。到今天我还是这么说。你想想，他什么都不要，他其实是一个陌生人。世上真有这样的人吗？而我什么都没有。我只有身体，只有那些孤单的感觉。我在想，他得要一点什么，这样我心里才能安稳。我不信他什么都不要。我不觉得羞耻。他要是接受我给他的，我会觉得那是他应该得到的。我只能这样，我还能怎么办呢。

有一天晚上，我约他吃饭。就在我的饭馆里。洛州是一个城市，但很多时候更像是一个扩大了的乡村，因为这里的很多人都互相认识。我要是和他走在洛州的马路上，或者到另外的饭馆去吃饭，说不准就会有人认出他来。我不想给他添麻烦。晚上，我提前打烊，让伙计把饭菜准备好之后，叫他们都下班休息。那天我抹了淡淡的口红，描了眉毛，喷了一点香水。我坐在那里，就像是一个等待约会的女人。很晚的时候张翔来了。他闻见我身上的香水的味道。他看着我，假装从容，但其实他心里是紧张的。我给他夹菜，倒酒，和他碰杯。我很久没有喝过酒了，很快就有点醉了的感觉。我是想让自己真的醉了。我说着话，话里透露着轻浮放浪。我其实不了解这个男人。他看上去又那么老，老得可以做我的父亲。可是我知道，我得假装喜欢这个男人。或许我是真的喜欢他。他不能什么都不要。他知道我的意思。他喜欢我，可他还是要假装。那时候我觉得，这个男人肯定是过着劳累的日子。他得把自己严严实实地包藏起来，即使是在这样的晚上。

后来他就开始说话了。他说着话，就哭起来了。他哭的时候，我看见他脸上的皱纹。他松弛的皮肉。他说他真的不想要什么。他只是觉得我像他的女儿。他爱他的女儿。他唯一爱着的人。他活着就是为了他女儿。他要等她研究生毕业，送她到法国读博士。那需要很多钱。其实他已经攒够这笔钱了。可问题是，他女儿和他的关系不好。他女儿对他很客气，客气里流露的是坚硬的冰凉。无论他如何努力，她都是这样。那是因为他女儿觉得他对她的母亲、他的妻子缺乏感情。她固执地以为他不该这样。他和女儿的关系就像他和妻子的关系。这真是很讽刺。可是那根本就不是一回事。他只爱他的女儿，从来没有爱过他的妻子。他不爱这个女人。这是没办法勉强的事情。他的女儿应该懂得这个道理，她不能这么自私和固执。可他能怎

哑巴的气味

办呢？

这个男人哭泣的时候，我也哭了。我知道，人人都有自己的痛苦，这痛苦只有自己承受。我只是像他的女儿，我不是他的女儿。我只是感谢他。再多的我就做不了了。我只能假装我喜欢他，假装我就是他触手可及却不能得到的女儿。他接着抚摸我。他的手指经过我身体上的每一寸肌肤。他的手指和身体在颤抖。他反复地说："我不能够，我不能够。因为你像我的女儿。"我就说："我只是一个乡村里出来的女人，我只是一个真心感谢你的女人。"于是他不再颤抖，不再哭泣。他有经验，他有旺盛的情欲。他皮肉松弛，但是他有力量。我从来没有爱过这个男人，但是他让我有了高潮。那时候我知道我有多么下贱。我情欲高涨，肌肤饱满。我从来不想得到他，可我又希望他一直就这样在我身边。这让我觉得羞耻。

和这个名叫张翔的男人在一起差不多有三年。我只要钱，只要几个偶然的、无人看见的夜晚，只要我自己身体里短暂的欢愉。实际上我要的夜晚也不完整，因为他一定要赶在深夜的时候离开。他说他从来不爱老婆，但是他必须要回去。我知道。我也从来不会要求他留下来。我有时候留恋他的气味，留恋他松弛、苍老的皮肉。可我知道，我不能要求他留下来。我要的不算多，对吗？我少要一些是因为这样可以持久一些。我可以快乐一些。像我这样的女人不能要太多，多了就会留不住。可是像我这样的女人就算要的不多，也还是得不到。这是命。我没有办法。

9

张翔有一天晚上来，他看上去就跟从前一样。可我感觉到他有事。他一直在看着我。他看我的眼神就像是看着一个陌生人。就像是我随时就要从他的眼睛里消失。他亲我，抚摸我，比平常更慢，更细微。可是他的眼神飘忽游离，就像是离开了他的手掌和身体。他看上去孤单极了。后来，他发出一声漫长的叹息。叹息过后，他显得高兴起来了。他说他女儿已经考取了法国的博士，很快就要去法国读书了。我说，这是多好的事啊，应该庆贺一下。然后我从床上起来，去斟酒。我是裸体。走过镜子的时候我看了一下自己。连我自己都觉得是漂亮的。他的目光一直粘在我的身体上。我知道。接着他就从我的身后抱住我。他抱着我，皮肉松弛，就好像他要是不这么紧紧地抱着我，他的皮肉就会散落到地上。他平常不是这样。他一定是有什么事。果然他说，他要去外地出一趟差。可能需要几年的时间。可能我和他就见不上面了。我说："这没什么，出差回来就可以见面了。我等你回来。"他说，也是啊，出差回来就可以见面了。接着他拿出一张银行卡。他说，这张卡是以我的名义存的一笔钱，密码是我的生日，卡上的钱是饭馆的运转资金，因为他要出差几年，这些钱可以应急。我就问他："到底出了什么事？你告诉我，我们一起想办法。"他笑了笑。他说就是出差。他抱着我，一直到很晚的时候。他一直抱着我，就好像我随时会从他的手臂里突然离开。他看上去懦弱又孤单。最后他说，如果有人问起他来，我就说他只是来我这里吃过饭，他只是一个普通的客人，除此之外，我什么都不知道。他说这一点要切记，切记。

那时候我依偎着这个皮肉松弛的男人。我知道，我连靠着这些松弛的皮肉的机会都没有了。我眼看着它们就从我的身体上离开了。我一点办法都没有。

张翔出事是因为虚开增值税发票。洛州的电视台和报纸有详细报道。饭馆里的食客们也都在议论。他贪婪、霸道、专权，私生活腐烂。他在兰州和西安包养了情妇。可能还有别的地方的别的女人，只是没有查出来。他们议论的时候我假装没有听见，可我还是心惊肉跳。怎么会是这样呢？那么寂寞、那么像一个大学老师的男人？还有，我和他算是什么关系呢？我是他的情人吗？实际上我对他的事情真的一无所知。我只是他帮助过的一个女人。他只是喜欢我。他的喜欢是真的。果然有警察来找我调查情况。他们和颜悦色，问我一些问题。那些问题和张翔事先告诉我的一模一样。我就说他只是一个普通的客人，我什么都不知道。可我感觉到他们是怀疑的，只是没有证据。我还感觉到洛州的食客们也在怀疑。洛州只是一个扩大了的村庄，很多事情都包藏不住。也许有一天他们就会知道。要是真有那么一天，我还能在洛州住下去吗。

我就把饭馆转让了，价钱很低。我不在乎。做这些事情的时候，我好像变得特别的有经验。我就得这样。我的麻烦就像我的日子一样多，我已经不在乎了。我必须要从容一点。我开了三年的饭馆，赚了十几万元。还有张翔留给我的那笔钱，也是十几万。不过他的钱我不会动。他判了十年。我要等他出来再还给他。

有时候我会想起这个叫张翔的男人。想起他安静沉默的样子。想起他看着我、抚摸我的眼睛，他松弛的苍白的皮肉，他对我那么固执、从未改变的喜欢。让我愧疚的是，他那么真心地喜欢我，就像我真的是他的女儿，可我呢？我只是感谢他，我因为感谢而努力地去喜欢。这就像是感谢带来的副产品一样。我只是在假装罢了。我从来没有喜欢过这个男人。就算他给我那么多，就算我那么穷，我还是不能够让我自己改变。有时候我甚至觉得我给他的喜欢是出于同情。说起来好笑，我有什么资格去同情一个有钱有权的男人？可我觉得就是这样的。我一直在假装，这让我羞耻。可我有什么办法呢？你说，我能有什么办法？唉，我真是一个坏女人。他要是有一天知道我心里是这样的，他该有多伤心。

唉，不说这个了。

洛州的事情打点结束之后，有一天，我带着母亲离开了。也是在夜晚，就跟我离开洛镇一样。为的是不让别人看见我。我想，这都是命。我就像一个不停逃跑的女人。在深夜里逃跑就是我的生活。距离洛州最近的城市是兰州。3个小时后，我和母亲到了这里。

10

喏，你现在看见的这个就是。我怎么想起开画廊？嗯，是啊，这个说起来就很有意思了。我没文化，按说只能开个饭馆什么的。可我就是开了画廊了。说起来也是一念之间，我就突然想干这个了。说起开画廊，我还得跟你说起另一个人。这个人很有意思，你肯定感兴趣。

那天我正在街上闲逛。还没有想好干什么。反正兜里有点钱，也不着急。走走看看，就到隍庙这里了。你也看见了，这里很热闹，跟文化沾点边的东西都在这里。你要了解这座城市，就得到隍庙里转一转。还没进隍庙，外面就全是小摊，珠宝、文房、字画、风水相面书、刻章、葫芦、古玩，什么样的东西都有。吆喝叫卖的声音就跟吵架一样。各种各样的人拥来挤去，热闹得不是一般。我在人群里穿梭，停在一个卖珠宝的摊子前。我看上了一串紫檀木的手链。我知道它是假的，但它便宜又好看，就打算买下来。这时我发现珠宝摊旁边有个算命先生。他戴着一副挺大的、深色的石头眼镜，眼镜后面的眼睛和半张脸一片黑暗。脖子和衣领很脏。脚下摆了一块白布，布上面写的是：算命大师，河洛专家，预测吉凶祸福，测字取名，财运婚姻，绝对准确，不准不要钱。我看见的时候，他正对着一个胖女人滔滔不绝地说话。那声音听着好像有点耳熟。

我是个喜欢算命的女人，我知道算命的经常是骗子，我也总是上当。可我总喜欢让他们算一算。一个命不好的人就得多算命，我们老家讲究这个，因为这样算是"冲"。"冲"了之后，命就会好一些了。我就想既然遇见了，顺便也算一算吧。我就站在旁边，看着他。那个胖女人戴着一串特别粗的铂金项链。我也很快听明白了，她的男人养了小老婆。他的结论是，她男人虽然养了小老婆，最终还是会回来的，因为那个小老婆身上有颗痣，这颗痣犯了劫，她怎么努力也没有用。胖女人看上去很佩服他的说法，因为那个小老婆的脖子里的确有一颗难看的痣。算完了之后，她很满意，给了他50元钱。他立刻就把钱塞进自己胸前的口袋里去了，塞进去之后在口袋外面又按了两下。这个动作我也熟悉。我们老家的很多人往口袋里装钱，就是这样的动作。

我在他面前坐下来。我对他说："麻烦你帮我也算一算。"

他用蹩脚的普通话说："欢迎，欢迎。"他伸出一只脏腻腻的手，接住我的一只手，因为他开始的时候要先看手相。这时候他抬头看我。忽然他眼镜后面的脸凝固了，就像是突然被点了穴位一样。接着他的身体开始颤抖，喉咙里发出呼哧呼哧的声音，好像是被谁掐住了喉咙。他的半张脸和脖子越来越红，后来又变成了紫色。忽然，他"通"的一声，倒到了地上。他的样子吓了我一跳。周围的人也都吃了一惊。有个人说，不得了了，这个人要死了。另一个人说，这是心脏病犯了，把他平放到地上，躺一会就会好。于是有人就把他平放到地上了。他倒地的时候那副大眼镜掉到一边去了。

这世界真是小。我认出了这个人。这个人就是许多多。

嗯，我给你讲的这个人就是许多多。兰州也算是一个大城市了，几百万人进进出出，走来走去，但是那天我就是遇见了他。世界就是小啊。实际上他没有心脏病。我知道的。他是见着我才这样的。他就是这个样子。他一直就这个样子。他要是这样，我也没有办法啊。哦，不是的，你误会了，不是那种关系。我是说，这是个很奇怪的男人。在我们老家，这样的人算是另类了。

给你简单说一说这个人吧。

许多多是洛镇的艺术家。我到洛镇开服装店的时候，他开了一家画廊。当然，洛镇的画廊和兰州就完全不一样了。他只卖自己的画。但是我听说，他开画廊好多年，从来没有卖出过一幅画。可是这个人看起来不着急，就好像他开画廊不是为了把画卖出去。他只是自顾自地画。画的水平，怎么说呢，也不是不好，他还是有基本功的，但让我说，总觉得缺了点什么东西，具体缺什么我也说不清楚，但是肯定是缺了的。我走了这么多地方，见识总是有一点的，我感觉，在一个又窄小又缺少气量的地方，要画出一幅好画，总归是有困难的。可他还是在不停地画。洛镇的人都把他当笑话看了。平时呢，他帮人看风水，写对联，挣一点钱，然后他就把这些钱全买了颜料和纸张了。有些时候你都搞不清他拿什么生活，人活着得吃饭啊，他总不能吃空气吧。他还有个儿子，看着就像个乞丐一样，我看见那孩子的样子就难受。因此我经常偷偷地给他点吃的。那孩子有点傻，不知道是饿的还是天生的。可许多多不管这些，他还经常告诉洛镇的人说，他是伟大的艺术家，总有一天，全世界的人都会晓得，洛镇出了一个大大的艺术家的。他这么说的时候，洛镇的人们就全笑起来了。洛镇的人们忙着修房子、挣钱，有没有一个许多多，许多多能不能成为一个艺术家，与洛镇有什么关系啊。据说他原先不是这样的，他上中学成绩好，能考上大学，可他有一天突然就不去学校了。他说他看见画里的人飞起来了。他说他确确实实看见了。那是神的召唤，是上天的安排，所以他要做艺术家了。

哦，是这样的，他父亲留给他一幅画，说是从他太爷爷辈就传下来的一幅古画。我没见过，但我知道他有。他跟我说过，我要想看他会拿给我。说是已经破烂得不像样子了。你感兴趣？好啊，哪天我跟他问问。这样的古画揭裱修复很麻烦，得花很多钱，许多多他没有嘛。

我是觉得他有点中了邪。一个人要是中了邪，说什么就没有用了。他决定做艺术家，别的什么事情他就全顾不了了。他老婆跑了，他的一个孩子夭折了，祖上的房子也没有了，他父亲也死了。这都是他做画家以后的事情。挺可怜的。可他好像不觉得。他只想画画。所以有时候我觉得他挺了不起的。人要是有他这样的勇气，那就什么都不害怕了。可一个人要是像他这样活着，还能剩下什么呢？是不是有点凄惨了？所以有时候我只要想起他，就觉得我自己还算是过得去，我有很多的麻烦，可要是比起许多多，就好得多了。那时候我在想，要是有一天我能帮他，我会帮的。

我在洛镇开服装店的时候，他就开始到我的店里来买牙刷。他买牙刷，不买牙膏。因为他只买得起牙刷。可他要面子，他每次说，他的牙好，就得不停地换牙刷。后来我知道，其实他根本不刷牙。刚开始我觉得没什么，他想买牙刷就买牙刷吧。后来就发现有问题了。他每次见到我身体就会抖，他自己都控制不了，就像是一见到我就着了风寒；然后他就开始呼哧呼哧地喘气，就跟有人勒住了他的脖子，要把它掐死一样。他天天来买牙刷，天天都这么发抖和喘气。有一次我问他是不是得了什么病啊？他看着面黄肌瘦，就像是个病人。他说他没有病。回头我偷偷给傻子100元，我告诉傻子说，让他买一点奶粉

44
哑巴的气味

饼干什么的，和他爸一起吃。过了两天见到傻子，我问他是不是买东西了，傻子说，他爸拿那些钱买了颜料和纸了。你看嘛，许多多就是这样的。他宁可饿肚子，颜料和纸张还要买。哦，傻子就是许多多的孩子。大家都叫他傻子。他是个可怜的孩子。

他送我他的画。送了好几次。这让我很为难。我不能不要。不要会驳他的面子，因为他从来没有送别人画，他是个穷人，可我知道他比有钱人更要面子；要了也麻烦啊，你说我拿着那些画能干什么呢？我没文化，不懂得欣赏，岂不是辜负了他的心意？更麻烦的问题是，我要了他的画，他心里就会多想。他就会把我的同情当成另外的东西。我不愿意这样啊，他本来就麻烦够多的了，我不想成为他的又一个麻烦。我见过的男人也算不少了，他们怎么想我可以无所谓；可许多多就不一样，我不愿意他是这个样子。那样我心里不好受。有一次，洛镇的一个流氓来纠缠，因为他的父亲走过服装店的时候死了。他们说是我的妖气害死了人。那个流氓就开始撕扯我的衣服，洛镇的人都在看热闹。他们差一点就要把我的衣服脱光了。我死命挣扎，心里全都是羞耻。那时候许多多就跑了过来，他打倒了那个流氓，但是他差点就被对方摔死。他躺了三个月才康复。洛镇的人们都在笑话他，就跟那里的人们羞辱我一样。我帮不了他什么。我连自己都帮不了。

离开洛镇的时候，我又偷着给了傻子300元。那时候我也穷，我只能给这么多。我是觉得他可怜。都快到冬天了，傻子还穿着一件脏兮兮的单衣，鞋子上破了两个洞，脚指头冻肿了，跟个发霉的馒头一样。我是希望他们父子好过一点。我想，将来有一天我要是还回到洛镇，见到许多多，我会买他的画的。

后来，有时候我会觉得特别孤单、特别绝望，这时候我会想起洛镇的许多多。想起这个人我好像会觉得好受一些，因为我会安慰自己说，人活着就得这样，就得跟许多多和刘小美这样，就得让麻烦堆积得比日子还要多还要长。还有，我要是有许多多那样的勇气，再多的麻烦也就不算什么了。嗯，我就是这么想的。所以有时候我觉得生活里有一个许多多还是一件好事，就好像他的穷困可以缓解我心里的孤单。他的穷困就像是带给我的慈善。就像是我的孤单有了伙伴。我这样的念头是不是有点阴暗啊？可我就是这样想的。有时候我甚至觉得，我就得这样想。

11

再说那天在隍庙的事情吧。

许多多躺了一会，醒过来了。我帮他把摊子上的东西收拾好，带他到旁边的一个饭馆里。他不敢多看我，因为他要是一看，喉咙里就会呼哧呼哧地喘气。他就又把眼镜戴上了。戴上眼镜好多了。我就问他："不画画了吗？改行算命了？"他坐在我对面，从黑咕隆咚的镜片后面看我。他的喉咙里又开始呼哧呼哧的。我就觉得他又好笑又可怜。好几年都过去了，他还是从前的那副样子。我就没有再问，简单说了一下我自己的情况。我说我刚到兰州不久，是想找个事情来干，在街上闲逛，没想到碰见老乡了。"我们有几年不见了？三年有了吧？"

许多多说："呃，对，三年零 51 天。"

难为他还记得这么仔细。我就问他："这几年你是怎么过的啊？"他那时候总算是安静下来了。他就说，他这几年主要是云游四方，拜师学艺、卖画、考察艺术市场的行情什么的。我就问他："那你的画卖得怎么样？"他说很好。据他所见，他的画已经达到了相当高的水准，洛州电视台曾经想给他做一个专题节目，叫"洛州文化名人之许多多"。但最终没有做成。我就问，为什么没有做成。他说，电视台的人跟他要钱，他没钱，所以就黄了，再说，他就算有钱也不想给。"我是艺术家，电视台不应该跟一个艺术家收钱。你说对不对？"我看着他说话的样子。我知道他在说假话。他的脖子和衣服领子上污迹斑斑，连耳朵都是脏的，至少有一年没洗过澡。他要是卖出了画，能是这个样子吗？接着他从口袋里掏出一袋烟叶和一片报纸，开始卷烟叶抽。我就叫服务员拿一包烟卷过来。他解释说，他就喜欢抽自己

哑巴的气味

卷的烟叶，这个有劲。我没作声。饭菜上来了。许多多狼吞虎咽的，就像是好多天没吃饭的样子。等到吃饱了之后，许多多舒舒服服地打了几个嗝。这时候他看上去就像是一个骄傲的艺术家那样了。我这才知道，他见到我呼哧呼哧地喘气，跟没有吃饱饭也有关系。

别的也干，他说，他在洛州的建筑工地上也干过，还跟人搞过传销，到兰州之后就是算命。越是大城市里的人，就越是喜欢算命。算命来钱快，有时候一天能挣100元，当然有时候也不行。被城管抓住就很麻烦。他有几次被抓住了，挣的钱全被没收了，身上没有钱就得挨打。他腿上有个疤，一年多了还在，是一个城管用皮鞋踢的。他的皮鞋前面装了一块铁，跟驴和马的脚上装的铁掌一样。说着话，他还卷起裤腿，让我看他小腿上的一道疤。唉，许多多。我看着他的样子，心里难过。好几次眼泪都要流下来。他到底过着什么样的日子啊。

"你画的画呢？"我问他，"那你以后打算怎么办呢？"

他说画都在他租的房子里。每天他摆摊回去，还是在那里画画。等到他挣够钱了，他想开一家画廊，那样他就可以卖自己的画了。他说他已经攒了一万元了。他只要再攒够两万，就可以租一间小铺面了。本来他的钱可以攒得更多些，不过他还得买颜料，买碑帖，得支付房租，所以就少了。这时他小声告诉我说，他还收购了一些明清字画和古书，都是好东西，估计能卖个好价钱。"你要不要？"他说，"你要想要，我就送给你。还有，你要不要花钱？我有一万元，你想花就随便花，就当你自己的钱。"

他的样子看起来神神道道的。我就好像是他失踪了多年的亲戚。他愿意把所有的东西都给我看。就好像我到兰州就是来投奔他来了。就好像我比他还要穷，还要孤单。等到吃完饭，他还是在滔滔不绝地说。我就只好和他道别。我说还有事，改天有时间可以去看他。我就离开了。

在街上走了一会，偶然回头，看见许多多还跟在我身后。就跟个傻子一样。我就停下来。我说："你跟着我干吗呀？"他这时喉咙里又呼哧呼哧的，他说，我说要去看他，可我并没有问他住在哪里。他是担心改天见不到我了。我一想，确实不知道他住在哪里。我就找了一张纸，记下他住的地方。

12

　　我就这样开了画廊。隍庙里正好有一间铺面出租，我没多想就交了钱。我没文化，对开画廊的事情一点都不懂。可我确实不知道我能干什么。总得干点什么，所以我就开画廊了。我不想多挣钱，因为就算挣再多的钱，我也解决不了自己的麻烦。这事跟许多多有关系，要是那天没有在隍庙遇见他，我也许就不会这样想。我是想帮帮他。我想知道他的画到底能不能卖出去。我还想知道，到底是书画里的什么东西让他如此痴迷，让一个男人变得像傻子一样？我帮他其实是为了我自己。我不知道自己要到哪里去，我到底要什么东西。我在不停地奔跑，却越来越感觉到孤单。也许看见这些字画会让我感觉好一些吧。是不是有文化的人就可以不孤单了？我面对着那些字画，好的或者不好的，总比面对着那些形形色色的人要好一些。字画里有一股香气，无论是腐败的还是清新的，都要比街市里人们的味道要好。我对于没有做过的事情有好奇心，而且我也不害怕做任何事。我想试一试。就算失败了也没有关系。我可以再找别的事情来做。我就是这么想的。

　　就这样了。还好啊。挣不了钱，不过没有我想的那么麻烦。我还学会了装裱。也知道了一点门道。不过这个行当里的门道太深了，我只是知道一点皮毛。许多多的画就挂在这里，嗯，这个是，那个也是。只卖出过两三张。价格很低。不过我会多给他一点钱。他搜集的那些旧字画和旧书？不值钱。人家骗他了。字画是假的，旧书都是民国时候的家谱和秀才、贡生的诗文，到处都有，没多少价值。

　　好处是，我慢慢地觉得我安静下来了。我好像明白了很多道理。比方说，很多事情只要你不去想，它就可以像没有过那样；很多事情想了也没有用。你可以帮别人，可你帮不了自己。自己的事情是命。

无论你怎么努力都逃不掉。很多画家、书法家所写的作品，其实不全是为了名利，而是为了解决自己的问题。每个人都是孤单的。

你知道我最想要什么吗？

我想有一个我喜欢的男人。我想他喜欢我，陪着我。所有的东西我都可以不要。只要这个就够了。每个人的寂寞都不一样，可对我这样的女人，这是我最要命的寂寞。我见过那么多的男人，走过那么多的地方，可我还是见不到。我没有办法。我一点办法都没有。

谢谢你，我有纸巾。让你笑话了，我忍不住。我从来没有说过这么多的话。我很感谢你能听我说。没问题，你要是拍片，就随便拍，拍什么都行。付费？千万不要。你片子拍了，就算是给我做了广告呢，我应该给你付费啊。

还是我请你吧。不行，我应该请你。你是大人物，见到你是我的荣幸。你请我，那多难为情。今天晚上？好吧，行。不过我们说好了我请客。一定。一定。

民工张三

　　张三是一位民工。他在某工地做活。他的脸上露出快乐的笑容。他出来做活已经有几年了。他知道许多事情，比方他对新来的人介绍说，去什么地方坐哪一路车，什么地方的面食既好吃又便宜，什么地方晚上不要一个人走，因为有抢劫的，甚至，他知道哪里的小姐最集中，哪里的又最便宜。他们说话的时候，看见一个打扮妖冶的女人从马路上走过，张三就很老到地说："你们看，她就是做小姐的。"有人问他说："你怎么知道她是做小姐的？瞎编吧？"张三说："我要是说的不对，我就不叫张三。"对方就问他说："你找过小姐吗？"张三说："你说呢？你也太小看我了吧？"于是他们大笑起来。然后张三还会告诉他们说，哪一类的女人最放浪，哪一类的女人最会让男人舒服，哪一类女人看着好看，但是做起来却没有意思，等等。总之，张三看上去很有经验，毕竟，他出来做工已经有许多年，去过很多地方，对于这些方面的了解，应该比别人要多得多。相比之下，他们知道的这样少，简直令他们惭愧。有个叫李四的年轻人，刚到他们这里不久，对于他们谈论的小姐很感兴趣，他不止一次说，特别想找一个小姐，但就是不知道怎么找，希望张三能带他去。张三说："可以，但是咱们要先说好，小姐的费用你一个人掏。"李四问他说，一个人要是掏两个人的钱，总共要多少啊？张三说："那要看你找哪个档次的小姐了，贵的就很贵了，最便宜的也得几十元吧。"李四说，那么贵啊。

张三看出来了，李四确实想找小姐，但是很明显，他有点心疼钱。那可不是一个小数目。放到谁身上，都要掂量一番的。张三说："还是别找了，说起来也没有什么意思，你回家抱着老婆睡，又舒服还不用花钱，小姐要花那么多钱，划不来。"

　　过了几天，张三发工资了。他就到附近的邮局去，给家里寄了一笔钱去。往常，他要寄大部分钱给家里，这一次，他给自己留了一百多元。他一时间还没有考虑好拿这些钱干什么。因此他寄完钱之后，站在邮局外面的马路上想了一会。他在那里走来走去，看着街道上来来往往的人流和车辆。他决定先给家里打一个电话。他们老家的电话打起来不太方便，他先打给村里的公用电话，人家去叫他老婆，过一会再打过去，他老婆就接上电话了。他打通第一个电话后，抽了一根烟，他看起来比较激动。第二次打过去电话，他听见他的老婆气喘吁吁的声音，他就责备她说："你喘那么粗的气干什么嘛，你不会慢慢说吗?"然后他就问家里怎么样，娃怎么样，庄稼和牲口怎么样，等等。他接着又告诉他老婆，他在这里很好，工作不累，吃得好，过上一两年准备带她到城里逛一逛。他老婆高兴极了，似乎还在电话里哭起来了。张三就有点生气，他说："这不好好的嘛，你怎么老是这么脓包，真是的。"

　　打完电话，张三很高兴。他顺着马路往前走，看见一个市场。他就走了进去，他决定给老婆买一件衣服。他觉得自己在城市里做工，见了许多世面，而老婆至今连他们县城也没有去过，真是难为她了。

　　他看着那些铺面里花花绿绿的衣服。有个人对他说："老板，要什么衣服?"张三本来不打算买这里的衣服，因为他觉得这里的衣服太花了，老婆未必敢穿；但是人家称他为老板，这让他很高兴。他就告诉对方说，想给老婆买一件衣服。那人拿出一件来，说："这是今年最流行的款式了，你老婆穿上肯定漂亮。"张三认为这件衣服太艳了，不过不知道为什么，他没有把他的意见说出来。他看着那件衣服，做出很内行的样子，他说："这种料子不太好嘛。"那人说："老板，这料子没有问题，而且是本市最便宜的呢。"张三听见他又叫自己老板，就决定买上这件衣服。他问多少钱。那人说："100，批发价。"张三说："你是蒙我吧,哪有这么贵的?"那人说："还是老板有眼力——50元,这是跳楼价了。"

衣服买上之后,张三有点后悔了。因为这件衣服实在是太鲜艳了,不要说他老婆,他上中学的姑娘也都不敢穿出去呢。还花了他50元。有一阵他想把衣服退回去,但是那怎么可能呢,人家已经卖给他了,哪有退的道理?不过,新衣服就是新衣服,就算老婆孩子不穿,让她们看看也是好的,农村里可没有这么时髦的衣服。

路过一个洗头房的时候,张三忍不住朝里边望了望。他知道,这种地方往往就是他们议论的那种地方。他口袋里还有将近100元,如果他想的话,应该差不多够数了。说实话,他也很想去一次。人嘛,总得有个时候这么放松放松。

这时候洗头房里的一个女人走出来了。她显得有点臃肿,脸上画得五颜六色的,但是她的胸脯很大,还在那里一晃一晃的,简直让张三看了脸红。胖女人看见张三,就很热情地对张三说:"大哥,洗头吗?进来吧。"

张三有点迟疑。他确实想进去看看,但是他感觉有些紧张。

胖女人说:"大哥,进来嘛,洗一洗,轻松一下嘛。"

她一边说,还一边伸出手来,拉了张三一下。张三本来想拒绝,但是他发现,自己已经随着胖女人走进了洗头房。里边的光线有点暗,显得空荡荡的,空气里有一股类似于什么东西烤煳了的气味。除了这个胖女人,还有一个瘦小的女人躺在一张沙发上,这个女人距离张三比较远,因此看上去面目模糊。

胖女人让张三坐在一张椅子上。她问张三说:"大哥要什么服务啊?洗头还是按摩?"

张三紧张极了,他结结巴巴地说:"就洗一下头吧。"

胖女人开始准备热水。她在张三面前晃来晃去。她说:"大哥,听口音我们还是老乡呢。"

张三说:"你是哪里的?"

等到她说了她在哪儿,张三很高兴。原来他们还真是半个老乡呢。刚才他还有点紧张,这会他感觉踏实多了。他的话也多了起来。

他对她提起自己在哪里做活，走过什么地方，每月能挣多少钱，等等，总之，他觉得她就是自己的一个朋友。显然，胖女人好像也很高兴认识他这个老乡，她说："那你以后就常到我这里来嘛。"

"一定。"张三说，"我一定来——你有什么事情需要我帮忙，你就说给我。"

"好嘛，好嘛。"胖女人说，"出门在外，有你这样的大哥帮忙，我也踏实嘛。"

这句话张三听了特别受用。虽然他从前没有洗过头，但是他感觉胖女人对他的服务要比别人细心和周到，尤其是当她给张三洗头的时候，她的胸脯在张三的身上蹭来蹭去，让张三感觉舒服极了。

她忽然说："要不要给你做个全身按摩？——咱们是老乡嘛，就便宜一些，好不好？"

张三又有些紧张了。他在考虑是不是接受老乡的建议。他不知道做一次按摩到底是多少钱，她肯定会给他便宜一些，但是她会便宜到多少呢？她说得太笼统了，他需要一个很具体的数目，比方说 50 元，或者 60 元，只有面对一个具体的数目，他才能决定自己做不做。他很想知道这些情况，但是他发现自己难以启齿，对方是自己的老乡，而且他已经摆出一副不在乎钱的样子，怎么好意思提起这些问题呢？

张三说："下次吧，下次你给我按摩。"

等到洗完头，张三还有点意犹未尽的样子，这时候要是他的老乡再一次提出按摩的要求，他想自己就真的要让她给自己做按摩了。他又和她说了几句话，终于到了付钱的时候了。洗头的钱本来是 10 元，张三给钱的时候忽然脑袋一热，给了胖女人 15 元。甚至，他还产生过把自己新买的那件花衣服送给她的念头。

胖女人说："大哥这怎么好意思呢？"

张三大方地说："这点钱算什么嘛，你就收下吧，再说，我们是老乡嘛。"

从洗头房里出来，张三真是很高兴。虽然钱花得有些多（也就洗了一个头，还洗得不是那么干净），但是他觉得值。他就这样高高兴兴地回到工地上去了。

晚上，他们坐在一起聊天，又说起了女人。张三故意用平静的调子说："今天，我去会了一下我的相好。"

他们都不相信。有人说："你吹牛吧，你还有相好？"

"你爱信不信。"张三说，"哪天我把她带过来，你看了就相信了。"

他们看见张三说得这么自信，就跟真的一样，真是羡慕得要命。他们就问张三，他的相好长什么样，在哪里工作，是不是城里的女人，城里的女人要是做起那些事，究竟怎么样啊，等等。

"当然是城里的女人。"张三说，"很漂亮，奶子有你老婆两个那么大，还是个老板呢。"

本来，张三是不准备这样说的，因为这样说有点不合实际，但是不知道为什么，他说出来的话，就是这样的了。他觉得这样说让自己很痛快。

李四沮丧极了。与张三相比，他不光对于城市的了解少得可怜，张三有了相好的时候，他居然连一个小姐都没有见过。突然，他好像下了决心那样对张三说："你带我去找小姐吧，我们两个人的钱我一个人掏，——我豁出去了。"

"可以。"张三说，"我就带你见识见识吧。"

过了两三天，一个晚上，他们两个人走到街上。他们都有些紧张。张三觉得自己不应该这样，应该做出有经验的样子才对。他就在前面走，走了一段路之后，张三发现，他们走到胖女人的洗头房那个位置了。最初，张三并没有想过到这里来，他想带李四到别的地方。他怎么又到这里来了呢？也许，是由于他心里惦记着他的女老乡吧。

张三对李四说："我们就到这里去洗个头吧，这里的老板也是我的熟人，但你要少说话，不要问这问那的，你还要称我为老板，知道吗？"

李四说："张哥你确实了不起啊，连这里都有熟人——可我为什么要叫你老板呢？"

"你怎么那么多废话？"张三说，"这是规矩，你以后会明白的——你得听我的，懂不懂啊？"

"行。"他说,"我听你的。"

"还有。"张三说,"我们在这里只是洗个头,洗完头之后,我们再到别的地方找小姐,记住了?"

"记住了。"他说。

他们走进去。里面有几个人在洗头。那天张三见过的瘦女人问他们要洗头还是按摩。她自然不认识张三,张三就问她说:"你们老板呢?"

瘦女人说:"我们老板?——你说的是谁嘛?"

张三说:"就你们那个——胖的那个嘛。"

瘦女人说:"哦,她呀——一会就来了。"

我们等一等:"张三说,我们在这里等一等。"

他们坐在那里等胖女人。几个男人进进出出。房间里面还有些昏暗的小阁子,他们听见还有男女的说笑声,想必那里就是按摩的地方吧。

过了一会,胖女人出现了。她看见他们,就走过来,说:"你们要洗头还是按摩?"

张三看见她,很激动。但是显然,对方没有认出他来。这让他很失望,而且他注意到李四的神色也有些诧异。他就故意咳嗽了一声。他说:"你最近还好吧?"

胖女人看了看张三。她终于记起来了。她说:"原来是你啊。"

张三说:"这是我的一个小兄弟,他在这里洗个头,你要多照顾他。"

"没问题。"胖女人说,"那你呢,也洗洗吧。"

"不急。"张三说,"我过会再说。"

胖女人就把李四带过去了。她弄水,给他洗头,还跟他说着什么。张三从侧面观察她给李四洗头的情景,他认为她对李四的态度应该和她给自己洗的时候有所区别,但是他发现,这种区别非常不明显,这让他多少感到有些不好受。而李四则显得兴奋而且激动。后来,张三听见李四在喊他。

张三说:"怎么啦?"

"老板。"他说,"我就在这里做个按摩吧。"

张三的神色显得有点慌张。虽然他的同伴终于喊了他一声"老板",听上去还算受用,但是他没有料到对方会提出这样的要求。他有一股说不出的难受。现在,他隐隐觉得,局面突然变得有些出乎他的预料了。

"不行。"张三严肃地说,"我们说好的在这里只是洗头,完了我们到别的地方做按摩。"

"怎么不行啊。"胖女人说,"哪里做还不是一样吗。"

张三感觉到自己说话都有点困难了。她的神态实在是太随便了。他都有点生她的气了,她起码不应该在他面前说这些话吧。张三语无伦次地说:"不好嘛,这样不好嘛。"

"你是大老板。"她说,"你还心疼这点钱吗?"

"那倒不是。"张三说,"可是——"

他的话还没有说完,就看见她已经带着李四到里边去了。他还没有同意,他们就自作主张去做按摩,而且是当着他的面,这让他实在是无法接受。张三口干舌燥,他不知道自己为什么会这么难受。他很后悔带李四到这里来,但是他又不能说出原因来。他难受死了。

他似乎还听见了里面发出的声音。他其实一直期待着这种声音从自己的嘴里发出来。没料到居然被一个没有一点经验的年轻人占了先。这真是叫他难过。

过了一会,他们出来了。李四看上去满足极了。他说:"我的按摩弄完了。"他的神色看起来特别无耻,张三恨不得给他一个拳头。更让他难过的是,胖女人在他面前还有点若无其事的样子,就好像刚才只是去了一趟茅房那样简单——她起码应该有点惭愧的意思嘛。

胖女人说:"给钱吧。"

张三困难地说:"多少?"

"100元。"她说。

"多少?"张三说,"太贵了吧?"

"这都打折了。"她说,"本来是120元呢。"

张三就对李四说:"你掏钱吧。"

"老板。"李四说，"我的钱不够。"

"没带钱还要来按摩？"张三生气地说，"你什么东西嘛。"

李四就把自己带的钱全都掏出来了，一共是 80 元，张三掏了 20 元，总算凑够了数。这会他什么都不想说了，他急急忙忙地从里边出来了。

胖女人说："以后常来啊。"

他们走在马路上。张三感觉自己非常空洞，空洞得就像是剩了一个壳。李四说："张哥，跟上你算是长了眼界了，她的奶真是大啊，有这么大呢！"

张三没有说话。他漫无目的地在路上走。他感觉到很委屈。甚至，他感觉到伤心。李四还在喋喋不休地讲述刚才的按摩过程。他一点也没有发现张三的眼色是那样难看，他把过程说得非常的细，而这些正是张三最不愿意听到的。他真是太过分了。

张三说："你把我的 20 元钱还给我。"

李四嬉皮笑脸地说："张哥，这点钱你还要啊，就算你请我嘛。"

"谁请你啊？"张三说，"你也好意思说？"

"你怎么啦？"李四说，"我又没有和你的相好睡觉，你那么生气干什么？"

张三突然抡起拳头，只一下，就把李四打趴到地上了。他也不知道自己哪里来的这么大的力气，就好像把一袋水泥扔到地上那样。然后，张三扑到李四的身上，一拳接一拳地打上去。他一边打他，一边用粗俗的话骂他；他骂人的声音很难听，像是哭那样。后来，他看见流在地上的血。他停住了。他感觉舒服多了。他蹲在一边抽烟，等着李四醒过来。

后来，李四醒过来了。他没有死，受的伤也没有想象的那么严重，只是流了一些血。他们长年累月在工地上干活，这点皮肉之苦算不了什么。他们没有说话。他们坐在地上。后来，他们离开了。

一团鸟屎

1

要说事情的发生，当然和来宝的那个睡梦有关系。那天夜里，来宝发现自家的房子外面长了一棵很大的树，并且那树在他看见的时候还在不断地长大，最后把他的房子全部遮盖起来了，日头和光都没有了，他在自家的房子里就跟在地窖里一样。他有点生气，就问这是谁家的树，不料树上一个地方，忽然掉下一团鸟屎来，弄得他满脸都是。那屎黏糊糊的，堵在他的鼻孔和嘴巴上，差点就要把他憋死。这时候他醒过来了，梦没有再做下去。梦里的这些东西让他感觉到不安。他想要是还没有醒来，他就会拿一把锯子把那棵树锯掉，然后再拿一颗石头把那只鸟打死。不过梦见屎是好的，屎就是钱，表示他会发财；可问题是他梦里的屎没有在地上，而是堵住了他的嘴巴和鼻子，这就未必是发财的兆头了。然后，梦见树又是什么意思呢？那样大一棵树，他从来没有见过的，而且把房子的光都弄没了，肯定是不好的。它到底是什么意思呢？

哑巴的气味

果然，天还没有完全亮起来的时候，有人敲楼下的门。来宝从楼上的窗户里看下去，原来是李富贵。来宝问啥事，李富贵说："嗯，有事。"过了一会，来宝下楼，开了铺子门。李富贵走进来，不停地搓手，吸鼻涕，好像很冷的样子；其实那时候才刚到秋天。他在铺子里望来望去，就跟从前没有来过一样。最后他把眼睛停在摆满烟卷的货架上，嘴巴张开，里面是一个黑窟窿，一节涎水从嘴角垂下来。李富贵还不到 40 岁，但牙齿已经掉光了。来宝从货架上取下一包烟来，打开，丢给李富贵一支。李富贵乐呵呵地点着，然后蹲到地上抽起来。

来宝看着他。来宝说："啥事？"

"嗯。"李富贵说，"有事。"

"说嘛。"

"嗯。那木材他们叫搬走呢。"

"就放在戏园子的木材？"

"就戏园子的木材。"李富贵说，"他们还骂我，说我肯定拿了你的钱，不然怎么叫你在那里放木头。"

"妈了个逼。"来宝说，"谁骂你？有本事到我跟前来骂嘛。木材好好的，堆那里挡他们的路了吗？谁骂你，你说。"

"他们。"李富贵说。他往地上吐了一口痰，黏糊糊的就像来宝梦里头的那团屎。李富贵说："我也这么说了，可还是骂，李发财也骂了，他说要是木材还不搬走，就不让我看戏园子了。"

"李发财也骂你？"来宝说，"我还把他当祖宗一样巴结，原来也是条狗。"

"他们说我拿了你的钱。"李富贵说，"可我啥时候拿过你的钱？你也从来没有给过我钱是不是？我可不能叫他们这么冤枉我，你说是不是？"

"你妈个逼。"来宝说，"我咋没给你？你从我铺子里拿了多少东西，你得有良心。"

"是拿了。"李富贵说，"可是你都记了账，算是赊的，是不是？你还说我有了钱要还你。"

"你什么时候能有钱？"来宝笑了，"你要有钱，全镇上的人都能到美国旅游了。我是记了账，但我没想着让你还钱，就是要让你知道，我跟你有交情，你肩膀上长个脑袋，可要想清楚，别跟上那帮坏人瞎嚷嚷。"

"嗯，我知道。要不然我就不会帮你看木材了。我再赊点东西：一包盐、一包洗衣粉、一包卷烟，——原先的你要是不要了，这会算是真赊的。你记到账上，嗯？"

"好好看着我的木材，啥都好说。"来宝说，"看不好就连赊也没有了。"

2

下午的时候，李发财来到铺子里。他穿了一只大裤衩，背心外面套了一件西装，新做的，过于宽大，摆来摆去，像是一只蝙蝠的两只翅膀。脚底下是一双塑料拖鞋，踩到地上发出叮叮当当的响声。

"村主任来啦。"来宝说。

李发财说："嗯。"

来宝从柜子里找出一包烟递过去。李发财摆手说："不抽了不抽了，我来跟你说个事。"

"抽嘛。"来宝说，"这是好烟。"

李发财把烟接过去，看了看，然后取出一支，叼到嘴上，来宝给他点着火。

"木材你得搬走。"李发财说，"戏园子是给神唱戏的地方，庙也在里面呢，你堆上木材不吉利。"

"赶唱戏的时候我搬走。"来宝说，"不影响给神唱戏。"

"那不是唱戏不唱戏的事。"李发财说，"不吉利，对你也不好。"

"我给神也供了礼了，我比你们镇子里的谁都供得多，修庙的时候我掏了300元，比你们谁都多，你说我说得对不对？"

"那是另一码事。"李发财说，"你得把木材搬走。你把木材堆那里，镇子里就老出事。"

"我开我的铺子，卖我的木材，跟镇子里出事有鸟关系？村主任你别开玩笑了。"

"有关系。"李发财说。他把烟头扔到地上，又踩了一脚。他说："你把木材堆在那里就有关系。李士民家的一头骡子好好的，前天夜里死了；李二狗的爸昨天夜里也死了，他爸中午的时候还在街上下棋，从来没生过病，身体好得跟年轻人一样，你说他好好的怎么会死？"

"村主任你这是胡说呢。"来宝有点生气，自己点了一根烟，在地上走过来走过去。他说："难不成他们死了骡子，死了人，都要让我来赔？你这不是要赶我走嘛。"

"我可没这么说。"李发财说，"他们要这么说我也没办法，总不能把他们的嘴堵上。我是说你得把木材搬走。"

"那你说我搬哪里？你说个地方我就搬。"

"我咋知道？"李发财说，"总之你得把木材从戏园子搬走。"

"你是村主任，你得讲道理。"来宝说，"那些木材真没地方放，你就让李富贵看着吧，他说能看。"

"他是个傻子。"李发财说，"他说了不算。"

来宝没有说话。他看着李发财。李发财坐在那里，朝房顶喷烟圈。

"我过几天搬。"来宝说，"你得给我缓几天，得等我找个地方。"

"缓几天可以，就几天。"李发财说，"我给他们说一说，就说你在找地方，找到了你就赶快搬。要不出了事我可就管不了了。"

来宝送李发财出了铺子，他看着李发财走远，朝地上吐了一口痰。

"妈了个逼。"来宝说。

3

来宝吐痰的时候，李白志正从他身边走过去。李白志是李发财的侄子。他在镇上开了一家服装店。三年前来宝挑着担子在镇上卖豆腐的时节，李白志的铺子已经开起来了。有一阵子他店里的生意很好。

他那时戴副眼镜，脸色苍白，跟个知识分子一样。镇子上流行的衣服样式都是他的服装店卖出来的。但是不久镇上的人听说，李白志在城里收购了死人的衣服在卖，因为有人在新买的衣服上发现了没洗干净的血渍。然后有一天有个乡里女人试衣服的时候，李白志摸了人家的奶子和屁股，那女人哭着跑回去，两个小时后带了30个村子里的人，拿着棒子和斧头堵到服装店门口。李白志吓得裤子都尿湿了，躲到里面不出来。李发财也赶紧集合了30个镇子里的人，赶到服装店门口。最后说好李白志出200元给那女人，因为李白志摸了她的屁股和奶子，而城里摸女人就是要200元。李白志掏了钱，那伙人才散了。不过李白志不承认他摸了那女人，他说是女人想摸他，毕竟在镇上像他这样有知识、相貌出色的男人不多。但是总之，他店里的生意就渐渐地不好了。来宝买镇上的楼房的时候，李白志还在开服装店，等到来宝卖百货，又卖木材的时候，李白志还在开服装店。人们从来宝的铺子里进进出出，李白志偶尔会站在服装店门口，看那些人。他戴着眼镜，神情严肃，跟个知识分子一样。但镇上有知识的人越来越多，而且不见得都戴眼镜，所以李白志看上去像是个假的。

李白志这天卖出两套衣服，等到买衣服的人离开，却发现收到的钱有一张100元是假的。李白志还从来没有收过假钱，因为他总能认出假钱的样子，但这张假的看起来和真的一模一样，李白志居然没有发现。他拿着这张钱去交电话费，那里的验钞机告诉他，这是假钱。李白志很生气，手里攥着那张假钱往回走。

路过来宝的铺子的时候，来宝正往地上吐了一口油腻腻的痰，并且来宝的嘴里说："妈了个逼。"

本来李白志的生活粗枝大叶，镇上的人吐痰说话他未必会放到心上，但来宝平常装得很和善，跟个菩萨一样，所以就让人觉得惊奇。更主要的是，他刚刚收到一张假钱，心里正在不痛快，来宝这样一骂，让他以为连来宝也在嘲笑他。这样一来，他就觉得他收到这张假钱和来宝是有关系的，否则那个拿了假钱的人为什么不到来宝的铺子里买东西？说不定来宝认识那个拿假钱的人，然后来宝让那人拿着假钱来买他的衣服。他觉得这张假钱应该被来宝收到。来宝钱多，收几

哑巴的气味

张假的没什么关系。

李白志其实已经从来宝的身边走过去了。他又往前走了七步那么远。然后他回过身，走回来了。他走到来宝跟前，看着来宝的脸。他扶了一下他的眼镜。

"来宝。"李白志说，"你骂谁呢？"

"骂人。"来宝说，"妈了个逼。"

李白志又扶了一下他的眼镜。他说："你骂谁呢？"

"没骂你。"来宝说，"我没骂你。"

"你没骂我骂谁呢？"李白志说，"你看看这周围没有人，你还能骂谁？骂鬼？"

"骂鬼。"来宝说，"我就是骂鬼。妈了个逼。"

"鬼也不能骂。"李白志说，"鬼也是我们镇上的，你要骂到你们乡里骂去，听见吗，来宝？"

来宝看着李白志。然后他转身进了铺子。

"来宝。"李白志说，"话还没说完，走了干啥呢，你有钱就能随便骂人？"

这时镇上的一些人聚过来。他们就像是从土里突然冒出来的。

李白志说："来宝，你出来。"

李白志又说："你有钱就能随便骂人？"

来宝没吭声，也没有从铺子里出来。

"来宝，你妈个逼。"李白志说。

"来宝，你妈个逼。"李白志说。

来宝忽然从铺子里冲出来了。一张脸像新鲜的猪肝。他一把抓住李白志的胸口，差点就要把李白志拎到空中。他说："我就是骂你，你妈个逼。"

李白志说："你妈个逼，你放开我。"

来宝刚刚松手，李白志的一只胳膊挥舞过去，打到来宝的脸上。但来宝卖过十年的豆腐，每天挑一副重担山上山下来来回回，所以还没等李白志的胳膊到来，他就一掌推过去，李白志立刻跟一团泥巴那样倒在了地上。这时候周围的人涌上来，把来宝拉住了。李白志从地上爬起来，先是找他的眼镜，找到之后戴到眼睛上，又在地上找东西，最后找到一片砖头，他举着砖头从那些人的缝隙里拍过去，拍到来宝的脑袋上。过了一会，来宝的头顶有一条鲜红的血流下来，到脸上的时候看上去像是一条鲜艳的蚯蚓。来宝还在挣扎，奋力要摆脱那些拉住他的人，但没有成功。来宝说："你妈个逼。"李白志说："你妈个逼。"他举着砖头还要扑上去，但这时有人把他拉住了。

"打了个平手。"有人说。

"那就不要打了。"有人说，"散了吧。"

"散了，散了。"有人说。

于是人群慢慢地散开了。来宝用手摸了一把脸，他的脸顿时就像是戏里头一张还没化好妆的脸谱。李白志一瘸一瘸地往回走，屁股后面跟着一帮人。走了十步之后，他转过身，扶了一下眼镜，对着来宝说："来宝，你妈个逼，这事还不算完，你等着吧。"

4

来宝到镇上的王二诊所包扎伤口。王二清洗过伤口之后惊叹说，李白志的砖头所击打的部位，正是脑袋上一处致命的死穴，要不是来宝的脑袋比一般人的结实，这会也许已经命丧黄泉了。来宝说："狗日的原来这么毒，是想一砖头把我拍死。"王二说："这地方都是坏人，俗话说入乡随俗，你还是小心些好，不然他们总会找你麻烦。"来宝说："妈的个逼，我还偏不吃这一套。"王二说："还是算了吧，强龙斗不过地头蛇，忍一忍也就没事了。"来宝说："他能下这样的毒手，我也能这么回给他：我到县里找几个黑社会，谁要是再敢这么害我，我就叫他缺胳膊少腿。妈的个逼。我有钱怕啥？把我逼急了，人头我也买得起。"

王二听了这话，赶紧出了诊所看看周围，然后他说："来宝兄，这话可不敢让他们听见，要不然麻烦就大了。"

"听见又咋地？"来宝说，"我就是能买人头，我买得起。"

哑巴的气味

王二说："这话是难听了些，但这事放到我脑袋上，我也不能忍的。来宝兄，你是一条汉子，我佩服你。这镇上像你这么有本事、能挣钱的，就你一个。他们算什么？算鸟。"

这时来宝记起夜里所做的那个梦来。原来那一团鸟屎就是李白志手里的那块砖头。就是砖头拍到他脑袋上之后，流到他脸上的血。

5

李士民家的那头驴的确是一头好驴，李士民经常说，他的这头驴比他的老婆还聪明。能吃苦，活干得多，从来不发脾气。他甚至说，他的驴比他老婆长得好看。要是人可以和驴结婚，他宁可要这头驴而不要他老婆。但是他的驴有一天夜里突然死了。他的驴看起来就跟活着的一样，但实际上已经死了。所以他的驴肯定不是得什么病死的，肯定是因为别的原因，好好的就这么死了。李士民抱住他的驴一直在哭，直到他的鼻涕和眼泪把驴的后背弄得湿乎乎的，就跟给驴洗过澡那样才罢休。镇上见到这场面的人说，李士民这辈子可没这么伤心过。他甚至都没有哭过。那头驴是李士民最亲的，现在他的驴死了，可叫他怎么活下去啊。镇上的一些女人看到这个场景，也都忍不住掉下了眼泪。把一个人养得有感情很难，把一头驴养得这么有感情就更是不容易了。再说，李士民没有钱开铺子，也没有本事去城里挣钱，他只会种地，他家里的粮食都是他和驴在地里辛苦劳动赚来的，现在让他一个人又当人又当驴，怎么能行呢？

好好的一头驴，就这么突然死了，这是怎么回事呢？

李士民大哭一场之后，剥了驴皮，卖了驴肉，从卖驴肉所得的钱里取出五元，买了一包烟卷，准备送给镇上的李阴阳。他要李阴阳算一算，到底是什么缘故让他的驴死了。李士民说："肯定不是病死的，我的驴我最清楚，要是病死的，我就让李字倒着写。"李阴阳说："当然不是病死的，你说这话等于放了个屁。"李士民说："那你赶紧算算是咋回事？"李阴阳说："我早就知道了，不用算。"李士民说："你是说你早知道我的驴会死?"李阴阳说："差不多。"李士民听了，很生气地说："那你为啥不告诉我呢?"李阴阳说："你这话等于放了一个屁，就算我告诉你，你的驴照样也得死。"李士民说："那是为啥呢?"李阴阳说："邪气所致啊。我几天前夜观天象，看到一股不祥之气笼罩镇子的东南角，又有两道鬼火从那里升起，一道像驴，一道像人，我就晓得镇上肯定有人畜死伤。"

李士民想了一想说："东南方不就是戏园子土地庙的位置吗?"

李阴阳说："又是一句屁话。"

"你总是说我说的是屁话。"李士民说，"可我听了半天，你还是没有算出来我的驴为啥死了，你的话也跟放屁差不多。"

"我跟你不说了。"李阴阳说，"你自己到土地庙去看吧。"

李士民快快地出来，在镇上碰见李二狗。李二狗是李士民的侄子。李二狗说："我爸死了，家里乱成一锅稀饭了，你倒是逛得起劲。"

李士民说："我哪是闲逛?我有事情呢。"

他摸摸口袋，发现了给李阴阳准备的那包烟卷。怪不得李阴阳总说他放屁。他就把那包烟卷拆开来，给李二狗一根。通常总是他给李二狗烟卷抽，就跟他是李二狗的侄子一样。他都习惯了。

"不就是死了一头驴嘛。"李二狗说，"难不成比我爸死了还要紧?"

"我的驴和别的驴可不一样。"李士民说，"我的驴死了就是天大的事;你爸死了就死了，他也该死了，都快70了。"

"可我爸说他还能活十年。"李二狗说，"十年还能干许多活呢。"

"你爸死了。"李士民说，"我琢磨你心里肯定高兴得很。"

"你管我高兴不高兴。"李二狗说，"反正我爸死得有些蹊跷。"

"我问了半天李阴阳。"李士民说，"他说了半天，我也没弄明白，他就像是在放屁。他说让我到庙里去看。我要能看出来，要他干啥?"

"你的脑袋里让驴屎糊满了。"李二狗说，"人家说得跟一面镜子一样清楚了，你还不明白?"

"我还是不明白。"李士民说。

"先回去给我帮忙。"李二狗说,"等把我爸埋了,咱们再找他狗日的算账。"

6

但是镇上的人的确认为,最近发生的很多事情就是跟来宝的那些木材有关系。那些木材堆放在镇上的戏园子里,正好是在土地庙的门口。土地庙应该干干净净,道路开阔。这样,往来的人和神都没有什么阻碍。这样才能使得李家镇(这地方叫李家镇,因为镇上有十分之九的人都是李姓)越来越变得像一个城市。来宝把木材堆在那里,对他自己当然是好的,因为没有人会在神的面前偷东西,谁要是偷什么东西,神都会看得很清楚。还有李富贵也能看得见,因为镇上的人让他看管戏园子和土地庙,负责把那里的垃圾清扫干净;但是李富贵是个傻子,只要来宝给他一包三元钱的烟卷,他就会把木材看管得比他自己还整齐。所以这件事情不能说李富贵不好,只能说是来宝太精明,他到镇上不到三年,全镇人的钱就哗啦哗啦地像水一样流进了他的口袋里。他越是赚得多,镇上人就越是不吉利。他把木材堆在那里,镇上人就更不吉利而他却因此赚得更多。镇上有些人(比如李白志)本来可以赚到钱的,现在因为他把木材堆在那里,也就赚不到了。李白志收到的假钱虽然不是来宝给的,但也跟他给的没有什么两样。而且他还把李白志打了。他把李白志推倒在地上,结果李白志的腰就不听使唤了。李白志还没有儿子,每天晚上要和他媳妇干那个。别看李白志跟猴子一样瘦,他其实是很能干的,他媳妇经常跟别人说,李白志能把她弄得跟死了一样,等到她活过来之后,觉得死了也是很舒坦的。他和他媳妇当然不是为了这个,主要是为了生一个儿子。但来宝把他推到地上之后,他就再也不能弄了,这样他也许就生不下儿子。要是李白志生不下儿子,那就比收一张假钱还要严重得多。所以李白志扬言说,总有一天,他要让来宝知道,在李家镇上,随便打人会有什么样的后果。

　　那天夜里，李发财忽然发烧起来，一张脸就像是一个冬天的火炉。他老婆就赶紧拿一碗水、几张纸钱、三根筷子给他祷告。要是平常时候，等到把纸钱点着，筷子就会乖乖地竖在水里，就跟有人扶着筷子一样。筷子是被那个作祟的野鬼扶住了，他只是来要一点钱。这样等到李发财的老婆把纸钱烧完，筷子也就马上倒在碗里，意思是那鬼走了。接着李发财睡上一会，之后烧就退了。但是那天夜里，无论李发财的老婆怎么呵斥，那筷子就是不好好地立在碗里，李发财的脸就像是着了火，而且李发财居然开始说话，20年前死去的一个女人现在回来了，她附在李发财的身体上，所以李发财说出的话就是那个女人的话。他那时候其实就是那个女人，一模一样的声音和动作，一模一样的心思和愿望。那个女人说了很多话，说到的很多事情是李发财平时根本不会知道的。等到那女人说完，李发财忽然昏过去，气息也没了，跟个死人一样。他老婆急得大哭，过了许久，李发财醒过来了。李发财的老婆就赶紧去找李阴阳问话，李阴阳算了一算，说问题还是出在庙里，他要李发财的老婆到庙里去，给土地神许个愿，最好许一只鸡或者一头羊，这样会好一点，否则那女人还会来的。李发财的老婆问：“我要是许一只鸡，神他老人家会不会觉得比一只羊少？”李阴阳说：“神他老人家没你这么贪便宜，一只鸡和一只羊是一样的。”她决定给神许一只鸡，因为鸡比羊便宜。她就到庙里，给神许了一只鸡。等到从庙里出来，她看见堆放在那里的许多粗大的木材，本来她想绕过那些木材，但是忽然间，有一根木材就像人一样动起来，她躲闪不及，一下子绊倒在地上。李发财的老婆爬起来，身上脸上全是土，然后她发现，自己的嘴巴里流出了血，一颗牙齿不见了。她于是坐在地上，开始号啕大哭。李家镇的人顿时都听见了她的哭声。也都知道是堆在那里的木材忽然动起来，把她的一颗牙齿弄没了。

　　来宝当然也听到了李发财老婆的哭声。不管他的木材会不会动，这事情和他总是有关系的。她是村主任的老婆，总是要比别人麻烦些。她要是这么说，李家镇的人也都会这么说。因此来宝打发他的儿

68

哑巴的气味

子到李发财的家里，送了100元过去，说是补牙的钱。那时候李发财没有发烧，他收了钱，但同时捎话回来说，那些木材必须要赶紧搬走，不然的话，他的木材就会着火，然后就剩下一堆灰。

那天夜里，来宝梦里看见许多李家镇的人来到他的铺子里，乱哄哄地抢他货架上的东西。来宝起初是和善的，他堆着笑脸和他们说话，但是他们不听，还有个人居然把尿撒到他的柜台上。来宝很生气，就拿了一把刀去砍，结果一个人的脑袋被砍下来，掉到了地上，咕噜噜滚动。它还会说话，它说："来宝杀人了!"来宝这时从梦里醒来，惊出一身冷汗。他没有再睡着，就坐在那里抽烟。他听见风刮过窗户，发出鬼一样的叫声；又听见楼下的铺子里似乎有人在走来走去，接着货架上的一个玻璃杯子掉在地上，发出破碎的响声。他甚至还听见有人在那里吃吃地笑。于是来宝起来，拿了一根木棒，下楼去看。铺子里什么都没有，但是的确有一个杯子破了。好好的一个杯子，怎么会突然掉下来并且破掉呢？也许是风从窗户里刮进来，刮到杯子吧。也可能是杯子本来没有放好吧。来宝看了一圈，就回到楼上去。但是不久他又听见了声音。还是有人在铺子里走，好像有人渴了，在倒暖壶里的水，还听见有人在哭。来宝就把楼上楼下的灯全部亮起，他看见铺子中货物里掩藏的静寂。他什么都没有看见。来宝那时候真的有些害怕，他知道来的也许不是人，而是一种对他的提醒和警告。在一定程度上，李家镇的这些灾难就是来宝带来的。

天快亮的时候，来宝蒙眬入睡。忽然他被一种巨大的破碎声惊醒。他下楼之后，发现有两扇窗户玻璃破碎了。玻璃碎片像是一团一团的鸟屎，撒满他堆放的物品上面。是谁干的呢？李白志？李发财？李士民？李二狗？实际上，李家镇的每一个人都有可能。

7

李家镇这么大，镇政府、镇医院、镇派出所、镇信用社都在这里，但是要找到一个可以放得下来宝的木材的地方，却真的没有。就算李家镇的人愿意让来宝的木材堆在什么地方，也没有什么地方可以堆放。当初来宝把木材堆放在戏园子里的时候，他其实知道没有别的地方可以放得下。而当初他开始往戏园子里搬木材，李家镇的人并没有说什么。他们其实也觉得把木材堆在那里没有什么。但自从来宝梦见那团鸟屎之后，李家镇的人忽然觉得木材给他们带来了灾难，就跟来宝梦里的那棵大树遮挡住了房子，令他喘不过气来一样。那棵大树就是来宝的木材，树下面的房子其实不是来宝的，而是李家镇居民的房子。所以，来宝的梦正在变成真的。

可是，木材能搬到哪里去呢？

来宝一整天在镇上走动，直到黄昏时分，也没有找到一个稳妥的地方。他走在镇上，感觉自己像一只难看的猴子，正在被李家镇的居民们从头到脚、从里到外地观看。来宝把烟卷散发给他们，一人一根，他们接过烟卷，点火抽起来，也跟他说话，似乎很热情，但是来宝知道，没有人会给他一个好主意。他们都盼着他的木材一夜之间被贼偷光，或者被一把火烧得干干净净。

然后来宝一个人走回到他的铺子跟前。他忽然看见李狗蛋和他的几个兄弟。李狗蛋手里拿着一根警棍，正像一个警察那样摇摇摆摆地走在街道上，后面跟着他的几个兄弟，也在学着李狗蛋的姿势走路。他们走过来的时候，镇上的人忽然变得很少。镇上的那条马路顿时显得宽阔起来。来宝看着李狗蛋。李狗蛋也看见来宝了。但他没有理睬来宝。他晃动手里的警棍，眼睛在往前面的什么地方看。来宝这时候一直看着李狗蛋，等到李狗蛋从他跟前快要走过去时，来宝说："兄弟，过来一下。"

李狗蛋停住了。他回过头看着来宝。他说："你叫我？"

"对。"来宝说："兄弟，过来一下。"

"你叫我什么？"李狗蛋说："哈哈哈，谁是你兄弟？"

"你得叫警官。"李狗蛋后面的一个胖子说，"兄弟是你叫的？"

"好好好。"来宝说，"李警官，请你过来一下，我有重要事情呢。"

他们进了来宝的铺子。来宝给他们发烟卷，又每人一瓶啤酒，他们用牙齿咬开盖子，开始咕咚咕咚地喝。李狗蛋很快把一瓶喝完了。来宝又给他一瓶。李狗蛋看着来宝。他说："啥事，你说。"

来宝说："我有个事情得请兄弟帮忙，我想来想去，这事情只有你可以。"

"叫警官。"胖子说，"兄弟是你叫的？"

"让他叫吧。"李狗蛋大度地说，"这会叫一叫也行。——你说。"

"想来想去。"来宝说，"李家镇除了你，没人能办这个事。"

"你这话说得有点意思。"李狗蛋说，"别人要能办，要我干啥？那我不就是吃屎的了？哈哈哈。"

"哈哈哈。"另外几个也都跟着笑起来。

"是这。"来宝说，"我的木材放在戏园子里，你晓得吧？"

"晓得。"李狗蛋说，"你得把木材搬走。"

"要搬。"来宝说，"我就是要搬，可我找了很多地方，都放不了木材。——我是想请兄弟帮我想想办法，看搬哪里合适？反正你要说放哪里，他们肯定不会说啥了。"

"你是说让我给你找个地方？"

"对，你说放哪就放哪。"

"你是说让我帮你看木材？"

"对对。"

"他让我们给他看木材。"李狗蛋对他们几个说，"你们说看不看？"

"大哥你说。"胖子说，"你说啥就是啥。"

李狗蛋对来宝说："那你说咋看？"

"当然不能白辛苦，我给你双份的钱。"来宝说，"双份的钱。"

李狗蛋的眼珠子咕噜咕噜地转了几圈，好像在想这事情是不是划得着。最后他说："行，那就双份。"

"不过你得帮我搬木材。"来宝说。

"搬木材得另加钱。"李狗蛋说。

"包到那双份里头。"来宝说。

"得另加。"李狗蛋说，"要不就算了。"

来宝想了一想。他说："行，另加。不过还有个条件。"

"你说。"

"镇上的人要是问起来，你就说你是给我帮忙，你没要我的钱。"

"糗事挺多。"李狗蛋说，"行。"

8

　　起初，李狗蛋在部队上的时候，他妈还没有死。她是个瞎子，但李家镇的任何一个角落她都能走过去。她能看得见每一个人。她经常坐在街道上，看见每一个人走过来，就告诉对方说，她儿子在部队上学会了飞的功夫，可以像一只鸟一样，从一棵树飞到另一棵树。她从早到晚，一年四季都在这样说，终于李家镇的人都知道李狗蛋会像鸟一样飞。但是有些人认为她在吹牛，因为人假如可以像鸟一样飞起来，那么鸟就可以跟人一样学会修房子、种庄稼了。实际上大家看到的飞起来的东西是鸟，而不是人。有些人却开始相信她的话了，因为她说起她的儿子怎么飞的时候，很多人仿佛就真的看见李狗蛋在镇上的两棵树之间飞。只有李士民的看法和大家不同，他既不认为她在吹牛，也不认为人在两棵树之间飞有什么稀奇。相反，他认为世界上的每一个人都可以学会像鸟一样飞，不会飞只是因为还没有掌握好起飞的姿势和角度。那时候李士民正在用修房屋剩下的木板和从镇上捡来的泡沫塑料制造飞机。他说假如他制造成功，国家也许会奖励他十头驴、五头母羊，这样他种地的时候，就可以赶着一支驴的队伍了；而他要求奖励五头母羊，是因为他要喝羊奶，而人喝了羊奶会更聪明。当他听说李狗蛋会飞之后，他告诉李家镇的人说，这根本没有啥好稀奇的，因为他也可以飞。李家镇的人当然不相信李士民真的可以飞。要是李士民可以飞，那么李家镇的每一个人也都可以飞了。于是李士民有一天站在自家院子的一面墙上，那面墙有6米高，他手里举了一把伞，腰里绑了三根充了气的自行车轮胎，要当场给大家表演人是怎么飞起来的。他的目标是对面的一棵大柳树。墙外面站了大约25个

哑巴的气味

镇上的人。他们也确实想知道，是不是每一个人都可以飞起来。李士民同时还在腿上绑了一根细绳，把绳子的另一端交给李富贵。他要李富贵牢牢抓住绳子，一旦自己飞得超过了柳树，他就得使劲把他从天上拽下来。

飞的时刻终于到了。只见李士民把伞举过头顶，然后纵身一跃，几乎就是飞起来的样子。不料他的一条腿刚刚离开墙面，头顶的那把伞就破了两个洞。地面上仿佛放了一块巨大的磁铁，而李士民则像一块不规则的废铁，比一眨眼的工夫还要迅速，吧唧一声，就已经被牢牢地吸附到地上的尘土之中。然后李士民在镇上的医院躺了半个月，因为他的骨盆和小腿骨折了，接着又在家里躺了三个月。要不是他的腰里绑了三根自行车轮胎，他很可能就会被摔死。不过李士民不承认他不会飞，他说如果那把伞没有破，他完全可以飞起来。

这件事情发生之后，李家镇的人觉得，如果李狗蛋真的学会了飞，那确实是一个很大的本事。然后第二年的时候，李狗蛋的妈说，李狗蛋因为会飞，部队上的司令要把他留下来当保镖。这样李狗蛋就不用回李家镇种田了。而且她也不用住在李家镇，就要住在坦克里面去了。那时候李家镇的人都开始羡慕起她了。但是第三年的时候，李狗蛋忽然回来了。没有人见过他像鸟一样飞，但是李家镇的人觉得他变化很大。他跟李家镇的所有人都不说话。他就像是李家镇的外乡人。他的眼珠很像是两颗玻璃滚珠，经常在迅速地转动，有点就要从眼眶里掉下来的样子。

那时候李家镇已经开始变得繁华起来，旧房子被推倒，新的房子顷刻间拔地而起。来宝也是那个时候进入李家镇并且成为镇上的永久居民的。数不清的陌生面孔出现在李家镇，他们一边修房子一边唱着下流的小曲。甚至据说还有妓女出现在镇上的夜晚里（当然，李家镇的人没有见过妓女，如果见到，就一定会把她们赶出镇子）。然后有一天一些人开始打架，因为有一方欠了另一方的钱；另一些人则大声喊叫说，有人拿了他们的钱跑了。如果有一个人敢于站出来伸张正义，该有多好！当然是有的，这个人就是李狗蛋。在很短的时间内，李狗蛋屁股后面就多了好几个膀大腰圆的青年，他们学习港片里毒贩子的模样，穿着黑皮鞋、黑西装，寸头，墨镜，开始四处替李家镇的居民们讨要钱财。他们真是所向披靡。李狗蛋的声名如此之大，在一个时期里，几乎没有谁敢欠钱不还。甚至当李狗蛋的瞎子母亲走在街上，都有人立刻把地面上的尘土打扫干净，好让她坐下来谈天论地。那时她已经不说关于部队和她儿子会飞的事情了，她说的是她很快就要住上4层那么高的楼房了，因为她儿子挣的钱已经装满了一个废弃的酸菜坛子，恐怕只有请李白志来才可以数得清。李家镇的人也觉得假如李狗蛋要修4层的楼房的话，也是可能的，因为李家镇还没有谁能像他这样挣钱。但是世上的事情往往难以预料，忽然有一天，李狗蛋从李家镇消失了，他就像是谁放的一个屁那样不见了。而另外一些人来找他的瞎子母亲，这中间还有警察。原来是因为李狗蛋有一次帮人讨债的时候，把两个男人打成重伤，一个怀孕的女人则在厮打的过程中流产。李狗蛋的母亲把酸菜坛子里所有的钱都倒出来，加上她别在腰带里的钱，勉强打发走了来人；但是同来的警察警告说，不准李狗蛋回到李家镇，否则他们会抓他坐牢。李狗蛋的母亲从此病倒，某一天安静地死在那间破落院子里的墙角。

李家镇的人认为李狗蛋可能从地球上消失了。但是两年后的某一天，李狗蛋又回来了。当他从长途汽车上下来的时候，20多个青年都在欢迎他，有人还在放鞭炮，比镇上迎接省上的领导还要热闹。这会李狗蛋见到李家镇的人，变得相当有礼貌；但是他的礼貌里却有一种令人发冷的寒意。他消失的这两年，据说是给一个富得可以买得下100个李家镇的老板当保镖，结果那个老板有一天被神秘地杀死，于是他又回来了。李家镇的治安状况已经比从前好得多，只是窃贼和赌徒开始迅速地增加。镇上的派出所加上所长也只有两个警察，而且所长还患有严重的高血压，抓贼的时候要背上氧气袋和降压灵，所以他们决定委托李狗蛋来维持镇上的生活秩序。为了使得李狗蛋更具有威慑力，所长还把他唯一的一根电警棍交给李狗蛋。

所以，李家镇不会有小偷和赌徒。如果有，那也是李狗蛋允许的。起初，李家镇的人并不承认李狗蛋是警察，他们认为李家镇就算是需要警察，那么有高血压的所长就够了。李家镇的事情应该由李家镇自己来解决。李家镇正在变成一座文明的城市，而李狗蛋却连自己的名字都写不下来。李白志有一次正在赌博的时候，被李狗蛋抓住了。李狗蛋要求他交出 50 元钱。李白志当场拒绝了，他认为李狗蛋不能这么随便收钱。他们论起来还是本家，李狗蛋应该叫李白志叔叔；但是李狗蛋立刻把李白志拎到空中，轻巧得就像是拎了一只鸡那样。李白志只好交了 50 元。当然这不过是权宜之计罢了，因为李白志和所长是好朋友，过了两天，他就把钱要回来了；不过所长只给了他 30 元，因为另外的 20 元被李狗蛋他们喝了啤酒。不管如何，李家镇的治安状况算是改善了很多，这使得李家镇的人开始觉得李狗蛋也算是有功劳。不过他们还是尽量避免与李狗蛋打交道，李狗蛋在镇上维持秩序的时候，他们宁可关门歇业。由于李狗蛋学会了飞，身后跟的一帮青年大部分都看上去很陌生，所以他们宁可把他当作外乡人。他们对李狗蛋采取了一种默许和敬而远之的态度，事实上连神也是纵容李狗蛋的，因为李狗蛋有一次把庙里献给神的一只鸡拿出来，交给镇上的饭馆，做好之后他和他的那帮弟兄们就着啤酒吃了个一干二净，李家镇的人都觉得李狗蛋因此就会昏迷过去，因为他吃了不该吃的东西。但是很多天过去了，李狗蛋健康得像李士民的那头驴，啥事情没有发生。

现在，来宝要是把木材交给李狗蛋来看管，那差不多就跟把钱存进银行一样安全。来宝为什么能够赚上比所有李家镇的人多的钱？就是因为他比李家镇的人聪明。

"妈了个逼。"来宝说，"看你们谁还来找事？我一个一个收拾你们。"

9

那天李家镇的人都看见了李狗蛋他们搬运木材。木材被搬到镇子东边的河道里。河道干涸，已经有十年没有水了。那地方宽阔平坦，有多少木材都可以放得下。李家镇的人那天见识了李狗蛋他们巨大的力气，几百斤重的木材被他们搬来搬去，就跟李家镇的人搬化肥那样轻而易举。李狗蛋甚至还叫来了一辆小型的起重汽车。这东西虽然近两年也在李家镇出现过，但还是引起了大家的好奇。李狗蛋手里举着警棍，在土地庙前走来走去，比派出所所长还要威风。李富贵也在很卖力地帮忙，看上去乐呵呵的，因为来宝给他许诺了一包烟卷。李家镇的人都在讥笑李富贵，他确实像一个真正的傻子。李富贵的老婆终于忍受不住这种嘲弄，她就走过去喊李富贵，叫他回家。李富贵不肯，他老婆就揪着他的耳朵，把他弄回去了。

来宝看着他们搬运木材。他站得远远的，嘴里叼着一支烟卷，那支烟在他的肥嘟嘟的嘴唇上跳来跳去。他看上去得意扬扬。

10

那天李二狗带着李士民来找来宝。李士民要来宝赔他的那头驴，至少赔一半的价钱。李二狗觉得他爸既然死了，就再不说能活十年的话，但是他爸一死，家里就没人养猪了，他爸一年可以养两头猪，一头猪可以赚200元，那么两头就是400元，也就是一年可以赚这么些，那么他爸活十年就可以养20头猪，赚4000元，这样算下来，来宝就应该付他4000元。这光是养猪的，还有其他的，比如他爸实际上还养了8只鸡，养鸡的费用就免了，因为乡里乡亲的。更主要的是，他爸在家里藏了一笔钱，大约1000元，本来他老人家要是觉着自己快死了，肯定会告诉李二狗钱藏到哪里了；但是现在这么突然一死，就来不及。李二狗把家里的每个角落都翻过来了，还是没有发现那笔钱。他请李阴阳算一算，这钱藏在哪里，李阴阳说，在房子的南边。南边是一个鸡棚。李二狗把鸡棚拆了，还是没有找见。他就在鸡棚的位置掘土，还是没有发现，倒是挖出来两块骨头。李二狗就问李阴阳说："咋就找不见那钱？"李阴阳说："肯定能找见。"等来宝把木材搬走，那钱不用你找，就出现了。李二狗说："万一找不见呢？"李阴阳说："你这不是屁话嘛，找不见就是你爸没有那笔钱。"但是

哑巴的气味

李二狗知道他爸藏了钱。他爸把那些钱一直藏在裤衩里，他老婆见过，后来就藏到鸡棚跟前的什么地方了。不管咋说，这笔钱也应该由来宝出。这样算下来，来宝就应该赔他5000元，因为4000元加1000元就是5000元。李二狗还请李白志列了一个算式：

1 猪＝200 元

一年养 2 猪，那么，2 猪＝400 元

那么 10 年，2 猪×10＝20 猪

那么，10 年×400 元＝4000 元；或者，20 猪×200 元＝4000 元

（注意：两种算法，结果一样）

还有李二狗爸藏起来的钱 1000 元

那么，总算式

4000 元＋1000 元＝5000 元

（备注：列表人兼证明人李白志，李家镇服装店老板，现年 30 岁，考大学只差 11 分）

×年×月×日

李二狗怀里揣好算式，叫上李士民往来宝的铺子里走。他对李士民说："我和来宝说话，你在旁边站着就行了，你不要说话。"李士民说："成。"李二狗又说："他如果抵赖，我就踩你的脚一下，你就到街上去喊人，多叫几个来——总之你看我的眼色行事。"李士民说："成。"

结果两个人从街道上走下来，远远地就看见李狗蛋他们在搬木材。李家镇的人大约有 30 个，聚集在戏园子门口，看着那辆起重汽车轻松地把一根又一根粗壮的木头抓起来，放到手推车上面。来宝看上去比李士民养的那头驴还精神，叼着烟卷，在人群里走来走去。李二狗停住了。他眯缝起眼睛，看着来宝，若有所思的样子。然后他说："这狗日的。"

李士民跟在李二狗屁股后面。他也停住了。他看着那里。他说："来宝这狗日的挺有本事，叫上狗蛋给他搬木材。"

李二狗说："屁本事，是钱的本事，我要有他那么多钱，我能叫狗蛋舔我的屁眼。——他这是给咱们看呢。"

李士民说："那我的驴的钱，你爸死了的钱还跟他要不要了？"

李二狗想了一想。最后，他挥了一下手，就跟个电视里的大领导那样，他说："今天就算了，咱们过两天再跟他算账。"

李士民说："成，那就过两天。"

李士民走过去看他们搬木材。李二狗站在远处也看了一会。他正要回去，忽然看见人群里李白志走出来，大声喊李狗蛋的名字。

"狗蛋，狗蛋。"李白志一边喊一边扶他的眼镜。

李狗蛋回过头看了看李白志，接着他又把头转过去了。

"狗蛋。"李白志说，"你是李家人，不能当一条狗。"

李狗蛋这时挥了一下手里的警棍，算是给李白志警告。

李白志又扶了一下眼镜。他说："你没拿他的钱就给他干活，你真是一条狗。"

李狗蛋说："我拿没拿关你球事，你赶紧滚一边去。"

李白志说："我日你妈。"

李富贵不知道什么时候又回来了。他听见李白志骂李狗蛋，就说："你不能这么骂，他妈你得叫嫂子。"

李家镇的人全都笑起来。

李白志说："狗蛋，我日你妈。"

李富贵说："你还是知识分子呢，不能这么骂，再说，他妈死了。"

李家镇的人笑得更起劲了。好多人笑得前仰后合，笑声哗啦哗啦的，把起重汽车的声音都盖住了。

李狗蛋这时突然朝着李白志奔过来，手里的警棍举得高高的，像一杆枪。李白志见了，转身就跑。李狗蛋奔跑的速度确实相当的快，简直就跟飞一样。李白志居然也跑得很快，他在大街上拼命奔跑，一只手扶着他的眼镜。只差那么一点，李狗蛋的警棍就落到李白志的脑袋上了。但这时，李白志恰到好处地钻进了他的服装店，并且"咣"的一声把门关上了。李狗蛋抬脚踹门，嘴里喊李白志说："你给老子滚出来。"

李白志在铺子里面一边喘气一边说："我就不出来，你有本事飞进来，你不是会飞吗？"

李狗蛋也在喘气，他举着警棍在服装店门口走过来，走过去。他说："我今天非把你的脑袋敲成糨糊不可，你这个王八蛋。"

李白志说："好好的一个人，胳膊肘往外拐，你给祖宗丢人呢。"

"关你球事。"李狗蛋说，"你出来不出来？"

李白志说："我就不出来。"

李狗蛋在地上转来转去，就跟一条发情的狗那样。接着他走到窗户跟前，举起警棍，从钢筋栏杆里捅进去，只听见哗啦一片响声，李白志服装店外面的窗户玻璃碎了好几块。

李白志说："狗蛋，我日你妈，你不得好死。"

李狗蛋举着警棍说："李白志，我警告你，要不是我还得管你叫叔，我今天就把你的铺子烧成一堆灰。"

11

李二狗往回走，有点闷闷不乐。因为没有跟来宝要上钱，那张算式还在自己的口袋里。而且看起来这钱还不那么容易要。他让李狗蛋给他搬木材，又让李狗蛋给他看木材，那就好比养了一只狼狗。

李士民跟在他的屁股后面。李士民说："来宝说他没给李狗蛋钱。"

"狗屁。"李二狗说，"他要没给钱，我就是你那头驴肚子里出来的。"

李士民说："狗蛋也说来宝没给钱。"

"那是来宝教的。"李二狗说，"有钱了，鬼都推磨呢，狗蛋看着凶，脑袋里装的是糨糊。"

"我想也是。"李士民说，"哪有不给钱就给他干的道理。"

这时他们看见村长李发财走过来。李发财那时候已经不发烧了，因为他老婆给土地庙献了一只鸡。但是他看上去很生气。他看见李二狗就停住了。他说:"狗蛋是不是把白志的玻璃捣烂了?"

"嗯。"李二狗说,"我亲眼看见的。"

"这狗日的。"李发财说,"白志还是他叔呢,这狗日的,给李家丢人。"

"那算啥?"李二狗说,"小心你们家的玻璃,说不上哪天也让他给捣烂了,拿着警棍,这么咔嚓一下。"

"他得叫村长爷爷。"李士民说,"他不敢。"

"屁话。"李二狗说,"派出所马所长都怕他呢,村长算啥?"

李发财说:"妈了个逼,都是啥世道,全乱了。镇上说,咱们这里快要变成城市了,人家城里人可不允许儿子打老子。"

"都是来宝这狗日的祸害的。"李二狗说,"要不是他,我们都过得好好的。你得管管。"

"他狗日的别得意。"李发财说,"有他哭的一天呢。"

李二狗这时把手伸进口袋里摸东西,李发财以为他在摸烟卷,结果等他的手掏出来后,却是空的。李发财看着他。李发财:"你口袋里装的是啥?"

"没啥。"李二狗说。

"算式。"李士民说,"是个算式。"

"掏出来。"李发财说,"是不是白志给你写的算式?"

"嗯。"李二狗说。他把那张纸掏出来,递给李发财。李发财拿过去,举得高高的,就着太阳看。他看了很久才看完。

"胡球整。"李发财说。

"咋了?"李二狗说,"我爸就是好好地死了嘛。"

"我的驴。"李士民说,"我的驴也好好地死了。"

"我没说这个。"李发财说,"我说的是要钱不能这么个要法。我就说你们文化低,遇事要动动脑子,心里要想好。我们镇要变成城市了,你这么个脑袋,就得下岗,没饭吃。吃屎也没有。"

"咋了?"李二狗说。这会他从口袋里掏出烟卷,给李发财递一支过去。剩下的他又装回口袋里。

"我问你，你爸除了养猪，还要干啥？"

"养鸡。"李二狗说，"地里的活他也干。"

"还要干啥？"

"他还能干啥？没了。"

"再想想。"

"没了。"

"我就说你是猪脑子。"李发财说，"你爸不吃饭，不拉屎？"

"吃饭。"李二狗说，"他很能吃。"

"这就对了。"李发财说，"你要这么跟来宝要钱。你得把你爸吃饭的钱也算进去。"

"嗯，对对。"李二狗说，"你说得对，不过我爸吃饭吃不了多少钱。他光吃面和馍馍，不吃菜。"

"跟他要一半的钱就行了。"李发财说，"要一半就行了。你以后要注意形象，把你当城里人看，要讲道理，不要让人家笑话。"

"嗯。"李二狗说，"那就一半。我回头叫白志再写一张算式。"

"那我的驴咋办？"李士民说，"也要一半？"

"驴的事再说。"李发财说，"不过你也让白志写个算式，到时候再算。"

李发财看着他们两个。他说："钱的事现在不能跟他要。等我把事情弄好了再要。这狗日的也太嚣张了，简直是无法无天。"

"嗯。"李二狗说，"有钱能使鬼推磨。"

"他居然说谁要是跟他过不去，他就花钱买人头。"李发财说，"这狗日的还不知道李家镇姓啥。李家镇姓李，他还以为李家镇是他家的。"

"他真这么说了？"李二狗说，"这狗日的。"

"那还有假？"李发财说，"我老婆到王二那里补牙，王二说的。"

"这狗日的。"李二狗说，"简直是无法无天。"

"有他哭的时候呢。"李发财说，"你们就等着好好看热闹吧。他跟狗蛋那狗日的在一起，就是粘了一身狗屎，光这就够他吃的了。"

12

木材被堆放在宽阔的河道里。每天路过李家镇的车辆和行人都会看见这些木材。它们整整齐齐地堆放，看起来粗壮、光滑、结实，就跟健康漂亮的女人那样。真是一堆好木材。要是用这些木材来修建房子，房子一定会很好看，就像城市里的房子一样。要是把这些木材全都卖出去，不知道能挣多少钱呢。实际上李家镇的至少一半的好房子都是靠这些木材修起来的，卖木材当然赚了不少的钱。李家镇的人不喜欢来宝卖木材，但是木材就是卖给他们的，他们想不起来除了买来宝的木材，还能上什么地方去买。说起来来宝也并没有那么神奇，他只不过用帆布包背了一沓钱，坐长途汽车到300里外的林场，把帆布包送给场长。然后每隔三个月，林场就会用大卡车把那些好木材送过来。来宝只是比李家镇的人嗅觉灵敏了一点点，聪明了一点点。但是这一点点让他成为李家镇最值得谈论和最值得眼红的人。李家镇是什么地方呢？一个逐渐变得像小县城那样热闹、混乱和肮脏的地方。李家镇的人一方面希望这里变得繁华，另一方面却害怕过多的外乡人涌进小镇。他们希望在混乱的水泥味道里保持自尊。他们渴望自己能够挣上足够的钱，但却反对有人挣钱太多，因为一旦一个人很有钱，那么很多事情就会变得无法控制。土地神照顾每一个李家镇的人，但是神有时候也会打瞌睡。比如当来宝把木材堆放在土地庙前面的时候，神应该让来宝的木材着火或者他的百货铺倒塌，而实际上却是李士民的驴死了，李二狗的爸死了，然后村主任开始发烧，有个女人的魂附到他的身上。可见有时候神也是势利的。来宝钱多，给神献的贡品也多，神自然也照顾他比别人多。神就是让好的更好，让那些不好的更不好。神有时候就是这样。

李家镇的人那时候好像是平静下来了。他们看见来宝的木材堆放在河道里，高大，显眼，就跟一个人放了一堆钱在那里一样，充满了炫耀和骄傲的气息。李狗蛋每天举着警棍，像一个警察那样来来去

哑巴的气味

去，身后是一帮面目狰狞的外乡青年。就算有人想给那些木材放一把火，那又能怎么样呢？李狗蛋就会跟一团屎一样把他粘住，直到他痛不欲生。那时候李狗蛋他们经常在来宝的铺子里喝啤酒，猜拳行令的声音整个镇子的人都能听见。来宝已经给李狗蛋支付了先前所说费用的一半。另一半他还没有给，他说李狗蛋要帮他看着那些木材，直到他把它们卖完。李狗蛋当然也无所谓，难道他来宝还能把那些钱赖掉吗？

李家镇的人看见了这些。他们保持了沉默。就像事情原本就是这样的。只要来宝走在街道上，远远地看见之后，他们就躲到一边去了。李家镇的人那时候已经没有人肯到来宝的铺子里去买东西了。李白志就顺便在他的服装店里辟出一个小摊位，卖烟卷、卫生巾和水果罐头。

来宝其实也不愿意这样。不管怎么说，他现在算是李家镇的居民了。不过要是他们都不肯改善关系，那又有什么关系？李家镇每天都有数不清的外乡人来来往往，李家镇的人买不买他的东西，无所谓。再说，他挣钱主要靠的是木材，要是光开铺子，就算一天有100个人来买东西，那也挣不了多少钱，至多就跟村主任李发财那样；而李发财的钱要是跟他比起来，又算得了什么呢？难道李家镇的人因此就不买他的木材了吗？李家镇要想变得跟城市一样，就必须买他的木材。李家镇只有他卖木材，也只有他有这么多的好木材。

要是让来宝说实话，来宝就会说："李家镇的人算什么东西？"他就是瞧不起他们。

13

那天早晨醒来，来宝忽然又有些不安。因为先前所做的那个睡梦又在夜里出现了。不同的是，这会那棵大树的枝杈向下伸展，几乎压塌了他的房子，他在梦里听见屋梁断裂的声音；鸟屎这次没有糊住他的脸，而是落在了地上，但那团鸟屎越来越大，就跟一桶墨汁倒在一张巨大的纸上面那样。最终，满地都是鸟屎，他走在上面，摔了一跤，又摔了一跤，接着，又摔了一跤。他浑身都是鸟屎，那屎的气味黏稠浓密，使得他喘不过气来。这个梦是什么意思呢？难道又是从前的那个意思吗？可是那怎么会呢？现在一切都看上去很好。

这时他铺子里的电话响了。等到他接完电话，他才知道梦里的屎的确就是钱。那是相当多的钱，就像梦里的那些鸟屎一样，无论他如何要摆脱它们，它们总是那样结实地粘到他的身体上。在梦里他为这些屎而烦恼，但实际上的意思是财神要他必须接受这些钱。就算他不想要，这也是他的。电话是谁打来的呢？原来是县里他的一个卖木材的同行。对方的生意当然做得很大，因为他是在县里，而来宝只是在李家镇。不过最近对方却弄不到好木材了，因为300里外的林场忽然不卖木材了。因此对方提出，他要一次买走来宝的所有木材，价格比来宝在李家镇零售的还要高。明天他就会派出几辆卡车来装货。来宝一边接电话，一边在心里迅速地算计了一番，算出的那笔数字简直连他自己也不相信。他激动得浑身发抖。然后他热情地向对方说，他恭候大驾光临，他将准备好最好的烟卷和酒。接完电话，来宝全身通泰，神清气爽，他忍不住说，这就是财啊，哈哈。

来宝搬了把椅子，泡好茶，坐在铺子外面的街道上，看着李家镇来来往往的人。天气很好，太阳在天上挂着，天空湛蓝，李家镇安静新鲜，远处的树木上面，叶子闪现星星点点的光亮。来宝眯起眼睛，看着街道。他忽然发现镇上走来走去的那些人看上去都很小，小得像是蚂蚁。而他则是一头大象。他要是走一步，他们就得跑上20步或者25步才能够赶得上。可他们要是不停地奔跑，也许还没有等到来宝走出10步，就已经累死了。

这时有个人走过来。那人看起来相当奇怪。这么热的天，他却穿着一件脏兮兮的棉袄；下身是一件宽大陈旧的黑裤子，脚上一双麻鞋。头发蓬散开来，胡须浓密，只看见他的一双眼睛。他从李家镇快步走过，身形轻盈，目不斜视。来宝看着他。他从来没有见过这人。但来宝恍然间又好像在哪里见过他。

那人从来宝身边走过的时候，转过头看了来宝一眼。来宝忽然觉得他带起了一股风，那风竟然有些冰凉。等到他走出有 20 步远，他又回头看了来宝一眼。来宝看着他，忽然心里感觉到一点不安。他看他是什么意思呢？因为他从李家镇上走过，那么多的人他谁都没有看。不过也许是他看出来宝要发大财。因为一个人不管多么善于隐藏，如果有大财要发，别人总是能够看得出来的。

来宝看着那人走远，在镇上消失，合上眼睛，在太阳底下舒舒服服地坐着。来宝想，刚才也许是自己的幻觉。镇上并没有这样一个人走过。过了几分钟，来宝睁开眼，忽然看见那人站在自己跟前。来宝吃了一惊。他就像是突然从什么地方飞过来的。

那人看着来宝。他的眼睛冰凉无比，让来宝不禁打了个冷战。来宝站起来说："敢问你是何方神仙？有何贵干？"

那人没有说话。

"有什么事你就说。"来宝说，"要不到铺子里，我给你泡杯好茶？"

那人摇摇头。然后他说："你印堂发暗，两眼无神，恐怕有灾祸到来。"

来宝听了，心里不免发笑。要说平时这样，倒也罢了，今天怎么可能呢。

来宝说："原来是一位神仙。那你说说，我咋就有灾了？"

那人说："你好自为之吧。老道就此告辞。"

来宝说："你别走啊，给我说说是咋回事。我给你钱，我有钱呢。"

来宝说着话，从怀里掏出一张 100 元的钱，塞给那人。那人摆手不要。来宝就硬是塞到他的口袋里了。但是那人还是走了。他走得飞快。来宝赶了几步，却是追赶不及。然后来宝看见他走到 100 步开外的地方，遇见李富贵在那里，他就把来宝的那张钱掏出来，给了李富贵。然后他就看不见了。

算命的大都是为了钱，所以他们给人算命，经常是胡言乱语，并不准确。所以来宝常常不信命。十年前有个算命很灵验的瞎子曾给他算过一次，结果瞎子说，来宝一生劳碌，就是个卖豆腐的命。那时来宝没有钱，只给了瞎子五角钱。他想要是给瞎子十元，那么他一定就是大富大贵。来宝只信自己，结果他现在是李家镇最有钱的人。不过要是有人给你算命而又不肯要钱，那么他说的话就得琢磨琢磨了。因为他不要钱。不要钱说出来的话有时候就是真的。

这时李富贵走了过来。他高兴得嘴巴都合不拢，一股涎水正从他空荡荡的嘴巴里长长地垂下来。来宝看见他，忽然觉得厌恶。他心疼自己的那张钱。整整100元。而那人又不肯说什么。早知如此，他不如不给钱。现在那100元却到了李富贵的口袋里。就像是李富贵抢了他的一百元。李富贵拿了他一百元。他却眼睁睁地看着，要不回来。

"你狗日的今天发财了。"来宝说，"我的100元刚从我的口袋里取出来，一眨眼的工夫，就进了你的口袋啦。"

"那个神仙给的。"李富贵乐呵呵地说，"他给我的。"

"那是我的钱。"来宝说，"你真是一条饿狗碰到一泡热屎。"

"就算是你的钱。"李富贵说，"那也不是你给我的，你可不能跟我要这钱，你说是不是？"

"妈了个逼，谁跟你要？"来宝说，"就算是我送给你的。"

李富贵蹲在地上，乐呵呵的。来宝看着他。来宝说："那神仙是哪里的，你晓得吗？"

"晓得，晓得。"李富贵说，"他走路比汽车跑得还快。"

"他是哪里的？"

"李阴阳的师傅。"李富贵说，"他老人家80多岁了，可是你看他像是80岁的人吗？像是30岁的，你说是不是？"

"哦。"来宝说。

来宝忽然又高兴起来了。他从来不请李阴阳算命。如果让李阴阳给他算命，那么李阴阳一定会说，来宝的命不好；李阴阳如果这么算，那么他师傅就一定不会说来宝的命好。就算是他的命好，他们也一定说不好。他能有什么不好呢？明天的这个时候，他的那些好木材就会全部被运走，而他口袋里的钱已经多到他以后不用卖木材，也够他吃喝十年了。

不过李阴阳的师傅也许说得有道理。因为李家镇不欢迎来宝这样的人。他们不喜欢来宝挣他们的钱。要是他一直住在镇上，就说不定哪天又有麻烦找上门来。因此来宝决定，等他的木材全部卖完，他就离开李家镇。他要在县上买一个房子，再买一个大大的铺面。他挣的钱已经够买了。到那时候，李家镇的人就比蚂蚁还要小了，而他则比大象还要大。

14

事情发生在那天夜里。和往常一样，李家镇的人早已睡着了。李家镇正在变成一座城市，据说城市和乡村的主要区别就是，城市里的人都睡得很晚，但是对于李家镇来说，许多人仍然还不习惯这样。他们认为夜晚就是用来睡觉的，夜晚除了抱着女人睡觉，还能干什么呢？如果要做别的事，那一定就是在浪费时间，因为白天本来就很长，有多少事情做不了呢。再说在事情发生之前，又没有一点征兆。只有李阴阳事后告诉李家镇的人们说，他其实发现了征兆，因为他的罗盘在那天晚上突然失灵，无论他怎么摆弄，罗盘就是不听使唤；不过他没有在意，因为他的罗盘已经用了十年，有时候就是这样的。他以为是罗盘再一次出故障了，但实际上这就是征兆。李家镇大多数的人则呼呼大睡，根本不知道外面发生了什么事情。来宝是那天晚上睡得最死的一个，他之前喝了一斤白酒，然后倒头就睡，他睡得就像一头肥猪，所以到夜里事情发生的时候，他居然没有醒过来。

那天夜里，李家镇的许多人被一声巨大的响声惊醒了。然后他们感觉李家镇的地面剧烈地摇晃了一下。似乎有一块巨大的石头突然从天上掉下来，不偏不倚地落到李家镇的街道上。李白志新装的玻璃又一次破碎了，村主任李发财的耳朵突然听不见声音，镇口的一棵100年的老榆树突然分为两半。李家镇的人很快明白，刚才的那一声巨响其实是一个天上的雷。它掉到李家镇来了。李家镇还从来没有这么大的雷掉下来。所以李家镇的人都开始有点恐慌。他们躲在被窝里，捂紧耳朵，等待着第二个雷从天上掉下来。可是雷就是那一个。接着他们听见天上开始下起了大雨。那雨太大。大得不像是天上的雨，而像是有人舀起了大海里的水，用一个巨大无比的勺子往李家镇倾倒。顷刻之间，李家镇街道上的积水就已经有一尺那么深。李家镇已经有20年没有下过这么大的雨了。那时候李家镇的人惊慌不已，他们觉得肯定是天上破了一个巨大的洞。大雨持续了五个小时，快到天亮的时候，李白志听见自家的猪圈倒塌了，他养的一头猪被埋在废墟里面，其实那头猪早在猪圈倒塌之前就已经被淹死了；不过在倒塌的断墙里他发现了一个塑料袋，正是他死去的爸偷偷藏到那里的。里面的钱不是1000元，而是723元4角。

突然，李家镇的人听见轰隆一声，李狗蛋家里破烂上房的半边倒塌下来。那时候李狗蛋还在酣睡，夜里他听见打雷和下雨的声音，但不久他又睡着了。房子倒塌的是另一边，所以李狗蛋并没有被埋在里面，但是一根粗大的檩子倒下来，击中了他的右胳膊。李狗蛋惨叫一声。他的胳膊断了。事后李家镇的人说，其实李狗蛋的房子不是大雨冲塌的，而是夜里的那个巨大的雷落到了房子上面。因为他的房子虽然破旧，却是从前他父亲用最好的木料修建成的，比村主任家的房子都要结实。李狗蛋在倒塌的废墟里也发现了一样东西，是他瞎子母亲的一个肚兜，肚兜里装满了钱。那些钱可以再修一座这样的房子。原来当年他逃出李家镇的时候，他母亲并没有把钱都交给那些来算账的人。但是，肚兜里的钱早已经被老鼠咬成了数不清的碎片，就算是有100个李白志来拼，也拼不出一张完整的出来。李狗蛋捧着那个破烂的、满是老鼠啃咬过的痕迹的肚兜，发出驴一样响亮的哭声。因为这世上他只有对他妈是孝顺的。

天亮的时候雨停了。李家镇的人走到街道上。街道现在像是一个不规则的池塘。但是他们还听见河道里有一种巨大的轰鸣声。当他们聚集到河边的时候，看见浩大的山洪正从河道里奔腾而过，就像是100辆大型的推土机同时从李家镇开过去。李富贵是一个傻子，但是李家镇的人这一天却见识了他的灵敏和胆量。他居然把自己绑起来，绳子的一头绑到河岸上的一棵大树上，然后他从那咆哮的洪水里成功地捞到三个绣花脸盆、一头羊，还有一辆崭新的自行车。

15

来宝大病了一场。他看起来老了十岁。等到他病好之后，他雇了一辆卡车、几个人，沿着河道的下游往下走。每一根木材他愿意出100元钱。这样他收回了一小半。不过他对问起木材下落的人还是说，他收回那些木材没有花钱，是人家给他送回来的。等到他沿着下游走了一圈之后，秋天也快结束了。他把那些木材还是堆放在河道里。第二个夏天之前，不会发洪水了。所以堆放在那里是安全的。万一要是有洪水，来宝说，那就让它冲走吧，那是天意，谁也奈何不了的。

来宝对于李家镇的人忽然变得热情和客气起来。李家镇的人也当然不会把他怎么样。李家镇其实希望每一个人都赚到钱。李家镇对于外乡人本来就没有那么冷漠，在很多时候实际上是热情的。只不过他们需要有一点尊严。所以你不能因为有了钱就说李家镇的人是蚂蚁，如果你把他们看作是蚂蚁，那么他们就会把你看成更小的蚂蚁。客气是相互的，李家镇就要成为一座城市了，所以每个人都应该更加客气一点。但是在李家镇必须要讲规则，这规则就是，来宝不能因为要赚钱，就把木材堆放在土地庙门口。在李家镇上，一个人即便长出了三头六臂，即便可以像鸟一样飞，但是仍然要尊敬土地神。土地神不说话，但他把世事看得一清二楚，他比县里的法官还要公平。要不那条河道干涸了十年，怎么会突然发大水呢？要是来宝当初没把木材堆放到土地庙那里，也许就不会有这么大的水了。

来宝到庙里去，他给土地神许诺了一只羊。他说要是他老人家保佑他平安、发财，他就会献一只又大又肥的好绵羊。他又提了一斤点心、一斤白糖去拜访李阴阳，李阴阳这会对他很热情。算了半天之后，李阴阳说，他会慢慢好起来的，大水冲走木材是劫难，就算他不把木材放在河道，那木材总会没有。只要他好好努力，十年后就会变得和发大水之前一样有钱。

89
一团鸟屎

16

那天来宝正在铺子里忙碌，李狗蛋走了进来。他的右胳膊缠着绷带，用一个从板凳上拆下来的木板托着。另一只手拿着那根警棍。他的屁股后面跟着他的几个兄弟。他们进来之后，没有说话，看着来宝。

来宝就停下来，请他们坐，给他们烟卷抽。

"不抽。"狗蛋说，"我来跟你说个事。"

"你说。"

"我不当警察了。"李狗蛋说，"不过今天还是。今天是最后一次。"

"为啥?"来宝说，"当警察多好。"

"好个球。"李狗蛋说。

"不当就不当。"来宝说，"你李狗蛋还是李狗蛋。"

"你把钱给我。"李狗蛋说，"你原先欠我的，你得还给我。"

来宝听了，很惊奇地看着他。

来宝说："啥钱?"

"就是那钱。我给你搬木头和看木头的钱。"

"天爷啊。"来宝说，"我的木材都让水给冲走了。"

"关我球事。"李狗蛋说，"我的房子还塌了呢，我要不给你看木材，我的房能塌?"

来宝说："你的房塌了和我有啥关系?兄弟你这是胡说呢。"

"咋就没关系?"李狗蛋说，"我要不给你看木材，我的房就不会塌，你比猴子还聪明，就不明白这个?你还要跟我装糊涂?"

来宝说："不能给，这钱我不能给。你要不把木材搬到河道里，我的木材咋就会被冲走?再说，我也没钱了。"

"你给不给?"

"不给。"

李狗蛋把眼睛鼓起来，两颗眼珠子就好像要从眼眶里蹦出来。这时他身后的胖子走过来，从怀里掏出一把斧头，咔嚓一声，砍到来宝的柜台上。柜台立刻裂开一个口子。来宝忍不住打了个哆嗦。他看着那把斧头，他的脸迅速变白，跟一张白纸一样。

李狗蛋说："妈了个逼，我现在啥都没有了，我还怕啥？你说我还怕啥？"

来宝说："好，我给，我给就是。"

"其实不是钱的事。"李狗蛋说，"我又不是你养的狗，我要是一条狗，你能养得起？"

"我可没这么说。"来宝说，"兄弟你误会了。"

"还有，谁要是得罪你，你就花钱买人头。"李狗蛋说，"那我就把我的头卖给你，你看值多少钱？"

"这是天大的误会。"来宝说，"我要是这么说，我就是驴养的。"

"关我球事。"李狗蛋说，"但是你不要在镇上这么说，下次我要是听见你这么吹牛，我就让你变成跛子。"

"好好好。"来宝说，"我长了豹子胆也不会这么说。"

"钱你还得给。"李狗蛋说，"你欠的钱都得给。"

"我给，我给。"

"除了我的钱，还有二狗死了驴的钱，士民他爸死了的钱，你都得给。这都是你欠的，所以都得给，镇上的人要是听说你光给了我的，没有给他们的，他们就又会说我是你养的狗。所以你都得给。"

来宝这时候看上去要哭。

"你先给我的。"李狗蛋说，"我刚给你说了，我不当警察了，你给的钱我要给我的兄弟。其他的等他们来找你算，你再给他们。你必须要给，明白吗？"

来宝站在那里，没有说话。他看上去像个傻子。

"你把钱给清楚之后，就谁也不会找你了。"李狗蛋说，"你就好好开你的铺子，好好卖你的木材。"

来宝说："可我真的没有钱了。"

"关我球事。"李狗蛋说，"让你给的钱是你应该给的，欠了人家的总得还，明白不明白？"

来宝肥厚的嘴唇哆嗦着，很久之后才说出话来。他说："行，我给，给了就两清了。"

"对。"李狗蛋说，"给了就两清了。再说，你能不给？我不当警察了，但你要是不给钱，我就还当警察。兄弟们，我们走。"

17

李狗蛋他们走了之后，来宝站在那里，就像一节木头一样。他觉得很难过，眼睛里有水涌上来。等到那些水弄得他看不见东西，他索性就让自己哭出了声。他哭的声音像是一头牛。来宝活了40岁，还从来没有这么哭过。因此他感觉他的眼泪特别多，哗啦哗啦的像一个打开的水龙头。他哭了很久。

忽然有个声音说："别哭了，你看看，你哭得多难听。"

来宝抬起头，看见村主任李发财站在门口。

"我们镇很快就是城市了。"李发财说，"城市里可不许这么难听地哭。再说，你一个大男人，别跟婆娘似的动不动就哭。"

"我哭一下还不行吗？"来宝说，"城市里没说不让人哭。"

"可你哭得多难听。"李发财说，"要是别人听见了，还以为我们镇上欺负你。别哭了，这不挺好的吗？"

来宝停住了。他给李发财递烟卷。李发财摆手说："不抽了，不抽了。"

来宝说："抽嘛，这是好烟。"

李发财点着烟卷后说："事情解决了就行了。解决了好，你就轻松了。反正事情总得解决，你说对不对？"

"嗯。"来宝说。

"你本来就是粘了一泡狗屎。"李发财说，"本来就是一泡狗屎。"

"嗯。"来宝说。

"你把屎从身上弄掉了。"李发财说，"那就好了。"

"嗯。"来宝说。

"只要你好好做生意，镇上人也不会说你啥。"李发财说，"你就是有时候爱吹牛；以后不吹牛就好了。"

"嗯。"来宝说。

李发财背着双手，走了。

来宝一个人坐了一会。他忽然高兴起来。村主任李发财说得对，事情就是这样的。有一泡屎粘到他身上，现在，他把它弄掉了。这是好事，他应该高兴才对。

最后一个夜晚

后来，我们站在汽车站的入口，看着太阳从县城里落下去。一点一点的，似乎可以感觉到它落下的声响。我们的脚下，有一个帆布提包，像一只黄色的猫那样卧在地面上。我感到寒冷和孤单。我旁边站着梅姬。我只是在看着太阳（现在太阳已经全部消失了），但是我知道梅姬也有这样的感觉，刚才她还用手绢仔细地擦拭刮到脸上的灰尘，这时候她也在看那一颗消失的太阳。当然，我在县城并不是举目无亲；假如我是一个人，我可以去找老杜。堂叔老杜并不像村里人形容的那么坏。问题是：我旁边站着梅姬，老杜会用哪一种口气和她说话呢？然后老杜会把她往哪里安排呢？

后来，我们决定住汽车站的旅馆。听说那里可以保证买到第二天的车票。实际上车票并不紧张。实际上跟车票没有关系。我和梅姬走进住宿登记的房子里。我拎着那个黄色的包。一个红脸团的女人坐在一张桌子后面，打毛衣。我们进去的时候她停了下来。她说："分开住还是一起住？"我看了一眼梅姬，她没有看我，我说："分开住。"红脸团的女人拉抽屉，取出一摞纸，往上面写字。这时候梅姬说："一间房吧。"我看了一眼梅姬，她没有看我。红脸团的女人看了一眼梅姬，说："身份证。"梅姬从背着的小包里找她的身份证。我的就在上衣口袋里。红脸团的女人登记身份证上面的号码，她还用奇怪的眼神望我们几次，后来她把它们还给我们。她说："交钱，一晚上

16元。"我交了钱。我说:"去西川的车票,现在可以买吗?"红脸团的女人没有抬头。她在另一个抽屉里找一串钥匙。她说:"现在下班了,8点钟卖票。"

我们跟在她的身后。从一楼往二楼走。她的屁股像是身体上多余的两团肉,随时都可能掉到楼梯上。她手里的钥匙叮叮当当地响着,仿佛她赶着一群挂满了铃铛的羊。二楼有一个男人光着膀子站在楼道里,手里提一个暖壶。他说:"有没有热水?"

他问红脸团的女人有没有热水,眼睛却一直盯着我和梅姬。

房子里有两张床。床单上有一团一团的污渍。梅姬告诉我说,可以把床单翻过来铺。然后她就把两条床单都翻过来了。她说被子也可以这么弄。进了房子之后我们发现,天色已经昏暗下来了。我把黄包放到那张很破败的小桌子上。它上面还放了一个暖壶,好像已经有十年没有装过水。我站在窗口前,透过窗帘的缝隙(它一直合着,我当然不准备把它拉开),看见汽车站空荡荡的院子。有一盏灯在一个角落里亮着,两三个人从灯光的边缘进进出出,仿佛在寻找什么东西。这时候梅姬好像情绪很好。她梳理了一会头发,又往脸上抹了些油。我能闻见油的香味。梅姬说:"我脸上还脏不脏呢?"我继续看着院子里的那盏灯和灯光下的那几个人。我说:"早都不脏了。"梅姬又说她有些饿了。我就打开桌子上的帆布包,从里面取出鸡蛋和饼子。这些都是我娘弄的。它们在路上被弄碎了。我挑出比较完整的。我们面对面坐着吃。我能听见她咀嚼的声音,还听见两张床发出的咯吱声,我认认真真地吃鸡蛋和饼子,就像是在做练习题。这时候梅姬又不说话了。我看了看梅姬手腕上的表,就下去买票。红脸团的女人以为我要买两张。我说只买一张。然后我问有没有开水。她说,烧水的回家吃饭了,还没有回来。我往外走的时候她说,厕所在院子里。我走进没有灯光的楼梯,就好像是一个人走在黑夜的山沟里,又好像楼梯下面整个都是空的。我走进房子。梅姬已经在一张床上躺上来了。她把灯关掉了。她说另一张床铺是我的。我把票给了她。她装进小包里。我走到窗子前,又看见那一盏灯。人好像没有了。我看见灯光下的寂静。我说，厕所在院子里。梅姬没有说话，我看见她亮晶晶的眼睛。有一刻我想去看一场电影。不知道今天晚上有没有电影。但是梅姬不想去。她说："你就在你的床上躺着。"她又说："咱们画个三八线——你不许过来知道吗。"

好像她的情绪又好起来了。因为她说起她来的时候也是住在这个旅馆。不是这间，是靠里的一间。跟她一起住的一个女人，第二天还送她坐上到村里的班车。然后她描述那个女人的样子。她说那个女人大约有25岁；对方还说她看起来至多有15岁。梅姬说到这一点就尤其兴奋。其实这些她早就告诉我了。但我还是喜欢听。我喜欢她神采飞扬的模样。

她要不说话，我说些什么呢。

后来我们听见车站外面有几辆车开过来。它们没有进站，再后来我们看见从窗帘的缝隙里漏进来的月光。地面上仿佛铺了一条安详而轻柔的纱带。我便把窗帘拉开了。房子里充满了月光。月亮就在我们的头上。我看见梅姬水一样的脸颊和亮晶晶的眼睛。这时候她说起西城的一个男生。她说他家里条件很好，每天见到她总是请她去跳舞。其实这一点她早说过了。有一回我说："那你和他谈朋友，不是很好么？"结果梅姬生气了。她一生气就马上有眼泪流下脸颊。好像她的眼泪已经为我的这句话准备了很久。于是以后我就不会说这样的话了。梅姬说家里条件甚至长相算什么，只要人好。我说："我哪里好呢？"她说："我觉得你好，你哪里都好，男生和女生是要讲究缘分的，你信不信呢？"我信。要不她怎么会大老远从西城走到我们县城，又从县城走到我们村子里来呢。

我躺在被窝里。床铺坚硬而冰凉。这时候梅姬说："我要脱了睡，你不要看我，听见没有？"我说听见了。我就看着头顶的月亮。我看见它在慢慢地升高；或许再过一阵，它就会升到我们的头顶以外。我听见梅姬脱衣服的声音。我想起她潮热的嘴唇，那两只小小的乳房，那一片光滑的肌肤。但是我为什么总要想起这些呢。于是我认认真真地看月亮，就像我在做练习题。然后我在月亮里舞蹈，像一片轻盈的羽毛。梅姬说："你肯定偷看了，对不对？"她的声音是另一片羽毛，庞大而轻盈，罩住了我的月亮。我说："我没有偷看。"我看见她亮晶晶的眼睛和她的内衣之内的柔软。她凝神看着我。她说："你想脱么——你还是脱了吧，这样舒服些。"我也脱了衣裳。被窝里坚硬而冰凉。月亮升高了，屋子里的光亮像缓缓的潮水，在缓缓地退去。我多么留恋夜晚的月亮。

　　后来我感觉睡着了。我走在西城的街道上。梅姬从一条胡同走出来。她像是走在一片弹簧上，又像是在跳一种轻盈的舞蹈。我说梅姬是一首诗。这首诗就躺在我的床铺上。然后她听见了我说的话。梅姬忽然哭了。我看见她站在西城的街道上，眼睛里是亮晶晶的泪水。这时候我醒过来。原来我一直在梅姬的眼睛里睡着。梅姬在喊我的名字。月亮已经不见了，现在我们沐浴在月光里。好像她的脸庞和眼睛比以前更生动了。梅姬说："你过来吧，我怎么感觉到冷呢。"我听见她向床铺的里面挪动的声响，听见她的身体和被褥轻柔的摩擦，仿佛她的徐缓的气息。我坐起来。看了她一会。她也在那里看我。然后我从床铺上走下来。我走近她，我听见自己的脚步和心跳。我走进她的被子。她把它张开来，像一扇轻柔的门。我躺在她留下的空铺上，有一种香气和温暖包围了我。这时候我感觉到我在颤抖。梅姬说："你冷吗？"她的手臂从我的肩膀上掠过去，把我身后的被子掖到我身体的下边，就像我苦命的姐姐。她的手臂缠到我身体上。她的气息拂过我的眼睛。梅姬好像不觉得寒冷了。因为我感觉到她身体上的温热。她说："就这样躺着你不许动，好吗？"我说好的。有一阵子我感觉又要睡着。屋子里的光芒好像更生动了。梅姬忽然说："文子，你爱我吗？"

　　我说爱。

　　"那你亲亲我。"

　　然后我亲她的嘴唇。她的嘴唇仿佛从火焰中来。它还在颤抖。

　　我又亲她的眼睛，它却像是从冬天里来，冰凉而湿润。原来她的眼睛里充盈了泪水。我说："你为什么要哭呢？"

　　她说她没有哭。

我就把一只手从她的脖子下穿过去。她滑入我的怀抱。这时候我感觉到她哭了。她的泪水打在我的身体上。她的一只手抓着我的内衣。我感觉到她的手指湿漉漉的。我说："你为什么要哭呢?"我说："我一定会到西城去看你的。"这时候她的哭泣停止了，她的手指还在抓着我的内衣。她小小的身体滑在我的怀抱里，安详而美丽。她抬起头看着我，她说："我的身体就属于你了，我把它给你吧。"我没有动，我的身体又在颤抖。她说："文子，给你呀，你冷吗?"然后她把身体摊开来。我看见她月光中的脸颊又是湿蒙蒙的了。我坐起来。我爬到她小小的身体上。她把脸朝向一边。我说："就这样吗。"她就把自己的衣裳脱了，像一页摊在风中的纸张。她的身体湿蒙蒙的。我颤抖得更厉害了，还有我的呼吸。我无法控制。我看见梅姬的泪水正在缓慢而持久地流下脸颊，像是一串一串的水银。我说："就这样吗? 就这样吗?"然后我发现自己的眼睛里也有了泪水。我是多么的笨拙。我们都湿了。我仿佛是一片羽毛，在漫无边际地飘飞。我是多么的笨拙。那种巨大的温暖一瞬间到来，然后它又迅速地消失了。仿佛它根本就没有来到。这时候我发现自己哭了。梅姬用她的手臂缠绕着我。她还用一只手抚摸着我的头发和我的身体。她的手掌是湿的，在散发着永不停歇的灼热。我在她的身体上哭泣，她的眼泪也漫过我的脸颊。她抚摸着我，就像我苦命的母亲。这时候月色空旷而冰凉。我们听见泪水流过脸面的声音，我们发出的气息。还感觉到在它们以外的静寂。那些静寂和月光在一起。梅姬说："文子，我是你的了。"她又说："这样没事吧? 这样。"

　　我说："梅姬你等着我。"

　　"你到哪里去，我也跟着。"

　　我说："是的，是这样的。"

　　我们躺在被子里。这时候梅姬又高兴起来。她说到西城这两年的变化。她说："你不知道，现在是多么热闹。"她还说起她父母要给她介绍对象的事。她说从此不到我的学校里去了，她说："我为什么要去呢?"她还说起我认识的几个人，她说她见过他们。这期间她说想去厕所。我便站起来看了看汽车站的院子。那一盏灯还亮着。像是浸泡在冰冷的水里。我还看见天空中的月亮，比原先小也比原先黯淡，我就说干脆在房子里撒吧。我后来从床铺下找到一只脸盆。梅姬就跨到盆上撒尿。我听见她发出的响声，清澈而明亮，仿佛就是月光的一个部分。现在月光在逐渐黯淡下来。我也撒了一次。我的尿是热的，我还闻见它腐败的气味。

后来我们睡着了。

太阳还没有升起来。我站在汽车站的入口，看见坐在长途班车上的梅姬。她的头发有些凌乱，她的眼睛清澈而幽深。我们相互微笑。梅姬说："我到了就给你写信。"太阳还没有升起来的时候这句话被她说了八遍。这时候班车发动了。我看见梅姬向我招手。她在努力做出笑容，但是她的眼泪马上出来了，然后我看不见梅姬和这辆班车和我们住过的旅馆。后来我站在汽车站的入口，发现太阳正缓慢地从县城升起来。它升起来和落下去又有什么区别呢。我看着太阳的光芒缓缓地洒到县城里。很多人走来走去，还有一些车开进车站，一些车从车站开出来。尘土飞舞在阳光里。

一定是我在这里站立得太久。一个卖油饼和瓜子的男人，倚在自家的架子车上，整个早晨他都在观察着我。他一定在说："这个男孩在等什么呢？"

是啊，我在等什么呢？

小　薇

1

　　说起来，事情是从那天的聚会开始的。其实那是一个例行的聚会，谁也没有想到会发生什么令人吃惊的事情。要说有不同的地方，就是小薇那天穿了一件比较短的裙子。裙子是橘红色的，在昏暗的房间里显得很张扬。唔，大家通常都是在老饕的房子里聚会。老饕的房间就是昏暗的，他住在5楼，紧挨着他房间窗户有一栋30层的高楼，因此他的房子一年四季从早到晚都是看不见天空的。不过老饕是一个好人，他随时都欢迎大家到他的房子里聚会，即使把他的房子弄得像一个垃圾场他也不介意。实际上在那些年里，大家的重要聚会都是在老饕的房子里进行的。除了老饕的房子，还能有什么地方可去呢。

　　小薇的橘红色短裙引起了大家的注意。大家就好像是第一次看见这件衣服一样。后来某一天当有人提起那天的聚会时，小薇很确定地说，她从前至少有两到三次都是穿着这件短裙的。可是为什么大家偏偏在那天才看见呢？这个原因说起来就比较复杂了。首先，那天正好停电，老饕的房子就更是显得昏暗了。在暗淡如夜晚的光线中，小薇的橘红色短裙就像是一盏灯泡。其次，那天聚会的人数比往常多了一个。这个人就是周耳。周耳本来不属于这个圈子，但是他是老饕的朋友。一个能够做老饕的朋友的人，想必是品行上值得信赖的人。既然他（周耳）想参加圈子里的聚会，那么就不妨也把他看作是圈子里的一员。有时候大家的聚会总是多出一两个人，这也没什么好奇怪的。周耳那时候正在专心致志地抽烟，烟雾背后他的两只眼睛明亮地闪现。他看起来还是很有气质的。前面说到，小薇的短裙像一盏灯泡，这句话其实是周耳说的。周耳的原话是：小薇的短裙给我们带来了光明。推而广之，带来光明的东西可不就是灯泡嘛。

　　但是最主要的原因是，阿祥出国了。正是在两天前，阿祥设了一顿饭局，请圈子里的每一位朋友都来吃。吃饭间，阿祥很郑重地对大家说："兄弟我去美国读书，小薇就托付给各位了。"其实大家都知道，这不过是一句客气的话罢了，小薇再怎么说，也是成年人了，又是大学老师，难道阿祥一离开，小薇就不会吃喝拉撒了不成。那天大家心里想得比较多的倒是阿祥怎么要反过来请大家吃饭，按说大家应该设宴为阿祥饯行才对，因此每个人都不免有点愧疚。虽然平常大家都不很了解阿祥，不过他既然是小薇的男朋友，大家总归算是认识的。这一次看来阿祥是个很不错的人。至于阿祥说的托付一类的话，大家都没有往心里去。这伙人里最有钱的老饕吃得尤其愧疚。晚饭结束后他就决定，第二天要亲自把阿祥送往机场。于是在第二天，老饕很牛逼地搞到了一辆夏利牌汽车（那时候的汽车比现在少多了），把阿祥和他的行李还有小薇弄到车上，就向着机场进发。汽车发出巨型拖拉机的响声，十分的引人注目。开车的就是周耳。机场的距离比较远，将近80公里，路上车子抛锚了两次，但是周耳总是很熟练地开起引擎盖子，一支烟的工夫就把车子修好了。阿祥是很感激老饕的举动的。他也很感谢开车的周耳。在机场，他和老饕拥抱三次，和周耳拥抱两次，和小薇则只是象征性地拥抱了一次。

　　可是阿祥出国和小薇的裙子有什么关系呢？难道阿祥不出国，大家就永远看不见小薇橘红色的裙子吗？这真是很荒唐的逻辑。但其实就是这么回事。荒唐的逻辑正是生活里最有意义的逻辑。具体点说，阿祥没有出国的时候，每一个人从来都没有想过小薇会和自己有什么关系，只是一个圈子里的朋友罢了。甚至可以这么说，大家从来都没有把小薇当作是一个女人，因为就小薇本身来说，她在很多时候说话和走路的样子都像是一个男人。所以当小薇宣布自己有男朋友的时候，大家都很吃惊，就好像小薇这样的人不应该有男朋友一样。另一方面，大家都不免替阿祥惋惜，肯定是阿祥实在找不到女朋友，只好拿小薇来凑数。但是等到阿祥出了国，大家突然意识到小薇其实是一个女人。而且实事求是地说，小薇还是一个有些味道的女人，当她穿上那件橘红色的短裙的时候，大家看见了暴露出来的两条丰满细腻的大腿，虽然稍微地有一点黑，不过一看就是女人才有的腿。另外，大家注意到，小薇其实就有饱满的胸，只不过从前她把它们藏在宽大的衣服里面了。正是因为阿祥去了美国，大家才发现了小薇的身体的魅力。在从前，是阿祥占用了它们，现在，真实的小薇被暴露了。这真是一种暗示。

小薇当然不知道这帮男人在想什么。毕竟她是一个很单纯的女人。她才 25 岁，而在座的其他人的平均年龄超过了 30 岁。年纪最大的老饕都已经 40 岁了。因此当小薇听见周耳说，她的橘红色的短裙像是一盏灯泡，她立刻显出很兴奋的样子。因为此前从来没有人赞美过她的裙子。她站起来，在房间里走了两圈，展示了一番她的风采。大家都盯着她的裙子和裙子以下露出的大腿，就像是在 T 型台上欣赏模特的演出。小薇其实是一个很有味道的女人，当她橘红色的短裙在昏暗的房间里摇曳生辉的时刻，她的一种年轻的、充满了活力的气味开始升腾起来，那是比酒和夜晚的遐想更美好，也更黏稠的气味。因为阿祥的缺席，这种气味仿佛突破了某个藩篱，开始夸张地弥漫起来了。老饕做出倦怠的样子，他把身体摊放到沙发的靠背上面，似乎对于小薇的裙子不感兴趣，实际上他是在假装，他做出那样倾倒的姿势是为了获取一个更好的角度，从那看过去，可以看到小薇被短裙掩藏起来的更多的肉体，准确地说，老饕差不多可以看到小薇的臀。老饕是一个很有经验的人，但他的经验往往深藏不露，让人以为他没有经验，就像此刻，他看到小薇的身体要比别人多，但别人还以为他睡着了。

于是有人提议给小薇找一个新的男朋友。当然只是暂时的男友。

等到阿祥从美国回来，就算是完成了使命。既然阿祥有过相当慎重的托付，那么小薇的男友就应该从在座的诸位里产生，否则就辜负了阿祥的心意。这个提议使得大家都很兴奋，的确，没有比这件事情更有意思的了。小薇此时还沉浸于橘红色短裙带来的激动之中，她居然没有流露出害羞的样子。她觉得这个提议很刺激。小薇相当无耻地说："好呀，那你们好好挑选，看看谁可以做我的男朋友吧。"

老饕这时候假装从昏睡中醒过来。他清理了一下喉咙，慢腾腾地说，这个建议有一定的可操作性。不过他首先声明，他提请大家不要考虑把他作为候选人，原因很简单，他已经年纪很老了，要是在古代，他的年纪可以做小薇的父亲了；从另一个角度来说，即使他做了小薇的男朋友，由于年岁和由此而产生的健康原因，也很难满足小薇的某些要求了。

大家听了老饕的这番话，个个笑得前仰后合。他真是一个会说话的高手。本来是大家开的一个玩笑（至少刚开始就是这样的），但是经老饕这么严肃地发表了声明，大家就觉得这其实不是一个玩笑，而是一件接下来必须要做的事情。当然了，老饕的话有一部分肯定是有道理的，比如说他不适合做小薇的男朋友，无论从哪个角度来看，老饕的确不适合做小薇的男朋友。

然后老饕又提出一点建议。他说，鉴于小薇的男朋友是暂时的，那么等到确定人选之后，小薇的男朋友应该遵守以下原则：一，不能随便和小薇上床；二，如果确实想和小薇上床，则应该参照第一条原则；三，小薇自己主动要求，在此情况下，第一条和第二条就自动作废。

现场的气氛再一次达到了高潮。小薇一直在大笑，直到喘不过气来。大家接着讨论谁可以让小薇心甘情愿地脱掉橘红色的短裙？每个人都相信自己的能力，都觉得自己是最合适的人选。因此直到晚上，老饕的房间陷入一片黑暗，也还是没有确定谁来做小薇的男友。最后，在派谁送小薇回家的问题上，大家的意见统一起来：当然是周耳。因为他有一部夏利牌汽车。

2

　　就像大家预料的那样，周耳的夏利牌汽车在送小薇回家的路上再一次抛锚了。本来去往小薇家的道路就崎岖坎坷，没有路灯，有些居心叵测的人还在路面上扔下许多玻璃瓶子以及布满铁钉的废旧木板，所以经常有车子的轮胎被扎破。小薇住在如此险恶的环境里，真是令人同情。周耳巧妙地躲过了一个又一个玻璃瓶子，但是汽车仍然抛锚了。他像往常那样开起引擎盖子，但是这一次却没有修好。周耳的车子没有买保险，于是他打电话给老饕，要老饕找修理厂的朋友来拖车子。老饕在电话里说到两点指示：一，他会叫人在三小时之内来拖车；二，他叫周耳打出租送小薇回去。第二点尤其重要，要立刻行动。周耳把老饕的意思告诉给小薇，并且说这个意思也是他的意思，因为抛锚的地点黑暗凶险，感觉就像是月黑风高夜，万一遇到贪图小薇美色的奸邪之徒，他就很难保证小薇的安全了。小薇很感激老饕和周耳这么关心自己的安危，加上她自己也很害怕，她就表示同意他们的安排。之后他们站在路边等出租车，结果等了很久也没有车子过来。这期间，小薇的内心发生了一点波动，她意识到自己的举动有一点自私，因为周耳送她回去之后还要回到这里，一个人停留在这样荒凉的地方，度过漫长的三个小时，想必会很孤单。再说，周耳的车子是因为她才抛锚在这里的，她怎么好意思不管不顾？接着，她看见黑暗的夜色里周耳的脸庞，看上去轮廓分明，清澈纯洁，有一种玉树临风的气质，这让她突然有些心动。于是她决定留下来陪伴周耳。小薇真是一个善良的女人。

　　周耳其实是非常聪明的。他看穿了小薇的心思，就好像小薇把她的想法大声地说出来了那样。这时候正好有一辆出租车过来了，周耳就建议说："那么就找一个酒吧去聊天？"小薇说："好呀。"

哑巴的气味

3

他们在滨河路的"昨日重现"里聊天。周耳赞美小薇的迷人气质，他说其实小薇的模样很像他的妈妈。他妈妈年轻的时候就是小薇的这个样子，明亮的、阳光一样的眼睛，优美的身体曲线，柔软丰满的嘴唇以及内心里天然的、没有受到尘世污染的善良品质。他的言语听起来是真诚的，不像是刻意的恭维，当他提起自己的妈妈的时候，眼睛里的神色纯洁无瑕，就像是天使那样没有一点灰尘，他就像是一个寻找妈妈的迷路的孩子。小薇被完全打动了。虽然从年龄上来说，她比周耳要小上七八岁，但是有那么一瞬间，她觉得自己就是周耳的妈妈，她就是周耳多年来一直在寻找却不曾找到的那个女人。她看着周耳俊美的脸庞，甚至产生了伸手抚摸一次的冲动。周耳是一个可怜的孩子，因为他的妈妈很早的时候就去世了。一个没有母爱的男人该有多么孤单，要忍受多少难以想象的生活里的折磨。小薇不由得热泪盈眶。更主要的是，她从周耳的赞美里再一次确认了自己是一个真正的美人。她的美就是周耳发现的。此前，她在老饕的圈子里混迹数年，从来没有哪个人赞美过她的美丽，她完全被忽视了，由此连她自己也觉得自己是一个相貌平庸的女人。即使是阿祥，也很少赞美过她的身体和她的善良。阿祥有时候会和小薇一天之内做爱两次，那是他表达赞美的方式，但是他却从来没有说出来。阿祥是学理工科的，词汇量很有限，而且学理工的人似乎不屑于使用华丽的词汇，因为他们认为只有学文科的人才这样浪费和虚伪。但是对于小薇这样的女人来说，说出来或者不说出来，太重要了，因为小薇在很多时候并不了解自己，也不知道自己究竟有多么迷人，只有通过男人的赞美才能够发现自己。

小薇的身心充满了轻盈的快乐。作为回报，她向周耳讲述了自己的童年和她的成长经历。怎么说呢，小薇的童年也有那么一点辛酸，因为有一次她掉到一个下水井里面，差点摔死。从小没有人喜欢她的相貌，他们认为她长得很丑，这种状况使得她陷入长久的自卑（和她遇到周耳之前的状况一样）。到她上了中学之后，她还发现了另一个更严重的情况，那就是她的胸开始迅速发育，比她见到的任何一个女人都要饱满得多，她为此感觉到羞耻不安，完全不知道这其实是一个女人最大的优势。一直到现在，她仍然习惯于使用紧身的束胸，让自己澎湃的乳房藏匿于身体的深处。可见世俗的生活多么残酷地伤害了一个爱美的女人。小薇又说，她的数学老师曾经摸过她的胸，不止一次，那时候她懵懂无知，还为数学老师的渊博知识和讲课的风采着迷，哪知道人性里的复杂与龌龊，那其实是对她身心的损害。这些本来是一个女人最隐秘的往事，她原本打算要深藏于心，永远也不说出来的，但是在这个美好的夜晚，她忍不住说出来给周耳听。"你一定要保密呀。"小薇激动地说，"我是第一次向别人说这些事情，我刚说完就有点后悔了——你不会告诉别人吧？"

"不会，你放心吧。"周耳真诚地说，"你是出于对我的信任才说出来的，我当然不会辜负你的信任；我给你讲述我的妈妈，也同样是出于对你的信任，这也是我第一次说出来。我们互相信任非常好。我此刻深感愉快。我也很久没有这么愉快的感觉了。和你说话就像是和我妈妈在一起那样，我的心里充满了甜蜜和温馨。你呢？"

小薇的脸庞泛起红润的光泽，看上去灿若桃花。她微笑着，看着这个名叫周耳的男人。三小时之前，他们还是陌生人，三小时之后，他看起来就像是她的儿子那样亲密和温暖。生活里发生的事情真是不可思议。

很自然地，周耳捧过小薇的炙热的脸庞，把自己的嘴唇放到小薇的嘴唇上面。小薇的嘴唇丰满、火热，柔软而湿润。

4

那天晚上，老饕派人去拖车的时候，没有见到周耳。给周耳打电话不通。老饕后来也赶到夏利车抛锚的地方。作为朋友，老饕是一个相当负责任的人，再说，他很关心周耳是否把小薇送到家里去。老饕给周耳打电话，当然也是不通。老饕和他修理厂的朋友继续等了一阵，还是没有见到周耳过来，于是他们就离开了。车子后来被警察拖走，因为夏利车属于违章停放。第二天老饕托到警局的熟人走关系，总算是把车子弄出来了。老饕显然很生气，他骂骂咧咧的，说出许多很难听的话来，他甚至考虑要不要和周耳绝交，因为像周耳这样的人，看起来不那么可靠。

周耳的态度很好。之后他解释说，他的电话恰好没有电了。但是这个解释显然是十分可疑的。不管电话有没有电，周耳都应该在抛锚的地方等着才对；没电了就更应该等在那里。老饕察言观色，发现周耳温和的神色里掩藏了很多猫腻，他因此确信周耳对小薇动了手脚。于是老饕严肃地对周耳说："小薇年幼无知，是一个愚蠢透顶的女人，但即便如此，我们之中的任何一个人都不应该动她，因为自古就有句名言：朋友妻，不可欺。平常开开玩笑是可以的，但要是动了真格的，那他就是禽兽了。"听了老饕的话，周耳还是摆出那样一副麻木不仁的表情，就好像他真的很无辜一样。周耳说："老饕，你把事情搞得太复杂了，我和小薇什么事情都没有，你就一万个放心吧。"

这种事情是问不出来的，老饕很知道这点。但他可以通过观察，通过他的第六感来发现真相。老饕在很多事情上都有经验，不然他怎么会成为圈子里的核心人物。而且老饕也知道，这种事情一旦发生，他再阻挠也没有用，男女之间的事情是很复杂的，绝不是一团火上浇一盆水那样简单。那是很多团燃烧的火，越是浇水就越是燃烧得旺盛。而一个女人一旦有了这种事情，她就会变得很无耻了。那种私人的秘密让她很愉快，也许她还想着得到更多的机会。怎么说呢，就说小薇这样的女人，原本她是那样的善良可爱，纯洁得像一盆刚刚从水龙头上接下来的水，可是现在，她被这个叫周耳的男人给毁了。而问题在于，小薇不这么看问题，她还以为她被周耳拯救了。女人啊女人。

果然就如老饕所预料的那样，圈子里的聚会不怎么热烈了。周耳对于聚会不那么热心，他找理由说忙于画廊里的事情，来了之后也是心不在焉的样子；小薇倒是很积极，但是老饕明显地感觉到，小薇的热情是假装的，她的脸上经常会突然泛起红潮，尤其是周耳在场的时候，那是一个渴望放浪的女人时常会有的表情，而且她穿的裙子越来越短了，有几次短到可以看到她的内裤了。原先小薇和老饕是很亲近的，小薇就像是老饕的小妹妹那样，有时候她甚至会坐到老饕的腿上，那种姿势不仅没有狭邪的意味，反而看上去是自然美好的。但是现在，那个纯洁的小薇不见了，取而代之的是一个轻浮、淫荡、浑身上下透露出一股风尘气味的女人。这样的女人还是一个大学老师，想一想，该有多少年轻无辜的男生要受到心灵的毒害。

若是周耳和小薇同时不在，老饕就很确定他们在一起。有一次为了证实自己的感觉，老饕在聚会中间，借口去出版社送稿子，到了周耳的画廊里。他告诉周耳说，自己是顺便过来看看的。然后他看见小薇也在店里，看上去就像是店里的女老板那样。老饕假装很愕然的样子说："你怎么也在这里?"实际上老饕的惊讶是发自内心的，虽然这是他预料的情况，但他还是希望他的预料出一点差错。小薇的脸红了。她解释说，有个朋友想买一幅周耳的画，因此她先过来选一选。小薇到底还年轻，说谎还欠一点火候，老饕一眼就看出来了。老饕和周耳认识超过三年，就从来没有见过周耳卖出过一幅画。周耳也就是拿着祖上留下的一笔家产开个店面，做做样子而已。但是老饕又不能揭穿她的谎话，他不露声色，在店里面转了一圈。

最后他发现画廊里面摆放了一张女人的裸体画。画上的女人正摆出一个放浪的姿势，乳房尤其饱满，像是两颗熟透了的果实。女人的脸被画得比较模糊，但是老饕仍然能够看出来是谁。

老饕没有说什么，离开了画廊。

5

老饕说："唉，小薇。小薇就这样堕落了。"

他感到非常的沮丧，就好像自己在某些事情上遭到了完全的挫败；又好像是属于自己的一个东西被别人拿走了。小薇是多么轻浮，阿祥离开的第二天她就忍受不住寂寞，就投入到别的男人的怀抱。女人的确是不可思议的动物。当然事情不仅仅是小薇的裸体那么简单。像周耳那样浅薄的艺术家肯定会说，他画小薇的裸体是为了艺术。很多艺术家都会找女人来画裸体。但却没有像小薇这样摆出如此淫荡的姿势的。而不久之后，周耳就会通过电脑弄出大量的复制品，小薇的裸体就会比城市里的小姐还要多，还要便宜，任何一个想窥视女人的裸体的人就都可以很随便地购买和把玩了。唉，老饕都不忍再想下去。可是他又能怎么办呢？这些事情超过了他的经验，他不知道该如何应付。

老饕是一个小说家。但他作为小说家的经验都来自他的童年。所以老饕的小说写作就是不断地放大他童年时代的生活记忆的过程。在老饕看来，人类的生活无论过去还是眼前，无非就是他童年时代生活的变形。但是正因如此，应对童年以外的生活以及小薇这样的女人他就显得很没有办法了。他至今还没有结婚。偶尔也会恋爱，会和某个女人上床，然后他会发现，和女人恋爱上床比他的童年生活要复杂得多。他的经验很难应付这样的状况。换句话说，老饕在和女人恋爱的问题上很没有经验。很多情况下他的经验是假装出来的。而一个对女人没有经验的小说家是可悲的，也是没有希望的。世界上最好的小说家都是风月高手。

老饕看起来是快乐的，但实际上他的内心是痛苦的。那时候，他在内心里一遍又一遍地想象和播放周耳与小薇在一起鬼混的景象，忍受着复杂的情感的煎熬。他不知道该拿他们怎么办。然后老饕忽然意识到，他其实是喜欢和爱着小薇的。小薇的堕落其实就是他自己的堕落。小薇可以有阿祥，但是小薇不可以堕落；如果小薇要堕落，至少应该和老饕，而不是和周耳。对于周耳来说，小薇不过是他的女人数目里增加的一个女人，多一个少一个其实根本无所谓；对于老饕来说就大不一样了，他经受着糟糕的生活，他的童年的生活已经被他写到快要穷尽的地步，他作为小说家却不了解任何一个女人。他有希望了解的唯一的女人就是小薇。因此当小薇堕落的时候，他感到他的内心在哭泣。

6

这事情就这样过去了。

7

有一天，小薇来找老饕。老饕想不到小薇会来，因为已经有半年多没有见面。老饕都感觉自己要忘掉小薇了。世事沧桑，大家的生活都发生了变化。老饕的圈子因为小薇的缺席，差不多分崩离析。小薇可以是中性的，也可以不穿橘红色的短裙，但她终究是个女人。女人是圈子里最好的黏合剂，不能缺少。当小薇可耻地离开，老饕的圈子也就失去了趣味。在这段时期，老饕开始和一个女人认真恋爱，为的是弥补他在女人经验方面的不足。他觉得自己还是有进步。那是一个有着宽阔的胸和臀的女人，喜欢一种奇怪的做爱姿势。这使得老饕增加了见识。原来女人间的差别是如此大差，他作为小说家的想象力又是如此乏味。但是怎么说呢，老饕还不能确定自己是不是喜欢这种恋爱的状态，他不知道自己爱还是不爱这个女人。爱一个女人真是很奢侈。

小薇看上去就像是有 30 岁了。她见到老饕，故作轻松的样子，但是老饕一眼就看得出来，她的身心正在经受着煎熬。果然，两支烟卷过后（小薇不知什么时候学会了抽烟），小薇突然哭了。她哭泣的时候把脸庞投放到老饕的怀里，她的泪水就像是墨汁滴落到一大片宣纸上面，弄湿了老饕的胸膛，那种温暖湿润的感觉让老饕很受用。老饕欣慰地发现，那个顽皮任性的妹妹又回来了，正在他的怀抱里撒娇。老饕抱着小薇，一只手抚摸着她的乌黑油亮的头发。老饕动情地说："有什么呢？人生在世，不如意者十八九，没有迈不过去的坎，没有翻不了的山，你放心，不管你发生了什么事情，我都是可以帮你的。"小薇说："你能帮我什么呀？你什么都帮不了。"

老饕起初以为是小薇和周耳出了问题。要是那样的话老饕是很高兴的，因为他们早就应该出问题了。难道对于周耳这样无耻的男人还要抱什么期望吗？迟早会有这么一天的，早一点总比迟一点要好。不过后来老饕才听明白，是小薇和阿祥出了问题。阿祥自从去了美国之后，和小薇的感情就一点一点地淡了起来。因为阿祥和小薇说话的语气越来越客气，最近一次阿祥居然建议说，小薇不妨忘记他这个人，因为他做研究很忙，大概就要在美国定居了。这当然是要和小薇结束的信号，白痴都听得出来。

难道是阿祥听到了一些关于小薇的风声吗？虽然阿祥远在美国，但他要是想了解什么，那还是容易的，不比在兰州的街道上找一座公厕难多少。说不定有人已经把小薇的裸体画给他寄了一张。就算是老饕这样开明的人，假如自己的老婆脱得光溜溜的，然后摆出那么放荡的姿势，也难免怀疑这艺术行为里的动机。何况阿祥是学理工的博士，怎么能那么随便就理解艺术上的事情？当然，另外一种可能是阿祥找到新的女人了。毕竟在美国找女人要比兰州方便得多，小薇再有味道，也算不上国色天香，像小薇这样有着硕大乳房的女人，随便就会碰到一个。况且阿祥那样的男人也未必能够像老饕他们一样，那么深刻地痴迷于一个女人的乳房。阿祥说不定还喜欢乳房小一点的女人呢。老饕就是这么认为的，他若是阿祥，他也会这么做。反正男人嘛，就那么回事。

老饕说："说起女人的乳房，那真是千差万别，这里面有很多学问，懂得不懂得欣赏女人的乳房，关系到一个男人的审美品位。大体来说，世界上女人的乳房可以分为四个基本的类型，分别为皿状形、半球形、柱状形、山羊乳状形。这不同的形状你可以顾名而思义，我就不一一详细解释了。其中最具审美品格的当然是半球形乳房了。它浑圆、丰满，象征着人类旺盛的生命力和对于美的无限渴求，它是诗歌、绘画、音乐、美酒。有这样乳房的女人也一定是善良多情、热情奔放的女人，但有时候也过分喜欢甜言蜜语，容易坠入情网，被某些别有用心的男人所利用。小薇，你说我说得有没有道理？当然这不是我说的，这是很多美学家和文人墨客经历了数百年研究而总结出来的经验。小薇，你的乳房当然是半球形，而且是很罕见的那种最美、最具有蛊惑力的乳房。所以你一定要珍惜自己啊，最美的东西一定要留给最好的朋友，不要随随便便就展示啊。"

老饕的赞美中还包含了一些明确的影射。小薇能够听得出来。那时候，小薇糟糕的心情变得好起来了。老饕甜蜜的言辞让她感觉到愉悦，有几个朋友能够像老饕这样发现并且热爱小薇这样的女人呢？很多人其实都忽略了小薇，也忽略了小薇身体上的美丽。同时，小薇也为自己鲁莽的过去而悔恨，那些人（包括阿祥）其实并不是最了解小薇的女人，他们只是因为寂寞空虚才靠近小薇。小薇也晓得，自己实际上还是很喜欢老饕这样的男人的。他看上去不慌不忙，有很多新鲜的学问，懂得一个女人需要什么，不需要什么，虽然头发稀少，不很讲卫生（老饕的房间里总是有一股奇怪的味道），年纪也比较大了，但是人总是有缺点的，总体来说，老饕已经是一个很好的男人了。

8

不知道什么时候，小薇又和从前一样坐到老饕的腿上了。她的姿势像是老饕的妹妹那样顽皮天真。不过现在没有观众，又因为空气里充满了某种强烈的暗示，所以他们的感觉就没有从前那么简单。老饕开始抚摸小薇的乳房，由外而内，由轻而重，小薇并没有拒绝，也没有害羞。她反而发出轻微的呻吟。老饕在这些日子里其实增加了很多对于女人的知识，虽然他的恋爱以失败告终，但失败的次数多了，经验总归是可以增加的。他的失败是因为没有遇到他喜欢的女人。面对小薇就完全不一样了。小薇是他喜欢的女人，甚至可以说，他一直喜欢的女人就是小薇。正因为喜欢小薇，所以他的恋爱总是失败。

后来他们都脱了衣服。老饕看见小薇昂大浑圆的乳房，果然就是周耳油画里的那个样子，准确地说，比油画里的样子还要饱满结实，另外，肌肤的色彩也要比画里面生动细腻得多，毕竟，周耳只是一个三流的画家罢了，他的画只是局限于表达某种原始、粗浅的感官本能，至于肌肤的美妙光泽、果实一般的沉坠感、勃发的生命力以及情欲之美，就很难达到了。"小薇，小薇。"老饕动情地说，"小薇，你真美。"

但是，正当老饕要进入的时候，小薇忽然发出一声刺耳尖锐的大叫。老饕很担心邻居们听到小薇的声音。有些热心的邻居说不定会报警，因为这个声音听起来就像是受到了强烈的惊吓和刺激。老饕说："小薇，你要小声一点啊，声音太大了。"

小薇的身体开始很生硬地抗拒老饕。接着小薇哭了。她的泪水顺着眼角迅速地滑落下来，看起来非常的感伤。小薇说："老饕，我们还是不做了吧。因为我突然想起来了阿祥。我还以为我会把他忘掉，可是我突然觉得，我其实还是爱着阿祥的。"

老饕就从小薇的身体上下来了。他躺到小薇的身边，一只手抚摸着小薇隆起的乳房。老饕想了一想，对小薇说："小薇，虽然我们最终没有做爱，可是我觉得就跟做了一样。因此我很高兴，就像我们做了那样高兴。我喜欢你。我会一直很喜欢你。甚至于我可以说，我是爱你的。我们都看见了彼此的身体，也就等于拥有了各自的秘密。两个秘密加起来就是一个很大的秘密。这样很好。你觉得呢，小薇？"

老饕说这话的时候，他觉得自己是真诚的。他觉得他已经算是和小薇做过爱了。从身体方面来说就是这样的。因为老饕做爱的时间一直很短暂。就算是进入小薇，可能也就那么一小会就结束了。所以进入不进入，从时间上来说，长度基本是一样的。

9

过了一些日子，老饕去找周耳。周耳在他的画廊里。他看见老饕之后，假装很繁忙的样子，就好像这座城市缺少不了他这样的艺术家。他告诉老饕说，已经成功地卖出了若干幅油画作品，并且近期还有几位买家要来和他洽谈。老饕揣摩所谓卖出的画肯定就是小薇的裸体，因为老饕在另一个朋友的卧室里就见到过那幅画的复制品。那样的画摆到卧室里就显得尤其色情。的确，自从小薇的裸体开始出售，周耳的画廊生意好起来了。此前很多年，周耳的画廊里只能卖得出安全套和色情光盘，那些东西本来是作为画廊的点缀品存在，是不公开出售的物品。当然，周耳开画廊不是为了赚钱，他是为了证明自己是一个艺术家。另外，像周耳这样的男人，除了假装成一个艺术家，还能够干什么呢?

但是周耳始终认为自己是有才华的，只不过他的才华被飞扬的尘灰遮蔽了。周耳认为，这是一座肤浅的、只顾着追求感官快乐的城市。真正可以带来深沉的愉悦的东西反而被遗忘了。为了摆脱这种影响，他曾经去过巴黎，又去过北京的 798 工厂，但是出于某种说不清楚的原因，他又回来了。虽然他很厌倦这座城市的缓慢节奏和麻木迟钝，但是他又很难适应巴黎和北京的光怪陆离。因为在北京的时候，他曾经和一个女艺术家恋爱，他真诚地爱上了对方，他爱她，就像爱着艺术，但是不久之后，他发现，女艺术家只是爱着他的钱。相比之下，缓慢的城市反而是安全的。这里的女人都像小薇那样无知，也像小薇那样只是简单地迷恋自己的容貌。然后周耳终于发现了自己艺术上的缺陷，正如他突然发现了小薇有着迷人的身体曲线一样。肉体可以唤醒那些迟钝的眼睛。这也是他逃避沉闷生活的唯一方式。很明显，小薇的裸体是他绘画生涯里最好的作品。果然，很多人开始在画廊里进进出出，他们停留在那幅裸体画面前，久久不愿离开，有些人甚至流下了涎水。这个有着澎湃的乳房和放荡的姿势的女人激起了他们的欲望。城市里有许多相貌和小薇仿佛的女人，也有许多艺术家每天都在创作类似的裸体作品，但却从来没有哪一幅作品会有如此怒放饱满的乳房，会有如此情欲四射的魅惑力量。所以小薇是唯一的。一些收藏家开始和周耳讨价还价，他们希望可以收藏这幅原作。但是周耳只肯卖出复制品。他在很多事情上看起来像是一个傻子，在这件事情上却表现得相当聪明。只要有机会，这个人还是很爱钱的。

画廊里还有一个女人。当然是小薇之外的另一个无知女人。只要

哑巴的气味

一个男人假以艺术之名，相貌不至于过分难看，有一点钱和时间，还有一辆夏利牌的破车，就总会有女人像蛾子一样扑上来的。小薇当然不会在周耳的画廊里出现了，她正在大学里给学生讲授《诗经》，比如"静女其姝，俟我于城隅"，或者"舒而脱脱兮，无感我帨兮无使尨也吠"，总之，在《诗经》时代，男女之间的关系很开放很挑逗。小薇还是很有学问的。她把自己的情欲隐藏到《诗经》的那些词句里面，为的是忘记周耳，忘记她自己的那幅裸体画。那种闪念之间的无知，令她蒙羞。《诗经》里面的放荡，就似乎可以缓解她的羞耻之心了。唉，小薇。

10

老饕对周耳说："我是受朋友们的委托来和你洽谈的。具体是哪些朋友，你想必也是清楚的，所以我就不一一列举具体的名字了；你也是我们的朋友，我也一直把你当朋友看，因此希望我们的洽谈能够有一个圆满的成果。"

老饕说这话的时候神色很严肃，浑身上下充满了一股正义的味道。可是周耳好像还没有听明白的样子，老饕认为周耳是在故意装傻逼。老饕继续说："兰州这个地方其实是很小的，就算你放一个屁，很快大家就会知道是你放的，而不是别人放的。你明白我的意思吧，周耳？"

"明白了。"周耳说，"老饕，你是说那幅画的事情吧？那是艺术，不是色情下流，老饕你也是艺术家，不能和俗人一般见识。"

"就算是艺术吧。"老饕说，"但是艺术也不能以损害纯洁善良的女人为代价。我前面不是告诉你了吗，兰州这个地方是很小的，就算你放一个屁也瞒不过大家的鼻子和眼睛，我这句话是个比喻，当然不是说你画的画是一个屁，你的画比屁重要多了，我的意思是说连一个屁都藏不了，何况是一幅画呢。你明白我的意思吧，周耳？"

"俗，真俗。"周耳说，"老饕，我一直把你当成是唯一一个可以理解我的艺术的知音，原来是我看走眼了，你和这个地方的人没有什么两样，我现在有点鄙视你了。"

老饕说："随便你怎么鄙视都行，我认为我也走眼了。总之一句话，你不要再搞那幅画的复制品来卖了，那幅原画你就还给我吧，尘归尘，土归土，它该到哪里去就回到哪里。"

"老饕，你真会开玩笑。"周耳说，"那是我的画，我想怎么样就怎么样。"

老饕说："痛快点，一句话：给不给？"

周耳说："不给。"

"那么你开个价。"老饕说，"你开个价我买走。"

"不卖。"周耳说，"那是艺术品，可遇不可求的，你给再多钱我也不卖。"

"你什么玩意！"老饕说，"你真是个烂货。"

老饕很生气，他在画廊里走来走去。看着好像要出去了，转身又走了回来。他伸出两根指头指着周耳说："周耳，我再问你一次，那画给不给？"

周耳看着老饕，很无耻地说："不给。老饕，你还想威胁我吗？"

老饕的面色涨得通红。忽然他拾起地上的一把椅子就甩了出去，椅子飞过周耳的头顶，砸到他身后的一幅油画上面，那幅油画立刻就从中间裂开了。紧靠着那幅画的其他画框，也都稀里哗啦地倒了一片。画廊里的年轻女人发出惊恐的尖叫声。周耳的脸色发白，要不是躲闪得及时，那把椅子就砸到他的脑袋上了。接着周耳扑向老饕，因为老饕正在找另一件可以拾起来的东西。周耳说："老饕，你傻逼玩真的了，你真是个傻逼。"老饕气喘吁吁地说："我就喜欢玩真的，我今天要让你知道我老饕是谁。"

两个人互相厮打起来，彼此的动作都很难看。老饕曾经告诉大家说，他年轻时候是河西地区出名的侠客，令很多奸邪之徒闻风而丧胆。周耳本来应该不是老饕的对手，但是老饕毕竟年纪高了，功夫有点荒废，因此两个人战成了平手。两人都受了伤，脸上和嘴角都有血。他们一个抓住另一个，互相对视，喘气，打算歇一歇再战。这时

哑巴的气味

候警察来了。两个人就停下来了。警察原打算要带两个人到局子里做笔录的，但是周耳临时又不想去了。老饕还在那里骂骂咧咧的，还说要不是警察叔叔（原话如此）来了，他今天就要把画廊砸个稀巴烂，把周耳这个假艺术家收拾成一盘西红柿酱。

警察中的一个有些生气，他说："你娘个嗦子的，你砸了人家的店面，你倒还有理了，小心老子我拘留你。"

老饕说："警察叔叔，你拘留我我也是这话，我从局子里出来还要找他算账。"

周耳这时说，他（老饕）有时精神上会出一点障碍，希望警察不要介意，至于店里的损失也没什么，本来就是几张烂画，值不了几个钱，他们自己会协商解决，警局里就不去了。

警察走后，老饕说："你才有精神障碍，我是本地鼎鼎大名的小说家，你算什么东西？"

周耳说："可惜啊，警察从来不看小说的。"

11

又过了一些日子，阿祥从美国回来了。他有一天来找老饕，带了几张蓝光 CD，是美国原装货。老饕很感谢阿祥的情谊，因为只有少数朋友才知道老饕还是一个古典音乐的发烧友。阿祥看起来和原先已经完全不一样了。原先他看起来就像是一个农民，鞋子里总是散发出浓烈的脚汗味道。现在看上去就像是美国总统。当然他的个头还是小了一点。他大谈了一通世界经济局势以及石油竞争的内幕，接着还谈论了一番小说。他把小说一会叫小说，一会叫 story，因为美国的小说就叫 story。他建议老饕写小说不要过分追求深刻，因为现在全世界人民都不喜欢深刻，只喜欢好玩有趣的东西，美国的小说家也不玩深刻了，他们只写有趣的 story。老实讲，老饕从阿祥的谈论中的确受到了一些启发。从美国回来的人就是牛逼，连阿祥这样学理工的人都懂得写小说的奥秘。老饕也觉得小说里越来越不需要深刻的东西了，弄一个好玩的东西就可以，就像中国的春节晚会上的小品那样的东西。

阿祥本来就要居住到美国了，但是他最终放弃了，因为他认为一个人不能光顾着赚钱，还应该有爱情。钱赚到一定的数目就没有什么用处了，当你可以买得起自己想要的任何东西的时候，你就会觉得很空虚了，包括性。当你买得起很多地方的性的时候，那一定就是很没有意思的事情。人最重要的是要有爱。没有爱才是真正的贫穷和空虚。所以他回来就是因为他认为，自己在爱着小薇。小薇是一个简单的女人，也是一个有缺点的女人，但是他还是爱着小薇。

阿祥说，他再次感谢老饕这些年对小薇的呵护照顾，人世沧桑，人心多变，幸亏还有老饕这样的朋友。

听了这一番话，老饕简直对阿祥肃然起敬。阿祥说出的话就是他老饕很久要说的，他作为一个小说家却没有说出来。难怪老饕的小说一直写不好。怎么说呢，老饕还觉得自己对于阿祥有一点愧疚。实事求是地说，他并没有很好地照顾好小薇。他也是那么地喜欢小薇，可是小薇还是出了一点错。

老饕想了半天不知道该说什么。最后他对阿祥说："阿祥，你很牛逼。"

12

阿祥把周耳的那幅画买回来了。他出了两万块，周耳还是不想卖，但阿祥的几个朋友去了他的画廊里，跟他谈判。过了一会，阿祥的朋友里的一个解开衣服找打火机，周耳看见对方的腰里别了一把枪。那把枪虽然有可能是假枪，但也有可能是真的。周耳这时知道，他不卖是不可能的。那幅画被拿走之后，周耳痛哭了一场。那真的是一幅好画。周耳以后再怎么努力也画不出来的。

阿祥也认为这幅画有水平。他甚至怀疑这幅画是不是周耳画的。

阿祥在北京找到了一家单位，薪水非常高。此前他已经在北京的东三环买了一套房子。不用说，小薇也到了北京。小薇一直很喜欢北京，因为小时候她最爱唱的歌就是《我爱北京天安门》。

阿祥离开兰州的时候大家都没有去送。因为老饕的圈子早就散落了。阿祥只给老饕打了电话告别。

13

周耳有一天来找老饕。说到那幅画他又哭了。老饕很不耐烦他这个样子。老饕说："我最讨厌男人哭。你知道你哭的样子有多难看吗，简直像一泡屎。"

周耳说："可是我再也画不出那样的画了，你懂个什么。亏你还是写小说的，你就根本不懂得艺术是怎么回事，女人又是怎么回事。你其实就是个白痴。"

老饕听了这话，叹了口气。看起来他似乎被周耳说中了某个心事。老饕说："你说的也是，我有时候的确，的确，搞不懂女人。"

14

后来有一次，老饕到北京领一个文学奖。会议间隙他和阿祥联络了一下。阿祥听说他到北京，很高兴，说是要请他吃晚饭。那天晚饭的时候，阿祥还带了另外几个朋友来捧场。小薇也到了。她看上去好极了，北京把这个女人养得细皮嫩肉，已经变成了一个真正的美人。但是出乎意料的是，她居然一时间没有认出老饕来。阿祥说："达令，亲爱的，这是老饕啊，兰州的老饕。"小薇做出回忆的表情，3秒钟之后，她终于想起来了。她说："啊，老饕，想起来了，就是写小说的老饕。"接着她又说："老饕，你看起来老多了，老到我都认不出你了。"

老饕一时间被小薇搞得很惭愧。老饕说："兰州是个小地方，小地方的人就容易显老，哈哈。"

不过总的说来，晚饭还是很愉快的。阿祥的朋友中间，有一个居然读过老饕的一篇小说。老饕高兴极了，他就缠着对方喝酒，最后两个人都喝醉了。喝醉之后，老饕看着珠光宝气的小薇，虽然感觉是那么陌生，但是老饕又觉得，小薇的身上还是有那么一些从前的影子。小薇的冷漠是假装的，老饕也必须假装要对小薇的冷漠顺从一些。老饕能够老到哪里去呢，老饕就一直那么老。

聚会之后，阿祥又送给老饕一些正版的蓝光 CD。老饕觉得阿祥真是够朋友。阿祥反复地和老饕拥抱，老饕的身体都被他摇晃得要呕吐了。阿祥总算是拥抱结束。最后阿祥对小薇说："小薇，你也和老饕拥抱一下。"

小薇迟疑了一下。接着小薇走上来抱住了老饕。小薇呼出的气息到达老饕的耳朵里，温暖、湿润，带着口香糖的味道。

小薇说："老饕，我爱你。"

15

当然老饕再也不会见到小薇和阿祥他们了。他们住在北京。北京是一座巨大的城市，不管谁去北京都会被淹没。兰州比较好，小地方，安全，很多人互相认识。

更好的事情是，老饕多年前的女朋友回来了。老饕以为这辈子见不到这个女人了，没想到她居然回来了。老饕不懂女人，那是因为他爱过的女人不见了。

现在好了。

1983 年的乡村少年

教室里的气味

教室后排总有一些气味传来，说不上好闻难闻，也不能确定喜欢或者不喜欢。当然，我已经习惯于这种气味了。要是在雨天，这种气味会更加浓郁一些，因为雨天使得气味湿润——我想是这样的。女生们集中在教室的后排，只有少数几个坐在眼力所及的地方，后者看上去小得可怜，鼻孔里永远有流不完的鼻涕，即使在最炎热的夏天，她们也一直蜷缩在课桌后面，瑟瑟发抖，眼神里显现出巨大的惊恐和慌乱。相比之下，她们则人高马大，仿佛健壮的母驴，桌子和板凳被挤压得吱吱呀呀。她们一直在窃窃私语，到了下课的时候，就会在突然之间，发出放纵的大叫，然后挤作一团，手舞足蹈，好像有一万只麻雀赶来聚会。她们谈笑的姿势非常夸张，肆无忌惮地在后面的空地上走来走去，根本不把我们放在眼里。这种骄傲的样子使得我们中的一些人很生气，凭什么她们占据那么大的空间，而我们却只能在前面狭窄的课桌和讲台间钻来钻去？狗卵有一次煽动我们说："我们可以找一个借口和她们打一次架，如果我们获胜，不仅可以杀掉她们的嚣张气焰，还可以就此占领教室后面的广阔领地。"他一边说，一边磨他的黑乎乎牙齿，一股鼻涕从嘴唇流到牙齿上，又渗进他的牙缝里去。

说实话，我们都很瞧不起狗卵这样的人，他考试从来没有及格过，上课的时候总是放屁，老师打他就跟打苍蝇一样随便，还能指望他提出什么好计谋吗。

　　但是，那时候刚刚开学不久，我也是讨厌女生们这样的。所以，和大家一样，我没有反对狗卵的建议。不过，就算我们有和她们挑衅的打算，也未必有胜出的把握——从体形和数量上来看，我们显然处于劣势。何况马平是坚决反对我们这样干的。马平的个子奇怪的高，他站在我们中间，就像是一只难看的鸡；每当他摇摇晃晃向我们走来，我们就会闻见他身上鸡屎的味道，而且，他一贯是反对我们的做法的，总是摆出一副很有经验的样子，俯瞰着我们说："事情是你认为的那样吗？——不是，绝对不是的。"他的这种神态是跟我们语文老师学的，但是他学得一点都不像，因此看上去很可笑。我们都讨厌马平，他的个子太高，应该到高年级去上课才对，还有，他和那些女生的关系过于亲密，和她们坐在一起喋喋不休，说那些鸡毛蒜皮的事情，故意把声音弄得又尖又细，还用一条花手绢响亮地擤鼻涕，唯恐大家不知道他有一条花手绢。其实他的手绢根本就没有什么了不起，上面糊满了鼻涕和眼屎，白送我，我也未必肯要。可是令我们想不通的地方在于，女生们好像很喜欢他用花手绢擦鼻涕。有一次，张兰花被老师骂了，趴在课桌上哭，马平就把他的手绢递给她，让她擦眼泪。张兰花擦得认真极了，不仅擦掉了眼泪和鼻涕，还把整个脸面都擦过来了——唉，张兰花真是不要脸啊。

　　总之，马平整天混在女生的队伍里，像个女人。

　　果然他说："你们为什么要和女生打架？事情是你们认为的那样吗——不是的，绝对不是的。"

　　和马平相比，我们其实并不讨厌狗卵，因此，我们一定要和女生打一架。

李三女

其实，这种气味从五年级的时候就有了。李三女坐在我身边，气味就是从她身上发出来的；起初我还以为是她脸上的雪花膏的味道，我就告诉她说，臭死了，臭死了。我一边说，一边用课本扇鼻子，就像是闻见某个人放了屁那样。当然我的这种姿态有些夸张，我是故意如此。结果，我看见李三女哭了，她伏在课桌上，眼泪哗啦哗啦地流下来，把课本都弄湿了。她没有哭出声音来，只是不停地用袖子擦眼泪。她的样子有些可怜，还好像很羞愧，也许她抹了雪花膏就是给我闻的，我没有说好闻，反而说臭死了，让她伤心。之后，她再也没有抹雪花膏，有几天还不和我说话。她要是不和我说话，我当然不会和她说，我本来就讨厌女生。但是，那种气味还在，而且有时候更浓烈——原来并不是雪花膏的气味。我偶尔用眼角看看李三女，心里琢磨说，这种气味是从哪里冒出来的呢？

李三女的脸上长了许多麻子，仿佛一层湿漉漉的尘土，她要是抹了雪花膏，脸庞就会显得整齐和平滑一些；不过她的眼睛倒也不难看，看人的时候水汪汪的，像是刚刚哭过一场那样，头发黑而浓密，一条很粗的辫子挂在脑后，有时候当她迅速回头，辫子的末梢会从我的脸上滑过，带来一点细密的酸痛，然后顺着我的身体滑到更深的地方，隐没不见。——我没有生气，黑发如果摆动起来，就应该是这样的吧。她是瘸子，一只脚卷曲起来，像一只难看的蜗牛。当她远远地走过来，我看见她的身体在剧烈地左右摇摆，臀部的一侧高高隆起，显得不堪重负，汗水顺着额前的发梢流下来，在阳光里闪亮。

她学习刻苦，成绩中等，经常有问题要向我请教，而我则显得倨傲，缺少耐心。我说："这么简单的问题你都不会，简直笨死。"于是，她布满麻子的脸上便会出现羞涩的红晕，眼睛里的神色楚楚可怜。有一次，我打破了一片玻璃，老师十分生气，把我从座位上抓起来，就像鹰捉住小鸡。我的身体顿时腾空而起，离开了桌椅和地面，在教室的虚空里摇摇摆摆。事情发生得如此突然，我实在是难以描述内心里的巨大恐慌。记得七八岁的时候，一个流浪街头的疯子，也是这样突然将我揪离了地面，不知道要被抛往何方，当时我惊恐地想到，也许我就要死了。事隔多年，在五年级的教室里重现此种景象，当然与往昔不同，除了肉体的疼痛和对于死亡的恐惧，羞耻感如同大浪一样汹涌而至。我虽然顽劣，但是一直有极好的学习成绩，在整个县城也算是赫赫有名，从来没有老师会对我这样粗暴。那一刻，我绝望地想，就让我这样飞出教室，落在坚硬的路面上，化作尘土吧。后来，老师把我扔到地上，我迅速站起来，如果手里有一把刀子，我也许就会冲向我的老师。他面目狰狞，身高体壮，体重超过 80 公斤，但是那又如何？我站在教室里，内心纷乱，眼泪差一点就要迸涌而出，又生生让我压了回去。我要是流泪，会让我的耻辱感更甚。

我看见李三女哭了。她的头埋得很低，一直要低到桌子下面的黑暗里去。她用手指抠桌子上斑驳的油漆，头发落下来，遮住了湿润的脸庞。没有人惹她流泪，她的泪水是因为我而流泻。那一刻，我感觉她就像是我的姐姐。当我柔弱的时候，或者当姐姐感伤的时候，姐姐也是这样，在我的面前，沉默地哭泣。

她要是没有麻子，没有瘸脚，也许就是一个美人。在一些夜晚，我会想起李三女。她的气味缓慢地到来，被子一样把我紧紧包裹，她因为身体的摆动而凸出来的臀，像一个饱满的、逐渐膨胀的彩色气球，在夜晚的虚空里摇曳飘荡。我发现我的下身，在可耻地躁动。我11 岁，五年级，如此念头当然令我羞愧。

姐　姐

姐姐是伯父的女儿。不知道为什么，没有上学，也许是不喜欢。她倒是喜欢听我讲学校里的事。当我讲的时候，她托着下巴，好像很入迷的样子。我有时候像老师一样给她提问题，她总是不会，然后我就找来一个木板，打她的手心。有一次我用足了劲，姐姐居然疼得哭起来了。她说："你怎么这样狠心，你看，你看，我的手。"她的手心红彤彤的，还有些肿。我说："你不好好学习，就该这样了。"姐姐说："你学好还不是一样——快吹吹我的手，疼死了。"我就捧着姐姐的那只手吹气，结果，她笑了。

姐姐很漂亮，当她从小镇的街道上走过，喧闹的小镇便会变得安静，很多人停下来，看着姐姐从那里走过去。我讨厌镇上的这些人，也因此讨厌这座小镇。他们的神色不怀好意，下流无耻。姐姐好像知道自己长得漂亮，也喜欢在街上走来走去。她在家里的时候，经常对着一面镜子看自己的脸。她喜欢镜子里的人，就好像那不是自己。有时候她会问我说："你说，姐姐长得好看不好看？"我说："不知道。"她失望极了，差一点又要哭。但是我能怎么说呢，我真的不知道。我知道她是姐姐，姐姐长什么样，与我有什么关系。

一直到上五年级，姐姐都会搂着我睡觉。我伸出一条胳膊，从姐姐的胸口穿过去，抱住她的身体。姐姐的一条胳膊搂着我，另一条胳膊将我的身体覆盖。姐姐的身体白皙、柔软、丰满，还有一股甜蜜的气息。有时候我的手会抓住她的乳房，我会用嘴唇咬住她的粉红的乳头。姐姐的身体怕冷似的一动，她说："你干什么？好没羞。"但是姐姐并没有推开我的手和嘴，她紧紧地抱住我，我感觉到甜蜜和安全，然后，我睡着了。

伯父从来不会笑。他坐在那里，喝茶，烟卷的雾气从他的唇齿间袅袅上升，眼睛越过我们的头顶，通向高处的虚空。很长时间过去，他也不会说一句话。有时候他会看我一眼，我不知道他的眼神里流露的是喜欢还是不喜欢，或者，干脆什么都没有。有一两次，当姐姐搂着我睡觉，朦胧之际，我感觉到他的目光落在我的头顶，沉默而严肃，之后他从我们身边走开。也许他不喜欢我们这样。

伯父是公社里的干部，每天早上9点去公社，下午5点回家里来，星期天也是这样，雨雪天气也是这样，准确得像家里悬挂的那口老式的钟。公社离家里不远，他步行走过去，在后面，可以看见他轻微的驼背，右手提了一个皮包。从我见到伯父的时候，它就那样陈旧，许多年过去，它还是那样陈旧。我有些时候会感到惊奇，为什么在伯父的生活里没有意外，哪怕是一星一点。

我的父亲在一座遥远的县城工作，我三岁或者四岁以前住在那里，但是我已经不记得那里的事情了；以后我也没有到那里去过，印象里那是很远的一个地方。我父亲把我送到伯父家里，以后我再没有见过他，所以，我都想不起父亲的模样，有些时候我会怀疑，也许世界上就没有父亲这个人，也许父亲只是我的一种想象。我从小没有母亲。如果母亲还活着，我想她应该有一点像姐姐吧。

五年级的一天，我偶然听见伯父对伯母说，正在想办法让姐姐到供销社当售货员。听到这个消息，我很高兴。供销社就在镇上，很大的铺面，里面摆满了糖果、连环画、帆布鞋、黑色和白色的布，姐姐站在柜台里面，一定很神气，还会给我带回来糖和连环画。

姐姐说："我到供销社去，你说好不好？"

"好。"我说。姐姐嘴里的气息吹到我的脸上，我闻见一股糖的味道。

噙着姐姐身体右边的乳头，我睡着了。

王　菲

英语老师是新来的，戴了一顶鸭舌帽，眼睛很大，鼓出来，像一尾金鱼。他在讲台上走来走去，教我们字母和单词。有时候他会把嘴巴张得很大，可以看见他的脏兮兮的、排列散乱的牙齿；有时候他会把舌头突出来，长长地伸展到下巴上，好像是临时贴上去的一块红布。他要求我们也这样张大嘴巴和伸出舌头。他忽然说："王菲同学，请你张开嘴巴。"

我们都回过头去。所有的人都张大了嘴巴，只有王菲坐在那里，把嘴巴紧紧地闭着。一定是她的嘴里有什么东西，不愿意让老师看到。在她的嘴巴里会有什么东西呢？她紧闭的嘴唇看上去红润鲜艳，仿佛涂了一层蜂蜜那样。当我们看着王菲的时候，她故作镇定的样子，但是很明显，她的脸变得通红。

哑巴的气味

英语老师走到教室的后排，站在王菲的面前，说："王菲同学，请你张开嘴巴。"

王菲的脸更红了，但是，她还是没有张开嘴巴，仍然做出不在乎的神情。有些人笑起来了，狗卵响亮地吸鼻涕，有些人则在窃窃私语。我们看见老师生气了，因为王菲看起来也太骄傲了，完全不把他放在眼里。他们之间的距离不超过一尺，老师的大眼睛好像要从眼眶里进出来。教室里弥漫着紧张的气氛。忽然，老师伸出手去，抓住了王菲的下巴，他生气地说："张开嘴巴。"

王菲惊惶地躲闪，却躲不到哪里去，她的下巴被老师紧紧地抓住，就像一条被捕获的鱼。她终于张开了嘴巴，一颗黏糊糊的糖掉了出来，落到课桌上。王菲狼狈极了，一张脸大红里透着苍白，泪水在眼睛里闪动。

我们发出大快人心的笑声，老师好像受到了鼓励，水果糖落下来之后，还抓着王菲的下巴没有松开，一直等到她发出尖利的哭声。老师严肃地说："王菲同学，下课后到我办公室来。"

王菲的脸很白，红唇鲜艳，头发散开来，披到脑后。这和其他的女生不一样。据说她本来在县城里读书。她很骄傲，看不起我们很多人。有一次她走过来，问我一道数学题，我当然没有讲给她，结果她生气了，她说："你摆什么臭架子？"倒好像她问我题，是给我面子。其实并不是我不想讲给她听，只是，她走过来的时刻，带来了那种黏稠的气味，忽然就让我感觉到慌张。

学校举行运动会，王菲穿着大红的线衣，跑步。两条腿很长，奔跑的姿势像红色的蝴蝶。臀部饱满丰腴，如同成熟的女人。

狗　卵

那天王菲被英语老师叫到办公室里去，我们都很兴奋。我们想象老师应该狠狠地打她的手心，我甚至认为，老师也许还要打她的大屁股。狗卵愉快地说："这下有她好看的。"他讨厌王菲，因为有一次，他的鼻涕溅到了王菲的衣服上，王菲说："恶心死了——你给我擦掉。"王菲的那件衣服是带花的，她远远地走过来，就像一朵花那样移动。看到花，大家就知道是王菲了。但是狗卵不肯擦，狗卵说："鼻涕总会弄到衣服上的。难道你没有鼻涕吗？"王菲的脸顿时气得通红，像一个大柿子。她气急败坏地说："你擦不擦？"狗卵说："我就不擦。"王菲说："你等着。"说完王菲从教室里跑出去了。我们都以为，王菲是弄她的衣服去了。狗卵还得意扬扬地笑了起来。

过了一会，王菲走进教室，对狗卵说："你出来。"

"出来就出来！"狗卵说，"我还怕你不成。"

我们看见，狗卵跟在王菲的后边，像一条肮脏的狗一样走出去了。教室外面的阳光还没照到他身上，他就跟一片树叶那样飞起来了，接着我们听见他发出痛苦的号叫声。几个人高马大的高年级男生，正在把他当作皮球，踢来踢去。见此情景，我们惊慌失措，却又无计可施，只好偷偷跑去告诉老师。等老师到来，那几个男生早已走得无影无踪，只看见狗卵在那里高声痛哭，血流满面，浑身尘土。唉，狗卵真是凄惨。王菲这时候回到教室里，嘴里嚼着糖果一类，若无其事的样子。说实话，我们都很气愤，她未免太过分了。而老师的表现更让我们失望，他也不问是怎么回事，只对狗卵说："你回家洗脸去吧。"然后对王菲说："王菲同学，请你到我办公室里来。"这件事就这样不了了之。

老师上课的时候，总喜欢提问漂亮的女生，问的都是简单的问题，狗卵这样的人也答得上来，然后还喜欢叫她们到办公室里去。每个老师都是这样。只有教历史的贾老师不是这样。他讨厌漂亮女生，他说："自古红颜祸水，红颜薄命，哪朝哪代不是如此啊？"贾老师白发飘飘，声音洪亮，令我们的耳朵十分受用。

也不知道英语老师对王菲说了些什么，那天王菲回到教室之后，看上去越发的骄傲了。其实我们明白，老师根本不会把王菲怎么样的，她身体上弥漫的类似于糖果的气味，无论是谁，都难以拒绝。打她的手心或者屁股，不过是我们的想象罢了。

照　片

在一些夜晚，我还会想起李三女。上中学之后，就很少见到她了。她学习刻苦，花了十倍于我的精力，却没有考上中学。记得我还给她讲过数学题，就因为她曾经为了我的羞耻而流泪。要是我能多一些时间帮她做题，她也许就可以坐在初一的教室里了。只可惜，我在考试之前，迷恋于一本破败的《西游记》，无心学习，无暇旁顾。当然对我而言，上中学不是问题——我考了全公社的第一名。有人把这个消息告诉伯父的时候，我正躺在一个雨后的水坑边，忍受着肉体之痛：在水坑里游泳，淤泥中的一块玻璃划破了我的脚指头，鲜血淋漓，让我动弹不得。然后狗卵跑过来，告诉我，我是第一名。他看见我痛苦的样子，就又说："烂掉的脚指头上抹一些土，血就不会流了。"说完他抓来一把干燥的尘土，撒到我的伤口上，果然，血不流了，只剩下痛。其实，我根本不关心我考了第几名，我不喜欢成绩，不愿意看见伯父，讨厌许许多多的老师，不相信乡村里的所有人，如果不是有姐姐在，我宁愿让水中的玻璃划破身体上的每一块皮肤，永远躺在水边的泥地上。

那天我蹒跚着回到学校，看见他们正在互相赠送礼物，铅笔、橡皮擦、手绢、作业本一类。教室里弥漫着快乐和感伤的气氛，有些人还哭了。我坐在座位上，看着这些人，不知道自己应该干什么。我没有他们的这种感觉，相反，还觉得他们夸张和滑稽。我没有任何礼物可以送给他们，即使有，也不知道送给谁。过了一会，他们中的几个人送给我两支铅笔、两块橡皮。当时我还记得他们的名字，但是我知道，不久之后，我就会忘记了。我从小就是如此，对于生活里的大部分事物，缺少兴趣，无意于铭记，宁可忘却。

李三女看着我。她脸若桃花，唇红齿白，眼睛中的神情不胜娇羞。也许是想和我说些什么吧，很可能，从此之后，我们就难以见到彼此了。过了一会，她把一张很小的照片，从桌子的那一头，推到我眼前。照片上是她的微笑的脸，麻子不见了，只剩下白皙的轮廓，看上去很漂亮。

我保留着她的照片，一直到我上了中学。问题在于，我不知道把它放到哪里才好。有一段时期，它在我的上衣口袋里，但是不久，她的脸上就出现了难看的皱纹；若是放到书包里，或者夹到书本里，姐姐和伯母肯定会看见。究竟放在哪里可以让李三女安全、秘密、完整地保留呢？直到有一天，我发现不再需要对此处心积虑——她不见了，找遍了任何一个可能的角落，还是没有找到。

瘸脚，脸上有许多麻子的李三女，曾经送给我一张干净的照片，我却把它弄丢了。

那时候我上了中学，有一天走过街道，许多人来来往往的在赶集。我忽然看见李三女也在集市上，一篮苹果摆在她的身边。已经很久不见了。但是，当我见到她，却感觉到羞愧，就好像她不应该在这里卖苹果。她也看见我了，脸上顿时漫过了红晕。她似乎要跟我说一句话，但是我紧张极了，慌乱地从她身旁离开了。

我最后一次见到李三女的时候，发现她已经相当的老，差不多有伯母那样老。脸上布满了尘土和皱纹，嘴唇上被风刮起了皮，握称的手粗糙不堪，像一节树皮。

奇怪的是，在一些夜晚，我还会想起李三女。她的气味还会来。到了早晨，我会发现自己勃起的、难看的小鸡。我要在被窝里等待很长时间，它才能缓慢地变得柔软。

马平的小鸡

狗卵说："你看，你看。"

我们顺着他的手指看过去，发现马平在初二班教室外边的空地上走来走去，他手里举着一本英语课本，假装在读课文的样子；张兰花则站在教室的水泥台阶上，也在假装读课文。马平走过来的时候，和张兰花最近的距离不超过3米，——他们互相注视，含情脉脉，一点都不知道羞耻。我们其实不是第一次发现这种情况，他们在一起读书，至少已经有七次了。狗卵说："这对狗男女，这对狗男女。"他甚至说，有一次放学后，看见马平和张兰花钻进了一片玉米地里，说不定他们都脱过裤子，弄过了。狗卵的推测令我们内心纷乱，像马平和张兰花这样的人，做出这种事情也不是没有可能啊。

英语老师说："哪位同学能背下来 Iamastudent 这篇课文？"

我们都说："马平，马平。"

英语老师说："马平，请你背一下。"

马平站起来，只背了一句，就背不下去了。他的眼睛在空中翻来翻去，装模作样地思考，就好像本来能够背下来那样，简直滑稽极了。于是，我们便使劲地大笑起来，一直到马平和张兰花的脸红得像西红柿一样。结果不用说，英语老师拿教鞭打马平的手心，马平疼得哭起来了。当然，我们希望如此，所以我们很高兴。

有一次在厕所里，陈龙提议比一比谁的小鸡长得大。狗卵说："当然是个子高的人比个子小的长得大。"陈龙轻蔑地说："此言差矣，小鸡之大小，和个子没有关系。"狗卵说："我不信，难道你的比马平的大吗？"陈龙说："你看嘛，看了就知道了。"

马平还没有到厕所来，狗卵和陈龙就先比了比，果然，陈龙虽然个子小，小鸡却很大，根底下还长出了几根毛；狗卵的则又细又脏，就像是他的半截手指头临时吊到了那里。这时候我们看见马平走进来了，他背对我们，朝着墙角掏他的小鸡，显然，他不愿意让我们看见。陈龙对马平说："我和你比一比小鸡，看谁的大。"

马平回过头看了看我们，脸上露出很鄙视的表情，他说："你们真是很无聊。"

陈龙跟我们使了个眼色，他悄悄地靠近了马平，突然从背后抱住马平，把他的身体扭到了这边。

原先，马平的小鸡对于我们来说，有些神秘。因为他个子很高，最主要的是，他也许已经和张兰花干过那事，干过那事的小鸡肯定和我们的不一样。

但是当我们看见之后，却很是失望：就像陈龙说的那样，马平的

131

小鸡实在太小，比狗卵的还要小，它在那里软兮兮地晃动，仿佛一条难看的蛆。

陈　龙

　　陈龙原来在新疆上学，最近才转到我们班上来。个子小，很剽悍，头发像山羊的毛那样卷起来。有一次，他居然爬到教室里的屋梁上，灵活得仿佛一只猴子。刚来那几天，他还拿了一把弹簧刀在我们面前玩，刀锋锐利，闪闪发光。有人告诉了老师，老师就把他的刀没收了。很快，我们都聚集到陈龙的周围，狗卵甚至开始崇拜起陈龙了，有一次对别人说，陈龙还会穿墙术，比方可以不经过门进入教室里，他信誓旦旦地说，曾亲眼看过陈龙穿墙。

　　狗卵肯定在吹牛，但是，陈龙的确在很多方面比我们有本事。新疆那样远，从那里来的人也一定非同寻常。他知道很多事情，比如他的数学不怎么好，但是他能背很多古代的诗词，还会唱很多新疆的民歌；再比如他说，从女人的屁股上可以看出，她干没干过那事。狗卵说："那我们班上谁干过那事？"陈龙狡猾地笑了，他说："有两个人干过——你们自己观察吧。"

　　有一阵子我在悄悄地观察我们班女生的屁股。它们在我面前扭来扭去。那种恼人的气味冉冉升腾。谁的屁股和别人不一样呢？张兰花？王菲？或者别的女生？

早　晨

　　早晨起来，我发现自己昂大的小鸡。它野马一样跳跃，不肯安静下来。我为此要在被窝里停留很长时间，为的是让它变得柔软和细小。有时候一直到我走在上学的路上，它还坚硬地挺在那里，裤子里仿佛塞进了一个气球。我只好蹒跚脚步，慢慢腾腾。我担心被别人发现。

即使在它安静的时刻，它也比他们的大了许多。有陈龙的两个那么大，狗卵的三个，马平的四个。那天在我们比赛大小的时候，我其实不好意思掏出来，假装自己没有尿，后来一泡尿足足尿了五分钟之久，我害怕他们会笑话我。我才上初一，个子不足一米六，小鸡如此大，一定不正常。我甚至为此羞愧和自卑。

姐　姐

我上五年级的时候，姐姐没有到供销社去当售货员。她以为自己可以当售货员，但是最终，另一个不认识的人站在供销社的柜台里。她长得丑极了。姐姐伤心了很久。我记得她一直在哭，有几天连我都不理睬。有一天，姐姐决定要到上海去。不知道她去上海是不是和没有当售货员有关。总之，她要走。我有些时候希望姐姐去，因为她看上去很伤心，也许去了就会变得开心；有时候我又不希望她去，因为我已经习惯于和姐姐在一起，她要是走了，谁还会搂着我睡觉？谁还会展开她的柔软的乳房？上海如此遥远、繁华和神秘，她什么时候可以回来？唉，我不知道怎么办。

那天晚上，姐姐搂着我，她的两条胳膊把我的身体紧紧缠绕，就像蛇。我的头埋在她的身体里，喘不过气来。我听见泪水落到我的头发上，然后顺着我的脖子流下来，它冰凉的气味令我发痒。我好像也哭了。姐姐的乳房就像是浸在水里。姐姐一直没有说话，不知道她在想什么。后来我睡着了。等到早晨醒来，姐姐的气息还留在被子里，人已经走了。我在被子里躺了很久，为的是留住姐姐的气味。

我经常会想起姐姐。经常会哭。也许我这辈子都见不到姐姐了。

打 架

那天，场面有些混乱。起因是马平说，他的一本书不见了，王菲带了几个女生在我们每个人的桌框和书包里搜，结果搜到陈龙跟前的时候，陈龙不让搜。王菲说："那就是你偷了书。"陈龙说："你才偷呢，我没有偷。"王菲说："你是贼。"陈龙说："你才是贼呢——你还是婊子。"王菲顿时暴跳如雷，她伸出胳膊，抓住陈龙的胸口，两个人扭打在一起。教室里的桌子和椅子倒了一大片。

我们想，陈龙那么厉害，打败王菲应该不是问题。但是在那天，王菲就跟一条疯狂的狗一样，打着打着，她居然骑到了陈龙的身上，陈龙在地上拼命挣扎，始终翻不过身来。陈龙气喘吁吁地叫我们说："你们这帮傻逼，快上啊，还等什么呢?"于是我们一拥而上。不料女生们也都冲上来了。我们双方开始了混战。女生的尖叫声此起彼伏，狗卵的鼻涕抹得到处都是。几张课桌被踩成了碎末，一些窗户玻璃破了。

在他们混战的时候，我并没有和女生们真正交手。我瞄准一个空隙，假装给陈龙帮忙，一只手从王菲的背后伸过去，狠狠地抓住了她的撅起的、饱满如西瓜一样的屁股。那种气味突然到来，差一点让我晕过去。

年 纪

我上初一的时候，12 岁。

我 12 岁的时候，李三女 17 岁，张兰花 16 岁，王菲 17 岁。

姐姐 18 岁。

多多叔叔的最后一天

　　早上，多多叔叔在院子里走来走去。天还没有完全亮。他从院子的一边走到另一边，手里拿着一把镢头。那样子，就好像有什么东西挡住了他，他要把它们刨开。在院子里转了五六圈，多多叔叔停在鸡窝旁边大概两尺远的地方，果然就开始刨起来。镢头撞在地面上，叮叮当当的，就跟撞到另一把镢头上一样。那是因为地面被冬天冻住了。

　　多多婶婶听见了响声。她还打算多睡一会，但是多多叔叔把她吵醒了。她根据声音就可以知道，多多叔叔是在距离鸡窝两尺远的地方。她说："老不死的，你把鸡给吵醒了。"接着她又说，"那地方是一棵树，前年才挖掉的，你忘了？"

　　多多叔叔停下来，仔细想了一想。多多婶婶说得对，这地方从前的确是一棵树，前年的时候把树挖掉了，多多叔叔存心把树坑挖得又深又宽，免得落下什么东西。当时没有找到什么东西，现在当然也不会有什么东西。令多多叔叔沮丧的是，自己竟然忘记了这地方从前是一棵树。

　　吃饭的时候，多多叔叔一直没有说话，似乎在考虑什么事情。实际上每年到了这个时候，多多叔叔都是这个表情，就好像天气一冷起来，他的嘴巴就被冻僵了，就没办法说话了一样。多多婶婶早就习惯了。

　　多多婶婶说："院子都让你挖得底朝天了，还是没有找到什么嘛。"

她接着说："你爸也糊涂了，要不然，怎么就会今天说在鸡窝旁边，明天又说在猪圈旁边呢？"

她又说："要不就是你没有听清楚，下回你爸跟你说话的时候，一定要听仔细。"

多多叔叔还是没有说话。多多婶婶知道会是这样。她说话从来都没指望多多叔叔会回答。不过她的话还是有些道理的。多多叔叔的父亲也许会记不清楚东西放在什么地方了，因为那至少是 100 年前的事情了，就算是别人，也会记不清楚的。因此他每次跟多多叔叔说话，都会说一个不一样的地方。多多叔叔也问过他，为什么每一次说的地方都不一样。结果还没有来得及回答，他父亲就走了。但是不管怎么说，院子里肯定有个东西，那个东西埋得很深厚，不花一点工夫是找不到的。东西一旦找到，事情就好办多了。

吃完饭，多多叔叔又在院子里走动起来。后来他站在鸡窝跟前，仔细观察那个用土坯和枝条砌起来的鸡窝。这个鸡窝差不多有 30 年了。可是多多叔叔看它的表情，就像它是突然从地上长出来的一样。鸡窝里的鸡这时候已经睡醒了，正在院子里摇摇摆摆地走动。它步伐蹒跚的样子很像是多多叔叔的。每走一步，蓬松的羽毛就会掉下来一两根。那是一只公鸡，也是多多叔叔家里唯一的一只鸡。

多多叔叔说："我爸说的是鸡窝。"

多多婶婶说："老不死的，你要挖鸡窝？"

"我爸说的就是鸡窝。"多多叔叔肯定地说，"是我没有听清楚。"

多多婶婶看了看院子，到处都是多多叔叔翻起来的土，看着就像是胡乱犁过的土地一样。多多婶婶叹了口气。她说："也就剩下鸡窝没有挖了——要是鸡窝下面也没有呢？"

"肯定有。"多多叔叔说，"这次我不会记错的。"

多多婶婶还是有点问题要问，不过她一时半会想不起来什么。后来她看见了在院子里散步的那只公鸡，因为它发出一声愉快的叫声。多多婶婶的问题就是这只鸡。他说："你把鸡窝挖掉了，鸡怎么办？我们就剩这一只了。"

多多叔叔看着那只鸡。这的确是个问题。

"卖掉吧。"多多叔叔说。

"卖掉吧。"多多婶婶说，"只好卖掉了，不然它看见你把它的家给拆了，它肯定很难过。"

多多婶婶的这句话好像勾起了她的什么心事，她忽然显得有些难过，就好像她就是那只鸡。她习惯性地用手做出一个擦眼泪的动作。但其实她的眼泪并没有流出来。她这些年眼泪流得太多，差不多已经没有眼泪了。

"要是卖掉鸡，"多多婶婶说，"卖鸡的钱够不够装一台电话？有了电话就可以打给苹果了。"

多多叔叔当然觉得多多婶婶的话很无知。他有点没好气地说："那得十只鸡才行，你有十只鸡吗？"

多多叔叔抱着那只鸡走到镇子里。这一天是赶集的日子，多多叔叔看见数不清的人涌到街上来，就像是数不清的虫子。多多叔叔很快就被卷入到人群里，他觉得自己都没有迈开步子，就已经到达街道的宽阔处了。有个人看见多多叔叔，就大声地问起来："多多叔叔，你抱着鸡干什么？"

多多叔叔含含糊糊地答应了一声。他不想解释得很清楚。这时忽然有个东西在他脚底下爆炸了，轰的一声，多多叔叔感觉到自己的耳朵嗡一下，就跟有一团热乎乎的泥巴糊住了耳朵一样，什么也听不见了。多多叔叔的身体颤抖了一下，抱在手里的鸡掉到了地上。多多叔叔赶紧去抓鸡。那只鸡在很多人的脚下窜来窜去，身上的羽毛像雪片一样飘。看起来这只鸡也被响声吓坏了。多多叔叔担心鸡会被谁的脚踩死，他几乎是爬在地上追那只鸡。结果等他抬起头来的时候，他发现街上的人已经给他腾开了一块地方，他们围成一个圈，正在看着多多叔叔喘着气，跟一只老迈的猴子一样匍匐在地面上，抓那只鸡。他们在哈哈大笑。多多叔叔这时候能够听见他们的笑声了。

"多多叔叔，"有个人说，"这颗炮响不响？跟炸弹一样对不对？买几颗回去放吧。"

"他听不见，"另一个人说，"他被刚放的炮炸成聋子了。"

另一些人又笑起来。

"你们别逗多多叔叔了，"有个人说，"没看见多多叔叔在抓鸡吗？多多叔叔，好好抓，不然鸡就飞走了。"

多多叔叔努力去抓鸡。可是他觉得自己的力气不够用了。他奋力向前，差一点就抓住了；但是那只鸡欢快地叫了一声，从他的手里又摆脱了。多多叔叔只是抓到了一把鸡毛。有几根鸡毛落到他的头上和脸上，多多叔叔看起来就更是滑稽，简直就像是真正的马戏表演者。多多叔叔的这个样子让大家觉得更有趣了。他们发出越来越响亮的笑声。多多叔叔那时候觉得，他要是抓住这只鸡，他就会把它掐死。

这时候有个人从人群里挤进来。他手脚很麻利，一下子就捉住了那只奔跑的鸡。然后他对围观的人们说："都散了吧，散了，散了。"

人们都散开了。多多叔叔坐在地上，喘着气。他认出来了，帮他抓鸡的这个人是张伟大。张伟大在西安，过年的时候才回到许镇。他长得跟从前不一样了，脸像是一个刚出锅的大馒头。据说他挣了很多钱，但是他不向别人显示他有钱。那是因为张伟大有文化。每次他在许镇的街道上见到多多叔叔，总是很热情地打招呼。多多叔叔对他的印象不错。

张伟大蹲在地上，把鸡递给多多叔叔。他又递给多多叔叔一根烟。

"多多叔叔，"张伟大说，"你抱着鸡干什么？"

"呃，"多多叔叔说，"呃。"

多多叔叔喉咙里涌上来一团痰，开始咳嗽起来。接着那口痰出来了，他把它吐到一边的地上。他感觉轻松多了。

"多多叔叔，你是要卖这只鸡吗？"

"呃，"多多叔叔说，"卖。我是担心它被狼吃掉，这里冬天有狼。"

"哦。"张伟大说。他看着多多叔叔手里的那只鸡："可是多多叔叔，这只鸡恐怕卖不掉，你看，鸡毛都掉了。"

多多叔叔低下头看手里的鸡。的确，这只鸡一半的毛都掉了。看起来很难看。

"多多叔叔，你把鸡卖给我吧。"

"没关系，卖不掉就不卖了。"

"你卖给我，"张伟大说，"我正好想买一只鸡。"

这时候张伟大的电话响了，他就从口袋里取出电话接上了。他的电话看上去很高级，发出金子一样的光亮。多多叔叔看着他放到嘴边的电话，他的嘴唇又肥又滋润，就像是两片新鲜的肥肉。多多叔叔看得简直有点入迷。张伟大接完电话，看见多多叔叔还在看着他的电话。

"多多叔叔，你有什么问题？"

多多叔叔说："呃，我是说，你的电话很高级，一定是高级电话。"

"一个电话而已，"张伟大谦虚地说，"其实电话都是一样的，无所谓高级不高级。"

"往哪里打都可以？"多多叔叔说，"往深圳打也可以？"

"可以啊。"张伟大说。这时他想起来了："哦，多多叔叔，你是想给苹果姐姐打电话对吧？打吧，就用我的电话。你有没有号码？你找找号码，我帮你拨。"

多多叔叔揭开棉衣的纽扣，在里面的衣服口袋里找了很长时间，找到一张油腻腻的纸条。上面有一串数字。张伟大拿过去，看着上面的数字拨电话。多多叔叔显得很紧张，他都能听见自己心跳的声音。张伟大把电话放到自己的耳朵上。

"多多叔叔，你的号码不对，是空号。你听。"

他把电话放到多多叔叔的耳朵上，多多叔叔听见电话里有个女人说："对不起，您拨打的电话是空号，请查证后再拨。"

"应该能打通，"多多叔叔不甘心地说，"苹果说的就是这个号码。"

"多多叔叔，深圳的电话经常会变的，等你问清楚了我再帮你拨，好吗？"

多多叔叔在心里叹口气。他说："好。"

张伟大又递给多多叔叔一根烟卷。"哦，多多叔叔，苹果怎么样？我好久没有见到苹果了。苹果有几年没有回来了？"

"11 年，"多多叔叔说，"苹果走的时候你还在上大学，那时候你瘦得就像是一只猴子。"

"时间过得真快。苹果姐姐长得真漂亮。"

多多叔叔说："苹果今年会回来的。"

多多叔叔觉得自己这句话说得没有力气，于是他又加重语气说："今年肯定会回来。"

"回来就好，"张伟大说，"我也想见见苹果姐姐呢。哦，多多叔叔，我差点忘了，刚才说好的我买你的鸡。你说说多少钱，我好给你钱。"

多多叔叔在心里计算了一下。这只鸡要是不掉毛，能卖 35 元的样子。可是刚才它在地上跑，很多毛都掉了，肯定就不值 35 元了。就算不掉毛，卖给张伟大也要便宜一点，他抽了张伟大的两根烟卷，每一根至少值两元呢。也就是说，要是多多叔叔的这只鸡没有掉毛，他就可以给张伟大说，"这只鸡就卖 30 元好了。"但是现在鸡的毛掉了很多，看起来很难看，这样一只难看的鸡，怎么好意思跟他说卖 30 元呢。

看见多多叔叔很为难的样子，张伟大笑了。

"多多叔叔，这样好不好，我不知道一只鸡卖多少钱，我给你100 元买你的鸡，你看行不行？"

这个数字吓了多多叔叔一大跳。但是接着他看见张伟大掏出一张崭新的钱，递到了他手里。多多叔叔慌慌张张地说："多了，这只鸡不值这么多。"

"值呢，多多叔叔，你把钱装好，把鸡给我吧。"

"还是给多了，"多多叔叔说，"你不能给我这么多。"

"哦，是这样的，多多叔叔，多给的就算是我的一点心意吧，因为我还有事情要请教你呢。"

"我能知道什么呢？"多多叔叔说，"我什么都干不了，我都快死的人了。"

"多多叔叔，你还能活 20 年呢，"张伟大说，"我的事情也只有你才能帮忙。"

"呃，那是什么事情？"

"我是在搞一项研究。"张伟大说。他又递给多多叔叔一根烟卷。这是他今天给多多叔叔的第三根烟卷。"多多叔叔，你是许镇最后一个姓许的人，可是 100 年前这地方都是许家的人，所以这里叫许镇。对吧，多多叔叔？"

"对。"多多叔叔说。想起自己的祖先，多多叔叔觉得很自豪："这里都是我们家的，整个镇子都是，还包括四面山上的土地，河里的河流，所有这里生长的树。呃，连天上飞的鸟都是我们家的，因为有一次，一个外乡人打死了许镇的一只老鹰，我太爷爷就叫人把他捆起来，扔到河里去了——那时候河水很宽很大，一匹马掉进去也能冲走的，还有——"

"这些事情我都知道的，多多叔叔，"张伟大截住了多多叔叔的话，因为他要是不截住，多多叔叔会一直说下去，"我想知道的是，许家这么大的家族，为什么就会突然消失了呢？到底发生了什么样的变故呢？你们许家到底和我们张姓家族发生了什么样的冲突，然后这里就成了张家人的地方呢？这是我最感兴趣的地方，一个家族的灭亡就和一个民族的灭亡一样，都是值得研究的。多多叔叔，你明白我的意思吗？"

"呃，呃。"多多叔叔感觉到喉咙里面又堵了一团痰，于是开始咳嗽起来。"这个说来就话长了，"多多叔叔说，"再说，有些事情我也没弄清楚，得想一想才行。"

张伟大笑了，他看起来很满意。"多多叔叔，"他说，"我不是要你今天说这些事，我明天到你家里来，你再细细讲给我听，好不好？"

多多叔叔手里攥着那张一百元的钱，走进邮局。他是来看看有没有苹果寄来的信或者钱。在最初几年里，苹果每年会写一封信来，或者寄一些钱来。但是后来就没怎么寄钱了。三年前收到苹果的一封信

（信里有一个电话号码，就是多多叔叔怀里装的那个），之后就什么都没有了。不过多多叔叔还是相信，每年到了过年的时候，苹果会写信或者寄钱来。因为苹果在每一次来信里都会说，她过得很好，她很快就会有很多钱，等到她有了钱，她就会回来了。实际上每年的这个时候，多多叔叔都会每天去一趟邮局。邮局里的老九经常开多多叔叔的玩笑，他说："多多叔叔，你就跟在邮局上班一样啦，你比我还积极。"

老九在镇上的邮局里上了30年的班。多多叔叔看着他一点一点像一块面团一样发酵，最终变成一个胖子。而且他越来越胖了。多多叔叔开始到邮局等信的时候，老九已经胖得连说话都断断续续的了。老九就让多多叔叔帮忙，从县里开来的班车上搬运邮包，再从邮局搬运邮包到班车上。多多叔叔很愉快地干这些活。因为每一次他会想象苹果寄来的信就在邮包里。他帮老九干活就可以增加来信的希望。但是，大部分情况下，多多叔叔总是会失望。

邮局里有七八个人围着老九。他们每个人的手里都举着一张汇款单子。老九正在喘着气给他们数钱。多多叔叔站在一边，透过人群的缝隙他可以看见老九，这样老九就能够从这个缝隙里看见他。要是老九看见他，正好也有苹果的信，老九就会跟往常一样，趁着多多叔叔走神的工夫，把那封信扔过来。那封信就跟一架飞机一样，准确地飞到多多叔叔的脸上。

老九数一会钱，就抬起头看一下邮局里的人。他可能早就看见多多叔叔了。不过多多叔叔怀疑老九没有看得很清楚，因此多多叔叔再一次往开阔的地方挪了挪，这时候他能够看见老九的一张脸盆那么大的脸了。他故意发出一声响亮的咳嗽。他的咳嗽带来一股很黏稠的气味。老九终于看见多多叔叔了。

"多多叔叔，"老九的表情很严肃，就跟不认识多多叔叔似的，"你可不要在邮局吐痰，这是政府的地方，你要是吐了痰，我就要恶心死了。"

"呃，"多多叔叔说，"我没有吐痰。"

但是多多叔叔这时觉得嗓子里真有一团痰涌上来了，而且他的肚子里还有点恶心。于是他离开了邮局。他把那口黏糊糊的痰吐到街道上。多多叔叔顿时觉得舒服多了。

多多叔叔手里的那张钱湿乎乎的，快要被他捏出水来了。街道上的人少了一些。多多叔叔不知道要买一些什么东西回去。也许是需要的东西太多。不过多多叔叔感觉到这张钱有点古怪。他感觉到有点糟糕。多多叔叔不知道他为什么会有这样的感觉。

多多叔叔打算穿过拥挤的街道的时候，他又一次看见了张伟大。张伟大站在一群人中间，正在说话。他其实看见了多多叔叔，因为他一边说话，一边用眼睛朝着四周瞟来瞟去，还像县长那样挥舞着手臂，就像对着许镇上的所有人发表演讲那样。但是，他假装没有看见多多叔叔。

张伟大的本家侄子张三元这时说："伟大叔叔，你怎么那么傻呢？你这就是给多多送钱嘛，你给我100元，我给你买五只鸡。"

"你不懂这里面的深刻道理，"张伟大神秘地说，"了解一个家族的衰亡过程是很有趣的。"

"我是不懂，"张三元说，"可我知道100元能买几只鸡。你要是钱多得花不完，你就送给我嘛，你多送我几张，我就不用开商店了。再说，你把钱花到我身上，总比送给一个傻子强嘛，对不对，伟大叔叔？"

"多多叔叔不是傻子啊，"张伟大说，"我看多多叔叔很清醒，一点都不像是傻子。"

"千真万确，"张三元说，"多多傻得都不知道自己在干啥了，要不信你凌晨3点钟到街道上看看，多多就在街上走过来走过去，你问他是谁，他不知道，你问他在干啥，他就会说在找他爸——可是他爸都死了有100年了。你说他是不是傻子？"

他们开始哈哈大笑起来。

多多叔叔突然觉得心口有些痛，就像是有一块石头堵在那里。他一时间喘不过气来。多多叔叔觉得，自己的手里要是有一把刀，他眼睛都不用眨一下，就会朝着张三元的肚子捅上那么两三刀。可是他没有力气。多多叔叔要是和张三元打架，他就会像一只小鸡那样被张三元拎起来。

多多叔叔从人群里挤进去。他把那张湿乎乎的钱举到张伟大的鼻子跟前。多多叔叔说："你的钱还给你，你把我的鸡还给我。"

张伟大吃了一惊。接着他和和气气地说："多多叔叔，你是怎么了？你的那只鸡已经卖给我了。"

"我不卖了！"多多叔叔说。这句话让他觉得很痛快，就跟吐出一口浓痰那样："我不卖了！"

多多叔叔抱着那只鸡回到家里的时候，发现有个人已经在等着他了。多多叔叔看见这个人，感觉脑袋轰的一声，变得跟门扇那么大。唉，多多叔叔最不愿意看见的，就是这个人。他一直希望这个人已经死了。变成他看不见的空气，或者变成河道里的一堆沙子。这个人就像是多多叔叔的噩梦。但是，现在他回来了。他还是那么瘦，可是他的肉就跟风干的熏肉那样坚硬和结实。多多叔叔这时候才知道，这个人根本不会消失。他正在吃着一个多多婶婶洗得干干净净的苹果。苹果的汁液流得满嘴巴都是。多多叔叔认得这个苹果是多多婶婶留下来，准备过年的时候才吃的。可是多多婶婶总是很大方，就算是一条狗进了院子，她也会拿出最好的东西给它。

这时他看见多多叔叔，说："多多叔叔，我给你拜年来啦。"

多多婶婶说："老不死的，这是张飞呀，你不认得了？"

接着多多婶婶看见他怀里抱的那只鸡："你把鸡抱进房子干什么？你出去好半天，一只鸡都卖不掉？"多多婶婶就从他怀里把那只鸡抱走了。她把鸡放到院子里。

多多叔叔说："呃，认得，烧成灰我也认得。"

"哈哈，多多叔叔，你这是咒我呢，"张飞说，"我是真心给你拜年来的，你看看，我给你拿了这么多好东西。"张飞一面说，一面翻他摆在桌子上的东西，那是一包茶、一包红糖、一包白糖，还有两包奶粉。"怎么样，多多叔叔，你要是有儿子，我就比你儿子还孝顺你呢。"

哑巴的气味

"你有五年没回来了吧?"

"是,多多叔叔,我在新疆干了五年,现在我回来了。"

"一定挣了很多钱。"

多多婶婶这时候说:"张飞有本事,挣了很多钱呢,你看他的脸就知道他挣了钱了。"

"挣了,"张飞说,"我跟你们不说假话,我们是一家人。"

"挣了钱就不用回来了,"多多叔叔说,"新疆多好,满地都是钱。"

"挣了钱就要回来,"张飞说,"要不然别人就不知道了,别人不知道就跟没有挣钱一样,我说的对不对,多多婶婶?"

"对,"多多婶婶说,"人活一张脸,树活一张皮。"

"哦,多多叔叔,我今天来是要告诉你,我今后就不去新疆了。过完年我就要修房子了。"

"修么,"多多叔叔说,"你有钱你就修。"

"木材和砖头我都买好了,过完年他们就运来。我买的是好木材。"

"修么,"多多叔叔说,"有钱就能买上好木材。"

"多多叔叔,那你的意思是你没有意见?"

"想修你就修么,"多多叔叔说,"是你自己的事情。"

"好。那过完年我就把木材搬到这里来。"

"你是啥意思?"多多叔叔说,"你把木材搬我这里是啥意思?"

"修房子,"张飞说,"我在这里修房子。你看看吧,多多叔叔,这房子都破得不能住人了。"

"我的房子破了,那是我的事情。"多多叔叔说。他这会感觉自己的身体和声音都开始抖动起来,嗓子里又有一团痰要往上涌:"你修房子就应该在你家里修。"

"唉,多多叔叔,你真是有点老糊涂了,"张飞说,"咱们从前说好的事情么,我这几年没提这事是因为我在新疆挣钱嘛,我现在回来了就得按从前说的办,因为我想修房子了。"

"再吃一个,"多多婶婶拿了一个苹果递给张飞,她和和气气地说，"再吃一个，这个苹果甜。"

"我不吃啦，多多婶婶，我跟多多叔叔说正经事呢。"

"你的钱我会还你的，"多多叔叔说，"苹果回来就会还你的。"

"哈哈，还？多多叔叔，你拿什么还？你都还了十年了。你也不算算，加上利息是多少钱了，你这辈子都还不了啦。苹果十几年都没回来，现在是死的还是活的都说不清呢，她要能回来早就回来了。"

"我日你妈的，"多多叔叔突然骂了一句，他觉得自己已经没有办法控制自己的身体和嘴巴了，"苹果好好的活着呢，要死也是你这样的东西。"

"多多叔叔，你好好说话嘛，你不能随便骂人，乡长见了我，也不会这么随便就骂人的。"

"我在这里住了72年了，"多多叔叔说，"你狗日的就这么想把我赶走？"

"我可没有赶你的意思，"张飞说，"我只是说要修个好房子，房子修好了你和多多婶婶要是想来住，就尽管来住，我到时候把你们接过来，你们想住多久就住多久，你就当是你新修的房子。我们就跟一家人一样。修房子的时候，你们就住到我家里去，我那里的房子也破了，但是比你现在的房子还是要好一点。你说对不对，多多婶婶？"

多多婶婶这时候没有说话，她到院子里去了。院子里开始下雪了。多多婶婶在院子里走过来，又走过去，看上去是打算扫雪的样子。

"你是想把我赶到山上去？"多多叔叔说，"住到你的破房子里，直到把我们冻死？"

"我可没这么说，多多叔叔，"张飞说，"我那里离镇上只隔一条河么，你想到镇上来，走十分钟就到了。"

"我在这里住了72年了。"多多叔叔叹息了一声。他感觉到眼睛里湿乎乎的，然后有一股热乎乎的水蒙住了眼睛。

"你要是把我的钱还给我也行，连本带息一共是，"张飞伸出指头在那里算了一阵，"一共是32652元。"

这个数字多多叔叔是无法想象的，他简直有一点茫然。看上去就像是一个傻子。

"你要还不上，多多叔叔，那我过完年就要修房子啦，"张飞说，"你要是不让修，我就叫一辆推土机来，把房子推掉了。明白不，多多叔叔？"

"啊——啊！"

多多婶婶这时发出一声尖利的喊叫。突然间，她就像一匹愤怒的马那样冲进房子里来，手里举着一把扫帚，朝着张飞劈头盖脸打下去。"我日你妈！你不得好死！你要是用推土机推房子，你把我先推成肉渣渣！你这个狗日的，你把我们祸害成这样还不够啊——"

张飞慌慌张张躲避的时候，脸上挨了几下打。他的一张脸变得跟猪肝子那样红。他说："你敢打我！"接着他突然伸出手，朝着多多婶婶推了一把。多多婶婶简直是不堪一击，立刻就像是一堆麦草那样散落到地上了。她的身体开始抽搐起来，嘴角冒出一团一团的白沫，就像是嘴巴里放进了洗衣粉。

张飞看了一眼倒在地上的多多婶婶，一点都不慌张。他说："多多婶婶，你不能随便打人么。"

唉，多多叔叔感觉到孤单，感觉到自己很没有力气。他看着多多婶婶倒在地上，可是自己的手和脚都不听使唤。于是他坐在地上，看着多多婶婶躺在地上的样子。等到他可以动了，他就把多多婶婶搬到炕上去。多多婶婶沉重得像是一麻袋粮食。他拿了一条毛巾给多多婶婶擦了脸，又给多多婶婶盖好被子，干完这些事情，他的力气又没有了。他喘了好长时间的气。于是他挨着多多婶婶躺下来。多多婶婶就是这样的，平常她看起来结实强壮，从早到晚都在忙忙去，不停地干这干那，就好像不知道劳累似的，实际上她还不如多多叔叔。但是多多叔叔觉得她不会就这么死掉。她舍不得多多叔叔。

多多叔叔想了一想他自己的日子。可是一想起来他就很糊涂。他很难想得清楚。后来他睡着了。

多多叔叔感觉自己是十多年前的那个样子。他正在走过许镇的街道。这时候他碰见了张飞。张飞说："多多叔叔，你要修房子啦？"

"还没有呢，"多多叔叔说，"许镇的消息传得这么快。"

"多多叔叔，多少钱就能把房子修起来？"

"5000 元，"多多叔叔说，"我手里有 2000，还差 3000。"

"多多叔叔，我借你 3000 元。"

"你真好心，"多多叔叔说，"可我不着急，等我把钱凑齐了再修。"

"你凑齐了还我就行，"张飞说，"你先修房子么。我手里正好有3000，也没地方花，再说，我们就跟一家人一样，你花钱就跟我花钱一样么。"

多多叔叔算了算，自己要凑齐 5000 元还得半年时间。他是真想提前把房子修起来，因为最近就有一个修房子的好日子。所以他就真的跟张飞借了 3000 元。多多婶婶把那些钱缝到他衣服的里层，然后他就到县里去买木材和砖瓦。多多叔叔往县里去的那天突然觉得心神不宁，他总觉得要发生什么事情，因为他刚刚出门，就看见一匹马淹死在河道里。河水其实很浅，但是那匹马就是被淹死了。多多叔叔就不想去了，但是张飞说："多多叔叔，赶紧去嘛，今天县里的木头好价钱，再不去就买不到又便宜又好的木头啦。"

结果那天在县里挑好木材要付钱的时候，多多叔叔发现那 5000元不见了。之前他就坐在车上，然后又在茶摊上买了一杯茶，吃了一个饼子。那些钱都不知道是什么时候没有的。多多叔叔当时就晕过去了。怪不得早上看见一匹淹死的马。他醒过来之后，坐在县城的马路上哭了一会。后来，多多叔叔沿着公路往回走。他一个人走了很长时间，因为从县城到许镇有 80 里远。路上，他又看见一头驴子被一辆汽车撞死了。多多叔叔叹息一声，他问自己说："那么多钱已经不见了，难道还要发生更不好的事情吗？"

结果有一天，多多叔叔家里的十头猪突然就死了。多多叔叔还没有来得及找镇上的兽医，也没有来得及把它们卖出去。本来那些猪可以卖一个好价钱，因为那时候有辆城市里来的卡车正在收购乡下的猪肉，他们说"城市里的猪都是垃圾喂养的，而乡村的猪是绿色的"。

而多多叔叔急于把它们卖出去，是因为他要还掉张飞借给他的钱。那些钱莫名其妙消失了，他修房子的计划就此停止。其实那些猪要是肯再多活一天，多多叔叔就可以把它们全部卖掉。城市里的卡车拒绝收购多多叔叔死掉的猪，因为"他们怀疑这些猪是被毒死的，会带来不明原因的饮食安全隐患"。多多婶婶对着卡车求情，流了一脸盆那样多的眼泪和鼻涕，卡车上的人最后"出于同情买下这些猪"，但是多多叔叔得到的是一笔很少的钱，只是比白送要多一点。

那时候多多叔叔觉得，自己简直跟大病了一场似的。死了的念头都有过。张飞说："多多叔叔，你欠我的钱慢慢还，我不着急。"多多叔叔听了这话，显出很羞愧的样子。因为就算张飞真的不急着要钱，他也不晓得从哪里弄这笔钱回来。又过了些日子，张飞说："多多叔叔，你欠我的钱慢慢还，我不着急。"多多叔叔再一次听了这话，脸上越发的羞愧起来。

"多多叔叔，"张飞说，"其实我倒是有个办法，要是你同意，你就不用还钱了。"

"呃？世上还有这么好的事情？"

"有，"张飞非常肯定地点了一下头，"有。"

接着张飞花了半个小时的时间，总算含含糊糊地说出了他的意思。多多叔叔弄明白之后，立刻坚决地说："不行。"但是张飞一点不惊奇多多叔叔的回答，他反而做出很有把握的表情："多多叔叔，不着急，你回去想一想吧，这种事情是要好好想一想的。"

苹果那时候是许镇最漂亮的女人。她没有考上大学，正在打算去往大城市。许镇的一些人甚至诅咒苹果说，这样的女人不会给男人带来好运气。而正是因为她，多多叔叔的猪才会死去。许镇的女人应该丑陋一些，只有相貌上平常的女人才能够吃苦耐劳，一心一意伺候男人。

不过多多叔叔觉得事情不是这样。难道一个女人长得漂亮就会带来不好的运气吗？他倒是认为这是一个事先设计好的阴谋。他觉得是张飞使用了邪恶的法术。因为张飞死去的父亲就是一个出名的阴阳师。他父亲曾经用法术让许镇的一个女人赤身裸体在街道上奔跑。他还能够从一棵树飞到另一棵树，就像一只鸟那样。要不是他有一次被狼吃掉，他也许能够让苹果心甘情愿地走进他们家里，成为张飞的女人。因为他可以让女人的灵魂从身体里飞走，让女人连自己的名字都说不上来。张飞肯定从他的父亲那里学到了法术，然后他就让多多叔叔的钱突然消失，又让他的猪突然死去。可是多多叔叔又想，如果是这样的话，他又有什么力量来和张飞对抗呢？何况，那3000元是一个很大的数字。之前他存起来的2000块花了他20多年的时间，所以他得等到80岁才可以凑齐这笔钱。

多多叔叔很多个夜晚都在想这些问题。其实一直到张飞牵着一头骡子，带着一个队伍来娶亲的时候，他都没有想明白。他只是觉得，事情差不多也就这样了。但是出乎他们的预料，苹果不见了。她神秘地消失了。一年后多多叔叔收到苹果的信，信里说，她在南方的一个城市里。苹果说，她突然离开是因为她仇恨许镇。而且假如可以的话，她也仇恨自己的父亲和母亲。许镇的人也在险恶地揣测说，像苹果这样漂亮的女人，到了大城市里，不知道要祸害多少个男人，而且他们还说，苹果要是不顾及自己的脸面和廉耻，可以挣到足够多的钱，只是那钱是肮脏的。多多叔叔有时候也有这样下流的念头。那是因为多多叔叔实在不晓得怎样做才能还得上张飞的钱。

可是苹果一直没有回来，她也不愿意把更多的钱给多多叔叔。那时候，张飞突然变得暴躁起来，他有一次把多多叔叔打倒在许镇的街道上，而许镇的人们围着多多叔叔，就像是看一条狗那样。因为许镇的人们认为多多叔叔是一个骗子。多多叔叔家门口的两棵树也被张飞锯走了。那是多多叔叔的爷爷栽下的树，足有100年的光景了。

结果张飞遭到了报应，第五年的时候，他家里的两头骡子突然死了，接着他家里装满粮食的一间房子着起火来。张飞差一点被烧死。张飞在那年离开了许镇，去了新疆。张飞走之前对多多叔叔说："多多叔叔，我还会回来的。等我回来，你要是还还不了我的钱，我就要在你家里修新房子啦。"

这个人出去了五年。这五年里，多多叔叔一直认为，他已经死了。

"唉，"多多叔叔叹一口气，然后他觉得自己哭了，"这就跟做了噩梦一样。"

　　这时候他又看见父亲了。"爸爸，"多多叔叔说，"你说这到底是怎么回事？"

　　"人活着就是要受罪，"他父亲说，"许家的运势到了尽头了。"

　　"我的太爷爷、你的爷爷是许镇的大富翁，"多多叔叔说，"整个许镇都是我们家的。为什么到我爷爷和你手里就成了穷人？"

　　他父亲沉默了一会。"一个家族要富起来得花很多工夫，可要是衰败起来，就容易多了。"他父亲说，"战争、土匪、火灾、法术、家族里的争吵，随便一件事情，就可以毁坏所有的财产和好日子。人的生命也一样，看起来坚硬，可实际呢，和一棵草一模一样。一阵风也能把它吹折断。"

　　"可是，你不是说院子里埋了好东西吗？我挖了那么多的土，还没有看见。"

　　"有，"他父亲说，"你很快就能挖出来了。"

　　"你在跟谁说话？"多多婶婶问。

　　多多叔叔醒过来了，他发现自己的身体黏糊糊的，出了很多汗。"我爸，"多多叔叔说，"在说院子里埋了东西的事情。——你好了吗？要不要喝水？"

　　"好了，"多多婶婶说，"不好也要好好活着，不然那狗日的要占我们的家。"

　　"鸡没有卖。本来卖给张伟大了，后来我又要回来了。"

　　多多婶婶在做晚饭。这时候天已经黑了。还下着雪，雪把院子里的土全都掩盖起来了。院子就跟多多叔叔梦里头的白天那样。多多婶婶说："老不死的，你做得很对，鸡就是不能卖给张伟大，他是在侮辱你呢。他人模狗样的，其实和张飞一样，都不是好东西。都在盼着你死。"

　　"你说苹果会不会回来？这狗日的把我们忘了，这庄园就是让别人占了她都不心疼，"多多叔叔说，"她根本就不喜欢这里。"

"会回来的，"多多婶婶说，"我刚才梦里见到苹果了，她开了一辆车回来，车上装满了饼干、罐头，还有很多钱。我都数不过来。"

"车上不会装罐头和饼干的，"多多叔叔说，"许镇上罐头和饼干多得是。"

"我刚才还看见一只喜鹊，"多多婶婶说，"苹果明天就会回来。"

"下这么大的雪，哪有喜鹊？"

"你的眼睛什么都看不见，"多多婶婶说，"就算有 100 只你也看不见、听不见。"

吃饭的时候多多婶婶又说："明天你就把鸡宰了。我们俩好好吃一顿。我们得好好活着。"

夜里，多多叔叔拆掉鸡窝，在拆掉的那块地上，开始用镢头挖。那块地比别的地方要柔软一些。多多叔叔不停地挖下去，直到他被隐没在土地里面。多多婶婶说："老不死的，你不能明天再挖么，这么大的雪，不怕冻死？"多多叔叔没有停下来。多多婶婶又说了两遍，多多叔叔还是装作没有听见的样子。多多婶婶于是躺在炕上睡着了。她其实已经习惯于多多叔叔在她睡着的时候忙碌的情形了。

多多叔叔挖到半夜时分，在比他的身体还要深的坑里面，挖出一节完整的骨头。他把骨头放到一边，继续挖了一些时候，但是此后就什么也没有了。这时候他一点力气都没有了。他在坑里休息，喘气。

凌晨时分，多多叔叔穿过许镇的街道，过了一条河，爬到半山的一块平地上。满世界都是厚厚的积雪。多多叔叔觉得自己的眼睛比白天还要亮。他简直什么都看得清清楚楚。那地方是多多叔叔的父亲、爷爷、太爷以及太爷的父亲的坟墓。多多叔叔在坟墓前坐了一会。他手里拿着院子里挖出来的骨头。

多多叔叔说："爸爸，你说的埋在地里的东西就是这个吗？"

但是他父亲没有回答。满世界都被白色覆盖和埋葬了。

天快亮的时候，张伟大出现在许镇街口南面的一面斜坡跟前。他要在这里撒尿。他打了一整夜的麻将。他想走到斜坡的一侧撒尿，因为那里有一块低洼，可以挡风。结果他被一个东西挡了一下，摔了一跤。张伟大爬起来，转身又踢了一脚那个东西。他说："难怪老子一夜都输，原来是这个东西作怪。"说完他开始撒尿。撒尿完毕，他往回走的时候，又看见了那个东西。他摔倒的时候把它上面的雪蹭掉了。

张伟大发出一声恐惧的惊叫。

那个硬邦邦的东西就是多多叔叔。他夜里从那面斜坡上摔下来。然后他就被大雪埋葬了。许镇最后一个许姓家族的人，许多多，在冬天的某一个夜晚，死了。

骑自行车的少女

那辆黑色的轿车进入洛镇的时候，18 岁的少女王花花正在街道上骑一辆自行车。自行车看上去很新，散发出一种鲜艳的金属光泽。王花花骑车的姿势很奇怪，屁股在车座上摆来摆去，似乎不堪重负的样子。她的屁股很肥。自行车喝醉了酒一样在路面上摇摇晃晃。王花花开心极了，一股鼻涕正顺着嘴唇流下来，在空气中飞舞，像一节柔软的橡皮筋。这是中午时分，太阳挂在头顶，街道上空空荡荡，没有一个人。

轿车减慢了速度。镇子上的路面并不宽阔，王花花也没学会让自行车走成直线。她实际上挡住了轿车的路。她在自行车上难看地扭动身体，陶醉于自己行驶的快乐，仿佛马戏团的一只学习骑车的动物。几分钟之后，王花花忽然加快速度，离开了轿车，骑向街道的前方，然后消失在一个巷道口。轿车沿着街道行驶，很快就要穿过小镇。这时候，王花花突然又出现了，她从一家药店的一侧出来，正对着轿车骑过来。她的速度就跟刚才那么快。轿车迅速地停住了。王花花的自行车到达轿车跟前的时候其实也停住了。但她还是发出了一声惊讶的尖叫。她从车子上摔下来，屁股落在距离轿车有 3 米远的地方。王花花坐在那里，看着这辆崭新漂亮的轿车，有那么一会，似乎因为轿车而入迷。接着，她才想起来自己的疼痛。她摸着自己的屁股，发出了呜呜咽咽的哭声。一股鼻涕挂在嘴上，还是那么长。

赵良从车上下来，走到她跟前。他说："你怎么回事啊，会不会骑车？"

王花花的哭泣停止了。她看着赵良，有些害羞。一只手指头塞到嘴里，有些鼻涕也被她的指头弄进去了。

赵良说："摔疼了没有？你没事吧？"

"不知道。"说，"我不知道哪里疼。"

"起来吧。"赵良说，"应该没事，不过你骑车还是要小心点，有些车开得很快，不小心就会撞着你。"

王花花站起来了，她拍自己屁股上的土。赵良把一旁的自行车扶起来。他说："好了，回去吧。"

"嗯。"王花花说。

赵良正要上车，忽然有个人说："你把她撞了。"

他回过头，看见一个人走过来。天这么热，他居然还穿着一件很脏的毛衣；他戴着一副黑乎乎的石头眼镜，半张脸都被挡住了；他脚上是一双拖鞋，没有穿袜子。其实更令人惊奇的是，不知道他是什么时候到来的，没有听见一点声响，简直像个鬼。

"她自己摔倒的。"赵良说，"就根本没有撞上。"

"你把她撞了。"他说，"我明明看见你把她撞了。"

"你还讲不讲道理？"赵良说，"根本就没有撞上嘛。"

"我怎么不讲道理？"他说，"我最讲道理了。"

"你想讹我吗？"赵良说。

"你管我想什么呢。"他说，"你就是把她撞了，你这么大的车把她撞了。"

"大富叔说得对，你就是把她撞了。"有人说。

赵良这时才发现，有七八个人出现在他面前。他们就像是突然从地面上冒出来的。他们围住轿车和赵良。说话的那个人光着上身，嘴里叼了一根烟卷。他说："我也看见了，这车把王花花撞了。"他一边说一边用拿烟的手摸车玻璃。

"不要乱摸好不好？"赵良说。

"我摸一下怎么了？"他说，"难道我摸一下就犯法了？"

有个人问他说："老三，你说这是啥车？"

"高级车。"老三说，"这车是美国的车。"

那人说："那得多少钱？"

"很多。"老三说，"得用麻袋装钱才行——你问这干什么，想买一辆吗？"

他们都大笑起来了。

"人家不让你摸你就别摸了。"大富这时说，"免得人家说你的手脏。——我明明看见他把人撞了，他还不承认。他还说我不讲道理，你们说，我是那号人吗？"

"我根本就没撞。"赵良说，"自行车和我的车就没挨上。"

"你就是撞了。"老三说，"我也看见了。"

"撞了就是撞了。"大富说，"我说话从来是有一句说一句。他撞了人，还想着溜呢。"

"自行车也撞坏了。"老三说，"我一看就知道撞坏了。"

"来宝的女婿买的那辆。"有人说。

另一个人告诉赵良说，来宝是王花花她爸。他又指着大富说，他是王花花大叔。

"你想溜？"老三走近赵良说，"你把人撞坏了，车子也撞坏了，就想溜？你以为开了高级车就可以随便撞人，随便溜？"

"你是城里人，就应该素质比我们高。"大富说，"现在你的素质还不如我们，你的素质很低。——你说我说的对不对？"

"我要真撞了人。"赵良说，"我会溜吗？我撞了她吗，我撞她哪里了？"

"你就是撞了。"老三说，"我也看见了。"

"你看你看。"大富说，"他还是不承认，我就说你素质低。"

"你让她自己说。"赵良指着王花花说，"我撞她哪里了？"

"花花。"大富说。

花花这时候蹲在地上，正用一根细枝条拨弄脚下的一只蚂蚁。她让蚂蚁在画好的一个圈里奔跑。她脸上脏兮兮的，鼻涕黑乎乎的，裹住了嘴唇。她的乳房快要把胸口的一颗扣子绷开了。她好像已经忘记刚才的事情了。她看起来乐呵呵的。大富喊她的时候她还在拨弄那只蚂蚁。她没有听见。

"花花。"大富说，"听见没有？"

花花这时抬起头，看着大富。

"我问你，"大富说，"刚才这个小车撞你哪里了？"

花花看着汽车，就好像才看见它一样。她说："嗯。"

大富说："别迷迷瞪瞪的，好好想一想，撞你哪里了？"

花花想了想，说："不知道。"

"日你妈的。"大富说，"那你哪里疼总该知道吧？"

花花又把一根指头塞到嘴里了。她不知道哪里疼。

"日你妈的。"大富说，"我恨不得一脚踢死你，人家把你撞了你还不知道撞哪里了。"

花花看着大富凶巴巴的样子，哭起来了。她的一只手在屁股上蹭来蹭去。

"屁股。"老三说，"她屁股撞坏了。"

老三走到花花跟前，低下头，看了看她的屁股。他还用手摸了一下，就跟检查一个西瓜是不是熟了那样。他说："花花，是这里吧？"

花花哭泣的声音比刚才更大了。她哭泣的声音像一头年老的牛。

"就是屁股。"老三说，"就是屁股撞坏了。"

"屁股撞坏了就不能生娃了。"大富说，"她要不能生娃，她女婿要她干啥？肯定就不要了。"

"是呀，是呀。"他们纷纷说。

"你把她的屁股撞坏了。"大富说，"你还想溜？"

"车子也坏了。"老三说。

"揍他狗日的一顿。"有人说。

"把他的车砸个窟窿。"有人说。

这时更多的人围上来。他们密密麻麻地站在车和赵良的周围。赵良脸色苍白，脑袋上的汗水哗啦哗啦往下流。他就像是被扔进一口热气腾腾的锅里那样。他在原地转圈。他艰难地挥动手臂，想说些什么，但他最终什么也没有说。他拿出电话，他拿电话的手在不停地颤抖。

"他想找警察。"有人说。

"让他打吧。"大富说，"他要打通了我把王字倒着写。"

"倒着写还是王字。"有人说。

他们都笑起来了。

"那我就不姓王了。"大富说。

"别打了。"老三说，"没有信号。"

"管手机信号的线断了。"有人说。

"明天才能修好。"另一个人说。

"打通了也没用。"老三说，"镇上的警察都放假了；没放假他们也不来。"

"警察来了也要讲道理，对不对？"大富说，"你撞坏了花花的屁股，警察来了难道要让我们赔屁股吗，难道警察要把我们抓到监狱里去不成？"

"揍他狗日的。"有人再次说。

赵良这时候被谁推了一把，还没有站稳，又被谁推了一下。他踉踉跄跄的，差一点跌倒。浑身都是汗。他难过极了。

"谁推的，谁推的？"大富说，"把手放到一边，悄悄的。我们不能打他，打了他就算我们没素质了。"

"大富叔说得对。"老三说，"我们谁也不要打他，让他自己说怎么办吧。"

他们这时都不说话了。他们都盯着赵良。他垂头丧气地站在那里。

"我今天倒霉。"他说，"我也不跟你们讲什么了——你们说怎么办吧。"

"你要先说怎么办。"大富说，"我们要先说了，你就会说我们欺负你，对不对？"

"就是。"老三说，"你得先说。"

"好吧。"赵良说，"就算我撞了人——你们说，要多少钱？"

"不是就算撞了。"大富说，"你就是撞了。"

"嘴还挺硬。"老三说，"你当这里是你们城里？"

"好吧。"赵良说，"我撞了人，你说要多少？"

他们这时都看着大富。大富没有说话，他的一对混浊的眼睛转来转去。赵良从口袋里掏出一包烟卷，取出一根，点上。他点火的手一直在抖。老三凑过来，看着赵良的烟盒。

"他抽的什么烟？"有个人说。

"黑兰州。"老三说。

"他开美国车，当然要抽黑兰州。"另一个人说。

老三还盯着赵良手里的烟盒。赵良看着他。

"你抽吗？"赵良说，"抽吧。"

"我们大家都抽。"老三说，"不抽白不抽，你把烟连盒子给我，我给大家发。"

赵良把烟给老三。老三给大家发。有些人还想要两根，老三没有给。大富犹豫了一下，在考虑要不要抽赵良的烟，之后他接过烟卷，点上了。一包烟卷很快发完了，老三把盒子装到自己的裤衩里。

烟雾升起的时候，气氛好像没有刚才那么紧张了。大富示意老三有话要说。老三走过去。大富的嘴凑到老三的耳朵上说了几句。老三在点头。然后老三走到赵良跟前。

"是这。"老三说，"花花要到医院检查一下，看屁股有事没事，看屁股还能不能生娃。"

"好。"赵良说，"你就直接说，需要多少钱吧。"

"自行车也坏了。"老三说，"得换个新的。"

"好。"赵良说，"你说个总数。"

老三看着大富。大富没有说话。老三的眼珠也转了几圈。他说："花花检查屁股要 500 元，换自行车要 300 元。"

"没跟你多要。"大富说，"就得这么多。我们乡里人讲道理。花花的屁股要不能生娃，她女婿就不要她了。"

"她女婿不要了。"有人说，"那就你要吧。"

他们又大笑起来了。

"我日你妈。"大富说，"我怎么能要？我能要我侄女？"

"好。"赵良说，"我给你。"

赵良取出钱包，数了八张，交给老三。老三拿过钱，蘸了口唾沫，一张一张数；又蘸了口唾沫，数了一遍。然后他又一张接一张举起来，对着太阳看。他眯缝着眼睛，很内行的样子。他们都没有说话，看着老三数钱。新崭崭的票子，在老三的手指间起伏跳跃，发出清脆的响声。好看极了。

"都是真的。"老三说，"都是从银行里刚取出来的。"

"数没错?"大富说，"你再数一遍。"

"没错。"老三说。

他又数了一遍。他们都看着他数钱。然后老三把五张交给大富，他自己手里攥了三张。大富把那五张钱数了一遍，装到毛衣里面的口袋里。

"我带花花去医院检查。"大富说，"检查屁股好没好。"

"我去换自行车。"老三说，"我保证换一辆崭新的来。"

"你的钱应该交给来宝。"有人说。

"换一辆车用不了那么多。"有人说。

"我看见他把车子撞坏了。"老三说，"当然就得由我去换新的。换车子我得搭半天的工夫，就得花这么多。——我说的对吧，大富叔?"

"你们几个一起去吧。"大富说，"换完车子让老三请你们吃牛肉面，喝啤酒。"

他们乱哄哄的，就要跟老三走。老三说，你们不要都跟着我，医院也得去几个呢。

老三推上车子，他们中的一半跟着他走了。

大富说："我带花花去医院了。"

"我们也去。"有人说。

"我没说不让你们去。"大富说，"花花。"

花花这时候还在玩那只蚂蚁。蚂蚁走得非常的缓慢。它快要被她弄死了。

大富朝着花花的屁股踢了一脚。一只拖鞋飞了出去，落到另一个地方。他走到前面，把鞋子穿到脚上。他说："日你妈的，我踢死你。"

花花咧开嘴，又要哭了。

"都要当女人了，还哭？"大富说，"再哭你女婿不要你了。"

这句话似乎很管用，花花沮丧的神色立刻没有了。她站起来，大富帮她拍屁股上的土。他就跟拍打一床被子上的土那样仔细。花花眯缝着眼，嘴巴咧开来，乐呵呵的。鼻子里又伸出来一节长长的鼻涕。胸前的乳房在衣服里跳来跳去。

"就是这了。"大富看着赵良说，"我看你也不是坏人，就好好开你的美国车吧，小心不要再撞了谁的屁股；撞了屁股不能跑——我说的对不对？"

赵良看着他，没有说话。

"你不要这么看我。"大富说，"难道我说的没有道理吗？我们洛镇就是这样的，你只要从我们这里过，不管你骑自行车还是开美国的车，一样都要讲道理。"

"是啊是啊。"赵良说，"你的道理就是洛镇的道理，我领教了，请你走吧。"

他居然没有听出赵良语气里的嘲弄和恼火。相反，还以为赵良真在赞美他。他嘴角浮出笑容，有点得意扬扬的样子。

"差不多。"他说，"我说话我们这里的人都听的，我原先当过村主任。村主任可不是谁想当就能当的，对不对？"

"是啊是啊。"赵良说，"你说得完全对。"

花花这时已经扭着屁股朝前面走了。大富走了几步，转过身，又走回来了。

"我还有句要紧的话对你讲。"他说，"我看你也不是坏人，就讲给你听。"

"你尽管讲。"赵良说。

"你要赶快离开这里。"大富说，"要不然让来宝知道了很麻烦——就是花花他爸。我们俩一个妈养的，但他是逆生的，知道不？没一点素质，就是一头驴。今天这事情要让他碰见，就不是我这样讲道理了。你快点走吧。"

"是吗？"赵良说，"那我还要谢谢你提醒了？"

"不谢不谢。"大富说，"来宝就是一头驴。"

大富摇摇晃晃的，走了。

这些人刚才还闹哄哄的挤在这里，现在突然都不见了。只剩下赵良和他的车。街道上非常的明亮，每一处都在太阳底下敞开着，但是这些人却像是丑陋的幽灵。他们应该在黑夜里出现才对。或者在老迈的祖母所讲述的传说里出现才对。赵良站在那里，神色颓丧极了。他在车子跟前走来走去，不知道自己该干什么好。他的一只手在空气里挥舞，就好像在击打什么看不见的东西。

"我操。"他说，"我操，老子不如把这帮王八蛋一个个撞死。"

"都是些什么东西！"他说。

大约过了十分钟，他打开车门，坐到车子里，发动引擎，让车子缓慢地移动。他心情很糟糕，车窗外的洛镇看上去就像过年时节摆在街上的年画，有点虚假的艳俗，每一处的做工都显得粗糙。会不会还会有别的什么人突然出现，再次挡住他的去路呢？因为洛镇的寂静显得很不真实，有点像某种阴谋。如果再次发生这种情况，面对那些突然从地面上冒出来的人群，他该怎么办呢？有比刚才更好的办法吗？他看了看手机，没有信号。洛镇的人在这一点上并没有说谎，也许通讯光缆真的断了。

其实洛镇非常的小。就跟一个村庄那么大。整个镇子的长度不会超过200米。在赵良缓慢滑行的过程中，他发现车子已经到了镇子的出口。可以看见镇子外面的一片开阔的麦地。麦子还没有收割，在微风里波浪一般起伏，麦子的香味弥漫开来。他的心情舒畅起来了。这时他看见在出口的位置，有一家开着的店铺。店门口悬挂一个招牌，上面用红漆写了些歪歪扭扭的字：

修理三轮车、卡车、小汽车，加柴油，补胎，售配件，加水，洗车，停车，住宿

他停下车。

"能洗车吗？"他说。

一个女人从店里出来了，她头发散乱，脸上很脏，怀里抱着一个

哑巴的气味

婴儿。她看着车。她说:"能洗。"

"我洗车。"赵良说,"多少钱?"

"10元。"她说。

"好。"赵良说,"洗吧。"

她抱着孩子进去了,出来时另一只手里提了一个塑料水桶。

"你抱着孩子怎么洗啊?"赵良说。

"你自己洗。"她看着他说,"这里都是自己洗,我们只卖水。"

"是吗?"赵良说,"好吧,我自己洗。"

他下了车,从后备厢里取出一块海绵。

"水在哪?"他说。

"那里。"她说。她指着旁边。那里有个水龙头。

赵良接上水,自己洗车。那女人一直在看他。她好像在琢磨什么。

"你不是本地人吧?"赵良说。

"我在县城里。"她说。

"怎么不住在县城?"赵良说,"县城比这里好。"

"我搬过来了。"她说,"我买了这铺子,县里生意不好做。"

"哦。"赵良说。

她看着她。她说:"好像见过你。"

"没有吧。"赵良说,"这地方我10年没有来了。"

"见过。"她说,"在电视上。"

"哦。"赵良说,"那你知道我是干什么的吗?"

"不知道。"她说,"只看见你在电视上——做生意的?当官的?"

"什么都不是。"赵良说,"只是来这里看看——我老家就在这里。"

"嗯。"她说。

她看着他洗车。她说:"你刚才撞了王花花了?"

"是。"赵良说,"我撞了她。"

她笑了。

赵良说:"你笑什么?"

"她是个傻子。"她说,"她经常骑着车子在街上晃。"

"能看得出来。"赵良说,"可他们不傻,他们聪明的很。"

"其实谁都不傻。"她说,"她也不傻。"

"你没见到她老子?"她又说。

"叫王来宝吧?"赵良说,"我听说了。"

"没遇见他算你运气好。"她说。

"是啊。"赵良说,"我运气好。"

赵良洗完了车。车子看起来干净多了。

赵良掏出钱包,给她一张50元的。她进了铺子,出来时拿了两张10元面额的钱给赵良。

"不是说10元吗?"赵良说,"这到底是怎么回事?"

"30元,她说,你用了三桶水,总共30。我这里卖水,一桶10元。"

赵良看着她。她眼睛看着别处,怀里还抱着孩子。

"好吧。"赵良说,"你说30就30吧。"

他没有再说什么。上车,发动,从铺子那里迅速离开。从后镜里可以看见那女人一直看着他的车。

路两边是广阔的麦地。麦地的边缘散落着各种各样的垃圾。麦子的气味显得有些古怪。刚才的好心情又没有了。30元钱实在是不多,但他还是很难受。就像突然吃到一只苍蝇。

"我操。"赵良说,"都是些什么东西!"

他一边开着车,一边说出粗俗的话来。那些难听的词语从他的嘴巴里不断地涌出来,就如同身体里的污秽被排泄,顿时有了轻快之感。的确,这让他舒服多了。无论如何,现在车子总算是离开洛镇了。

王来宝就是在麦地的尽头出现的。他突然跳出来,就跟一只巨大的癞蛤蟆那样。赤裸了上身,横肉翻滚,下身是一件宽大肮脏的灰色长裤,赤脚。肉酱色的一张大脸,跟她女儿的屁股那样饱满。一手叉腰,另一只手里举着一把锈迹斑斑的斧头。他挡住了去路。

赵良停住车,看着他。

哑巴的气味

他走过来，斧头在他的手里翻来翻去，似乎要随时从他的手里飞出来，砸到某个地方。他盯着赵良，眼睛里的光阴森森的。

　　"别动我的车。"赵良说，"还想要钱是不是？我可以给你。"

　　"我日你妈。"他说。

　　"你嘴巴放干净一点。"赵良说。

　　"我日你妈。"他说。

　　赵良取出烟卷，他手里的打火机在不停地颤抖。他点上烟卷，看着来宝。

　　他说："你要多少钱？"

　　"这不是钱不钱的事。"来宝说，"你刚才干什么了，在街上？"

　　"我撞了人，还撞了自行车。"赵良说。

　　"你还干什么了？"来宝说，"你还干什么了，嗯？"

　　"给他们给了钱。"赵良说，"他们应该给你分一点，结果没有分，对吧？"

　　"我日你妈，就不是钱的事。"来宝说，"你老老实实跟我交代你干的事，你要不老实，我把你的汽车砸个窟窿，我的斧头可是没长眼睛——你信不信？你信不信？"

　　他举起斧头，在车子前面挥舞，很像一个可笑的巫师。斧头差一点就撞到车子上了。

　　"别动我的车。"赵良说。他惊惶之极，那斧头令他心惊肉跳。他说："算我求你了，别动我的车好吗？"

　　"来宝停下来了。"他说，"不给你点厉害的，你还不服气——这会该说实话了吧？"

　　"我真的什么都没做啊。"赵良说，"我还能干什么呢？"

　　"我日你妈。"他说，"还不承认——我问你，你凭什么要摸花花的屁股？"

　　"荒唐啊。"赵良说。

　　"你就是摸了。"来宝说，"花花说你摸她屁股了，还不止一下，她可是从来不说假话，有多少说多少。"

　　"天哪。"赵良说。

"大姑娘的屁股能随便摸吗？"来宝说，"你们城里女人的屁股能随便摸，你就以为花花的屁股也能随便摸？嗯？花花是黄花闺女，屁股能随便摸？我都不能摸，你就摸？你是不是以为我是好欺负的？要是没有人，你是不是还要脱掉她的裤子，再使劲地摸？嗯？"

"我真的没有摸啊。"赵良说。

"还不承认？"他说，"你的意思是我家花花说假话了？她长这么大，没说过一句假的，知道不？他们也说你摸花花的屁股了，他们都看见了。"

"我没有摸。"赵良说，"我摸一个傻子的屁股干什么？"

话一出口，他就觉得纯粹多余；但为时已晚。他看见来宝酱紫色的大脸突然扭曲变形。然后看见来宝跳起来，那把斧头紧跟着在空中划出一道弧线。他看见斧头沉重地落到车子上面，发出剧烈的声响，就仿佛某种精致的物品被突然撕裂，又好像自己的心脏突然被切割。他的眼前一片迷离。

"我日你妈，你敢说她是傻子？"他说，"她好好的黄花闺女，你敢说她是傻子？再说我连你也劈了你信不信？"

赵良伏在方向盘上面，目光呆滞，似乎没有听见来宝在喊什么。他就那样坐着发呆。再后来，他好像清醒过来了。他看着来宝。他忽然显得轻松起来。他没有开始那样害怕了。害怕没有用。

"好吧。"赵良说，"我摸花花的屁股了。"

"哈哈，这就对了。"来宝说，"你总算承认了。"

"你说该怎么办呢？"赵良说。

"我说咋办你就咋办？"他说。他这时看上去和颜悦色，仿佛变了一个人。

"是的。"赵良说，"你说咋办就咋办。"

"是这。"他说，"你摸了花花的屁股对不对？"

"对。"赵良说。

"花花刚找了女婿，快要当女人了，对不对？"

"对。"

"可你摸了花花的屁股，她女婿还没有摸，这样她女婿就不要她了。大家要是都知道你摸过花花的屁股，她女婿不要她了，别人也就会都不要她了。”

赵良说："你就说怎么办吧。"

"是这。"来宝和蔼地说，"你掏些钱，把她带走。"

"带走?"赵良说。

"嗯，带走，你把她带到城市里去，你想把她咋样都行——你给她找个女婿也行，彩礼就归你，要不你把她留着也行，你想咋样就咋样，都行。"

赵良大笑起来了。他哈哈大笑，几乎笑到自己喘不过气来。

"我说的不对吗?"来宝说，"你笑什么?"

"你说的对。"赵良说，"是个好主意。——那我该给你多少钱呢?"

"我算算。"来宝说。他在车子前面走过来，走过去，眯缝着眼睛，看上去很愉快，就跟一尊做工粗糙的泥塑的佛像那样。

他说："是这，你给我两万元。"

赵良说："两万?"

"嗯，两万。"他说，"一点都不多，我们这里彩礼最多的有要三万二的，最少的也要两万三，两万就是最少的了。我就光要两万，没跟你要自行车、电视机、被子、床单。我要的是最少的了。"

"是啊。"赵良说，"两万不多。"

"嗯，一点都不多。"他说，"她屁股大，能生娃，奶子大，奶水多。她干啥活都行。长相也好看对不对? 她要是洗洗澡，穿上好衣服，比你们城里的女人也不差，对不对?"

"对。"赵良说，"打扮好了，一点都不差。"

"嗯，这样我们就算是亲戚了。"来宝说，"以后我就能坐你的车，到城里逛一逛了。"

"对。"赵良说，"可车让你砸坏了。"

"是砸了一个坑。"他说，"你修一下吧，修一下就跟新的一样了。"

"是要修一下。"赵良说，"它跟一团屎一样，看着让人恶心。"

"你就到我们街上修。"来宝说，"你还得把钱给我。"

"镇上有银行吗?"赵良说。

"有。"来宝说，"有有，你取多少钱它都有。"

"这样。"赵良说，"我们到镇上，让他们修车，然后你跟我去银行取钱，好不好?"

"行，"他说，"我坐你的车。"

"我把车掉头，"赵良说，"你等一会。"

赵良发动车子，车子的声音有点杂乱，也许是来宝的斧头引起来的。他看了看车子后面的路面。距离车子大约50米的地方，路面宽阔，车子掉头没什么问题。车子后退的时候，来宝也跟着走过来。他脚步轻快，非常愉快。赵良加快了速度。车子到了可以掉头的地方。

赵良停住车，似乎在考虑要不要掉头。他看着来宝。来宝正在欢快地走过来。手里还提着那把斧头。他就像一块快要腐烂的肉。走路的姿势难看极了。

赵良这时冷笑了一声。

"我操你妈。"他说。

他突然一脚把油门踩到尽头。车子顿时就像一颗黑色的子弹那样射出去。而来宝仍然高高兴兴地走过来。那时候赵良感觉到来宝会突然像一只丑陋的甲壳虫那样展开翅膀在空中飞舞，而他的那张丑陋的脸上还是保持着那种得意扬扬的笑容。

汽车最终停住了。距离来宝的身体也许只有几厘米。刺耳的刹车声就像是突然撕开了他的身体。他惊骇无比，汗水仿佛是混浊的流水从他的脑袋上不断地渗出来。他脸色蜡黄，气喘吁吁，浑身都在发抖。看上去可怜极了。

"你走吧。"赵良说。

来宝走了。他转身的速度非常缓慢，他吃力地挪动身体，就好像在搬动一架老式的机器。他似乎哭了。他哭泣的样子很滑稽。赵良忽然想起来了。他其实认识来宝。就是那个整天垂着很长的鼻涕，在洛镇上走来走去，不停地哭泣的那个人。

其实洛镇并不是陌生的地方，至少在地理意义方面。赵良小时候经常来这里赶集，买油盐酱醋一类。他的老家就在距离洛镇大约十里的村庄上。那时候的洛镇，有着粮食和繁华的气味，人们走来走去，一个个就像是亲戚。他经常会因为要到洛镇去而满心欢欣，难以入睡。多年过去，如果他仔细回想，这些人其实他都可以想得起来。他认识他们。

　　但是现在，几乎没有人能够认得出，这个开着汽车回家的人，就是距离洛镇只有十里那么远的村庄里的人。

许家堡纪事

　　父亲已经年过古稀，镇子里像他那把年纪的老人，都已经显得很老迈。他们步履蹒跚，身体佝偻，说话口齿不清，目光混浊，鼻涕垂在鼻孔里迎风飘荡。但父亲腰身挺拔，走路健步如飞，很少安静地待在家里超过一个小时。当然，他老人家的听力大不如从前，头发很早就白如大雪，白天的瞌睡也明显多起来了。他就跟 10 年前或者 20 年前那么老。他一直就这么老。2006 年看起来比往常更老了一些。因为他开始考虑一些事情。这些事情大部分都和我有关系。我们兄妹三人，就我一个是带把的。他认为我的事情比妹妹的更重要。从实际情况来看，妹妹的事情的确要比我少一些。就算她们的生活出现一点问题，解决起来也总是要容易得多。我的问题就很严重了。他认为有些问题之前就一直是存在的，只不过假如他不去想的话，还不至于很严重，但是 2006 年的问题让他不得不面对了，因为这一年发生了很多事情，原来的问题其实还没有解决，又增加了新的问题。

　　新的很严重。他觉得比他一生里遇到的任何问题都要严重。作为一个父亲，他已经花了 30 多年的时间来解决儿子生活里出现的各种问题。那些问题层出不穷，不计其数，包括很多琐碎的问题。早年，他解决问题的能力当然毋庸置疑。他很有经验，精力旺盛，就跟一头勤奋的牛那样。但是越往后，解决问题的能力就越差了。此后，他只是给一点建议什么的，到了最后，往往连这些建议都没人听了。他自己也承认，他说什么话我未必会听。他知道这一点，但他仍然忍不

哑巴的气味

住要说。对于一些事情的看法他会不断地重复，他不是故意要这样的，而是他记不得先前已经说过这样的话了。他记性不好。实际上长久以来，他已经形成了自己说话的风格，非常稳定，从不变化。比如他要发表议论的时候，经常会这样说"许家堡的老辈人说过……"诸如此类，然后才会把话题引到他要说的问题上。许家堡就是我们那里。那里居住的百姓，没有姓许的，但它就是命名为许家堡（这里面是有缘故的，我会在后面稍作交代）。"许家堡的老辈人说过"，这是父亲的一句口头禅。他说过至少有一千次那么多。他如此开场而不厌其烦，其实就是为了表示他的话充满了经验，不是他自己琢磨出来的，而是先祖们经过长久的实践总结出来的。他借此增加自己话语的说服力。说到底，父亲还是有点自卑的。对他来说，世界就是许家堡那么大，虽然他也承认，还有很多地方都要比许家堡大，但是他仍然认为，许家堡流传下来的道理，放到别的任何一个地方都是适用的。许家堡具体而清晰，世界上的很多地方无非就是放大了一些倍数的许家堡。对于父亲的这种褊狭的观点，我当然很不以为然。世界肯定不仅仅是许家堡这么大，甚至世界上的任何一个地方都要比许家堡大得多。所以每当他开始发表议论的时候，我都会很粗鲁地打断他的话，我会说："许家堡算什么呀？"这时候他就会显得有些颓丧，他会说："老话总是有道理的，你不要不相信。"

公平一点说，父亲的很多话都是有道理的。在大多数情况下，世界并不比许家堡广阔和深刻多少。我只是不喜欢他说话的这种方式。他不停地重复，心甘情愿地接受许家堡流传下来的那些道理的摆布。这样就难免使我对于许家堡这样的地方产生警惕和怀疑。我从很小的时候起就有一种反叛精神，一直在计划逃离许家堡这样的村庄。对我来说，许家堡充满了苦难、屈辱、不平等，充满了精神和肉体的煎熬。也许只有完全遗忘，才可以让我感觉到轻松。而父亲就不这么认为。他一生依附于这座村庄，从来没有产生过逃离的念头，甚至于连短期的分离都无法忍受。在他年轻的时候，他也有好几次机会可以离开村庄，但他最终还是选择留下来。在那些漫长而艰难的年代，他其实也很厌倦村庄，因为他同样受到了村庄给予他的巨大的屈辱和痛苦；只是他始终固执地认为，一个人是不可以选择他的水土的，所以即使他不能从水土上受益，那也是他命中注定要承受的部分。何况随着时间的流逝，当他从那些侮辱和不公中挺起腰身时，他很快就原谅了从前的那些人和事。那些事情既然已经发生，也就没有什么了。村庄是他的归宿，没有任何一个地方能够比那里更安全。这就是我们父子之间截然不同的地方。很难想象，这样的父亲竟然会有这样的儿子。当然我是爱这个地方的，因为我在那里度过了童年和少年的大部分时光，如果现在回想，至少有一部分是美好、温馨的。还有，这是不可选择的。就像我不能选择我的父亲一样。但是往往当我以为差不多要遗忘许家堡，或者至少忘掉许家堡这个名词的时候，父亲就会说"许家堡的老辈人说过"云云。可想而知这个词语会带来什么样的气味。它仿佛一团阴影、一段梦魇，令我顿时就有一种难以摆脱的宿命之感。

所以，有很长一段时间，父亲不再发表评论了。他的记忆力本来就不好，那时候又学会了遗忘。他假装看不到儿子生活里出现的问题。然后他相信我会把它处理好。这样他就逐渐快乐起来了。他每天高高兴兴地在许家堡的街道上走来走去。穿的是我穿过的旧衣服，口袋里总有一把零花钱。偶尔和别人打打牌。隔上一些日子，他就到兰州来一趟，看看孙子，在菜市场买菜，看大街上的行人和车辆。他胃口很好，睡眠质量也不错。别人都说，他老人家气色越来越好，他活着真是有福气。他自己也很满足。他说他现在什么都不缺，这样的生活要是在 20 年前，许家堡的人没有一个会相信。现在，所有许家堡的人都在羡慕他、嫉妒他。总之，只要学会遗忘，他就会非常快乐。遗忘在一定意义上，是对于儿子生活的某种妥协，是一种信任，也是快乐的源泉。

是的，2006 年的确是一个和往昔完全不同的年份。这一年我走过很多地方，比往年去过的地方更多，走得更远。我就像一只鸟那样在飞。许多时候我都是很快乐的。那些快乐同样也带来持久的痛。我去过的地方当然和许家堡完全不同，也和我所居住的城市不同。一切似乎都是陌生的，是我内心里曾经渴望的。那些日子飞快地流逝，就

哑巴的气味

仿佛长出了翅膀。我经常会因此而忘却自己从哪里来。许家堡看起来是那样渺小，差不多就跟一粒衣服上的尘土那样微不足道。我就是一只鸟，我在一直飞。可是事情就在那时候发生了。我出门在外，看见大雪纷飞或者雨后初霁的时刻，那些事情已经发生。它们堆积起来，沉默而稳固，等待着我从远处回来。于是，夜晚变得很长，有时候比整个2006年还要漫长。在漫长的夜晚，我听见叹息和歌唱，泪水和大笑。白发从发根的肉体里出发，蓬勃生长。我躺在床上，辗转反侧，就像置身于一处陌生的旅馆。我开始怀疑每一个我认识的人。空气里充满了不安和危险的气味。我开始反复设想各种各样的可能。每一种可能都是可能的。我该怎么办呢？我想过很多次，但从来没有想出更好的解决办法。我经常会想，也许像我这样的人就该是这样的。生活里总会出现无穷无尽的麻烦。我活着就是为了应对这些麻烦。它们事先就已存在，只不过在2006年到来，仅此而已。于是，我又变得快乐起来了。在白昼的人群里，我纵情大笑，游刃有余，仿佛什么事情都不曾发生。如果我愿意，我会找到很多快乐的事情。在我的生活里，美女与夜宴、诗歌和郊游、鲜花与口水，其实是从来都不曾缺少过的。

但是对于父亲来说，2006年的事情是他必须要面对的。我本来不想让他知道这些，但是就跟我预料到的那样，他最终知道了。他非常震惊。之后则变得很愤怒。他在电话里跟我大喊大叫，还扬言如果我对这样的问题视而不见，他就会立刻赶往兰州来当面教训我。总之，他试图利用他作为父亲的身份和尊严来给我施加压力。在他激动的时候，他似乎一下子对于自己很有信心。就好像他这样严厉的声讨会取得良好的成效。但是他很快又陷入悲伤之中，因为他说，他说什么话我都是不会听的。这么多年过去，他认为他还是了解儿子的。儿子几乎没有听过他的任何建议。他开始整夜失眠，不停地抽烟，许家堡的街道上他也不再去了。许家堡现在已经是一个相当繁华的镇子。那里的每一个人都互相认识，每一个人的事情大家都知道。他不肯到街道上去散步就是因为大家都认识他，他担心大家也会知道这些事情。即使他们现在不知道，不久也会知道。因为对于许家堡来说，每一个人是没有隐私的。每一个人的事情，无论大小，都是整个镇子上的人共享的。他丧失多年的自卑和羞愧又回来了。他坐在自己的土房子里，整日无语，沉默得仿佛一尊消瘦的佛像。想到这些事情所带来的悲伤的结果，他就开始流泪。他现在很容易流泪。那些泪水说来就来。他变得像一个多愁善感的诗人。从来没有任何事情让他如此伤心忧愁过。包括他自己的生活。

　　说起来父亲一生里也遭遇过各种各样的麻烦。有些时候的生活荒唐、滑稽、凌乱不堪。但是他没有轻易流过眼泪。作为男人，他实际上相当粗暴。在我幼年的记忆里，他经常会因为无法解决的物质问题而怒气冲天，有一个时期，他把家里所剩不多的家具——盆碗和暖壶一类都摔掉了，弄得我们吃饭都有问题。他还和村子里的另外一些男人打架，由于体力上不占优势，经常被打败。由此也带来了我童年记忆里的屈辱。至于父亲的成长史以及他的先祖们的经历，他自己很少提起，我所知道的大部分都是母亲告诉我的。母亲比父亲要年轻很多，另外母亲也是一个不太留意生活细节的人，所以她的叙述也往往是模糊不清，语焉不详。我和父亲在很多年里，其实是疏于交流的。一方面我要忙于自己的生活，另一方面，作为一个一厢情愿的逃离者，我当然不会对许家堡的往昔产生兴趣，包括我父亲的先祖和他自己的历史。当他进入晚年，我发现我们之间交流的时间和机会多起来了。我们坐在那里，就跟兄弟那样。他会说起很多许家堡最近数个月发生的事情，无非是生老病死、家长里短一类，在每一件事情的末尾，他通常会发表自己的评论。他的评论很简短，比如说这是一件好事，或者说这是一件坏事，为了增加他的说服力，他会强调说，许家堡的人都是这么认为的。父亲谈论这些事件的方式其实和他谈论我的事情是一样的，只是顺序不同。对于我的事情，他要先发表评论，然后再转到事情上面，谈论别人则是先说事件，再发表评论。他当然不是有意为之，但是不同的叙述顺序却造成了不同的叙述效果，那就是我更乐意倾听他谈论别人的事情，虽然他对很多事情的议论都是重复的。然后我就会问起他从前的那些事情。他立刻变得兴味盎然，就好像他一直在等待我的发问那样。他这时会重新点上一根烟卷，狠吸一口，让烟雾升腾，再清清嗓门，仿佛一个将要表演的说书艺人。过了一会，父亲开始讲述了。他先是说到他的太爷，再说到他的爷爷，再说到他的父亲，接着又说到他自己。其间还有很多别的事件，比如像瘟疫、地震、灾荒、家族内讧、疾病折磨以及逃荒、凶杀、斗殴、抢劫，等等。

但是，父亲的叙述往往令我失望。他是一个非常不善于叙述的人，那些纷繁的往事就像丰收时节数不清的麦穗一样，在夏日的艳阳里摇曳闪烁，扑面而来。他简直无从下手。因此他的叙述很混乱，经常一件事情刚刚开了头，就又转到另一件事件里去了。那些传奇里的人物张冠李戴，性别错乱，年代模糊不清，甚至于连他自己小时候经历的事情都不很清楚了。他整个的叙述就是东一句，西一句，思维跳跃得飞快，完全是意识流。他要是多读一些书，有好一点的成长环境，说不定就会成为一个伟大的艺术家。因为很多所谓的艺术家就在寻找这样的叙述或者绘画方式，他们常常装疯卖傻，胡言乱语，目的就是为了得到这种叙述的意识流。事实上，真正的艺术家从来都是天生的，那种刻意为之的话语则滑稽而可笑。从此意义上而言，我的艺术天分当然也和父亲有关。无论我对于他的叙述方式有多么不满，但有一种事实却无法改变，那就是，他永远是我的父亲，我永远是他的儿子。我们其实在很多方面有相似或者相同的地方。就像我一生都在渴望逃离许家堡，但实际上是不可能的；父亲一生都渴望依附于许家堡，但实际上他已经厌倦了那个地方。逃离和依附是同义词。还有一个足以证明我们有相同之处的地方在于，不管他的叙述如何混乱，我总是能够听明白他在说什么。他知道的他都说了，他认为重要的他也说了，所以，他没有说的是他不知道的部分，也是他认为不重要的部分。

关于许家堡以及我的先祖们的历史，我把父亲的讲述稍作整理，又参考了母亲的说法，使其大体连贯起来，差不多就是这样的情形：

许家堡本来的名字就是许家堡。很多年以前，许姓家族在此居住。他们勤恳拓荒，繁衍生息，很快使得许家堡成为一处富庶之地。由于那时候匪患频仍，所以他们修筑了一座方圆10亩的牢固城堡，城墙以黄土夯就，高有2丈，宽有5尺，用以抵御流寇土匪。城堡紧靠镇北山上，可以俯瞰镇外数条通道，地势险要，易守难攻。每逢有匪乱发生，许姓宗族便迅速转移到城堡之中，家族里身强力壮、武功高超的汉子，手持大刀利斧，把守城堡入口及四周关口。凭借这座城堡，他们多次击退流匪，也由此声名远播，成为方圆百里最为牢固的城堡。许姓宗族于是也逐渐骄纵起来，自以为许家堡是世界上最为坚固的城堡，他们的武功也可以雄霸天下。但是正像古话所说，世上有打不败的人，却没有攻不破的城堡。正是许姓宗族的骄傲之心，导致了此后的灭顶之灾。某一年，一支土匪过境，他们乔装打扮成商贩模样，三四十人，骑着高头大马，从镇外的山道上迤逦而来。许家堡早已获得情报，也如往常一样做好了应战准备。但是这支土匪并没有进攻的意图，他们只是借道通过而已。倒不是他们忌惮许家堡的威风，而是他们已经劫得大量财宝，无须再来洗劫了。对他们来说，许家堡不过一个小小的村寨，是完全不值得谋划的。但是土匪的和平姿态却激起了许姓族人的挑衅之意，他们以为不是土匪主动放弃洗劫，而是他们震慑于许家堡固若金汤的城堡。另外还听说，这支队伍里藏有一位绝色女人，很可能是从某个地方掳掠而来的。这消息令许姓宗族的男人们蠢蠢欲动。他们需要更多的女人来为他们繁殖后代；他们既然自命为英雄一般的人物，当然就需要有美人来相配。许家堡差不多就是世界的中心，不过连他们自己也承认，美人的数量非常的少。于是，渔色之心纷然而起，许家堡的男人们顿时按捺不住。他们那时候竟然忘记了自己面对的是一支能征善战、走遍江湖的土匪，反而以为这只是一次额外的相亲聚会。这当然是很危险的。自古就有贤人说过，美人是有毒的，小则败家，大则亡国。许姓宗族若不是贪图女色，哪会有后来的灾祸。

说话间，许姓宗族的一位彪悍少年，早已经纵马飞奔，直冲匪帮队伍而去。这少年武艺高超，风流俊美，正梦想抱得美人归。果然是功夫了得，顷刻间，他已经突入匪帮队伍。队伍里有一位被大红盖头密密包裹的女人，想必那就是绝色女人了。只见他身轻似燕，迅雷不及掩耳，取走那大红盖头。那红色如一团鲜血凌空飞过，红色背后，一个女人惊鸿一瞥，惊叫一声，——果然是绝世美人。这少年看见之后，顿时心里恍惚，就好像突然吃了迷魂药一般。那时候，一把飞刀凌厉而出，正中少年腿上。他于是仓皇而退。不过他已经抢得盖头回来了。那盖头上镶了数颗稀世珍宝。匪帮当然不会善罢甘休。他们包围了城堡，要求归还盖头。许姓宗族的本意是要抢夺美人，现在看到这稀世珍宝，不免又起了贪图之心。这些珍宝可以买到不止一个美人，所以那匪帮里的美人也就算不得什么了。于是他们对土匪说："你们可以走了，作为刺伤许姓少年的代价，盖头就留到这里了。"但是受伤的少年却提议说："盖头可以还给土匪，不过对方必须要留下美人。"这少年被女人的美色所俘虏，那些盖头上的珍宝即使再多几倍，他也觉得黯然无光。事实上，匪帮不会答应许姓宗族的任何一个条件，因为许姓宗族的极端狂妄姿态，他们被激怒了。他们的人数虽然很少（不超过40个），只是对手的十分之一，但他们是一支鏖战江湖从未遇到对手的匪帮。许姓宗族如此轻视他们，也实在是太过于自负和无知了。匪帮最终决定"洗城"。单是这个词语本身，就已经充满了血腥恐怖的气味。可想而知那真正的屠杀有多么惨烈。

　　真是一场惨烈的鏖战。经历过那场厮杀的人，早已经灰飞烟灭。现在留下来的，也只是一点传说。不过那破败的城堡还在，如果在夜晚走过城堡，就可以听到数不清的鬼魂在那里喊叫、哭泣、唱歌，还可以听到刀枪斧钺的撞击之声，就好像几百年前的残杀仍然在继续。战斗整整持续了五天，许姓宗族凭借坚固的城堡、高超的武力，一次又一次击退了匪帮的进攻。这期间，还有另外一批匪帮也赶到许家堡打劫。但是，无论他们如何骁勇善战、心狠手辣，许家堡还是纹丝不动。此时土匪们也不得不承认，他们遇到了最牢固的城堡和最顽强的对手。到了第五天的时候，土匪们看上去疲惫不堪，而且伤亡惨重，似乎打算要放弃进攻了。许姓宗族则已经开始提前庆祝起他们的胜利来，他们对匪帮喊话说，如果对方就此撤退，他们是不会乘人之危的；但如果还要试图攻城，他们就不会这么仁慈了。那些土匪们在城堡之外望着许姓宗族的人们，没有说出一句话来。他们还是那样疲惫，看来的确是山穷水尽了。

第五天深夜时分，许家堡城堡失守。匪帮们从城门的一侧挖开了一条约 30 米的地道，当他们沿着地道进入堡内的时候，许家堡的人们正在酣睡。然后沿地道进入的匪帮打开了城堡的大门。土匪们一拥而入。真正的屠杀就是从那个时候开始的。到了第六天的早晨，城堡内外血流成河，尸横遍野。许姓宗族无一幸免。坚持到最后的匪帮也只剩下数十个。他们在离开的时候纵起大火。火光冲天，烈焰腾腾，许姓宗族一百年里苦心经营的坚固城堡，连同房屋、牲畜、财产以及强悍、善战的声名，在大火之后成为一把土里的灰尘。

这座村庄在很长的时间里荒凉破败，阒无人迹，连鸟也不肯飞来。过了几十年，也许有一百年，一群因为饥荒和战争而逃难的人来到这里。他们艰苦创业的历程和许姓宗族一样，不过他们牢记着许姓宗族的衰落历史，以免重蹈覆辙。若干年之后，他们变得富裕起来了。牛羊成群，土地肥沃，子孙众多，除了那座荒凉的城堡，村庄里的每一个地方都很繁华富庶。他们同时也热情欢迎外乡人来到这里安居，因为土地肥美，足以养活更多的人。他们相信，与人为善是明智之举，也能够得到更好的回报，一个家族的力量无论如何强大，也总是有限的。只有团结更多的人，才可以立于不败之地。——不用说，这个家族就是我的先祖。

我父亲的爷爷一代，差不多就是这个家族最为鼎盛和富裕的时代。他们弟兄八人，个个孔武有力，机智聪明。除了经营农业，还涉足商业。他们从外地引进食盐、煤油、布匹、棉花和火柴等一应物品，许家堡的粮食则被他们运输到那些繁华县市。农业的收成相对有限，商业上的成功才真正使他们富裕起来。那时候，他们不断扩大经营范围，在相邻的通渭县、巩昌府、定西驿等地都开了店面，生意红火。其中一位曾祖更是聪明过人，双手能够同时拨打两把算盘而不差分毫，某一年在同行业的算盘大赛中拔得头筹。他们经营的范围甚至延伸到兰州郡。某一位曾祖就因为烹调出色而在本埠颇有声名。更重要的是，在外行走使他们扩大了视野，增加了生活的经验。他们认识到，许家堡是一块富庶之地，却不是世界的中心，要想使得家族的财富更多，子孙更加繁盛，就必须保持谦虚和低调，如果过于骄纵和贪

哑巴的气味

婪，就难免会像许姓宗族一样，遭受败亡的命运。

不过要想守住一份偌大的家业，仅靠经验和告诫是远远不够的。并不是每一个族人都能够真正懂得创业守成的道理。我的一位先祖就因为过于自负而死于非命。那是有一次，几个流贼偷走了一头骡子。得到消息的时候，流贼已经在十里之外。本来可以放弃追赶，或者也可以纠集几个族人一起追赶，但先祖却仗着自己身手矫健，手持一杆猎枪，只身上马，直奔流贼而去。那流贼发觉有人追来，就藏身于路边玉米地里，先祖纵马而过时，流贼举枪，先祖应声而落，当场殒命。可怜先祖一世英名，却被流贼冷枪所中，结局凄惨。

那些年发生的灾难还不止这些。有两年土地大旱，颗粒无收，许家堡周围的许多地方都发生了大饥荒。凄惨之时，甚至有易子而食的事件发生；又有盗贼频频出没，鸡犬不宁。先是很多人家外出逃难，又有邻县难民涌入许家堡。我先祖家业甚大，就算有几年饥荒也颇能应付，但问题在于他们还要分出更多的粮食给那些难民。饥荒过去，家产消耗了大半。那时候家族也起了内讧。一位女性家眷突然上吊自杀，另一位家眷忽然得了某种怪病。先祖们曾经精诚团结、同心协力，在一片废墟上建造了富裕繁华的家园，此时却因为饥饿、嫉妒、疾病、女人而同室操戈。等到家产被分割之后，他们才发现，每个人得到的比预料的要少得多。原先是广阔肥沃的土地，被他们争夺划分之后，就显得破败贫瘠起来，最终，那些土地由于不善于经营而被廉价出售。俗话说，兵败如山倒，业败水决堤。遇到家事不顺，再怎么努力也是没有回天之力。何况，造成家业衰落的原因并非完全出自人为，而主要是命中的劫数——谁可以抵抗大旱、饥饿和疾病的袭击呢。

到了我爷爷一代，这个大家族已经是支离破碎了。在很长的时间里，这个家族的人成为许家堡最穷的人。我爷爷往返于许家堡和定西、兰州之间，挑着沉重的担子，每一次都是步行，来回一趟，大约要持续行走半个月。他带走许家堡的头发、羊毛、草药和铜板，带回来煤油、火柴、粮食和布匹。有一段时期，家里的境况似乎好起来了。不料奶奶得了病，我爷爷四处买药都无济于事。奶奶去世了。那时候父亲 11 岁。爷爷领着父亲乞讨，他们走过很多地方。有一把祖上留下来的三弦，背在爷爷身上。他边弹边唱，都是伤感的曲子。那些人看着他们可怜，就放食物、水和零钱在地上。父亲年轻俊美，眼睛里的光泽单纯无邪，那些人看见，更觉得可怜。父亲 17 岁那年，爷爷去世了。他一个人住在那破败的院子里，蒿草长到像他那么高。除夕那天，需要到爷爷奶奶的墓前送纸钱，父亲从许家堡的街道上走过去（那时候许家堡已经是一座镇子了，有人民公社、卫生院、供销合作社、戏台和兽医站），看见一帮人在打篮球。他就停下来，看他们打篮球。他们中有人邀请父亲一起玩。父亲说，要去上坟呢。他们说，玩吧，过会去也来得及。父亲其实也想玩，就把手里的盘子放到地上，盘子里是一叠纸钱、一杯茶和几支香。他的球技不错，身高臂长，跑动灵活，像一只瘦削的猴子。甚至都有场外的看客为他喝彩起来。父亲非常得意，毕竟平常得到的赞美太少了。于是更加卖力地奔跑起来。后来父亲发现天色已经黑下来了，球场上只剩下他一个人。他听见镇子上响起了鞭炮声，闻到了空气里的一股非常鲜美的肉味。风吹过来，他的衣服早已经被汗水浸泡了很久，他停止奔跑的时候，就变成了冰冷坚硬的壳。他浑身发冷，饥肠辘辘。他这才想起来是除夕。他们已经坐到炕上，围着暖烘烘的饭桌开始吃年夜饭了。他还要去上坟。父亲开始寻找他放到地上的盘子，那时候天色黑暗，他弯下腰，在篮球场走来走去，看上去像是一个迷了路的影子。后来他终于找到了盘子。但是盘子里的纸钱早已被风吹到四面八方了。他就又开始寻找那些纸钱，最终也只是找到其中一小部分。爷爷奶奶的坟墓在镇子西面的山上。山很高，父亲又冷又饿，他决定不上山去了，在镇子外面的路口烧掉纸钱。活着的人和死去的人是可以感应的，所以他在别的地方烧掉的纸钱，爷爷奶奶肯定可以收到。然后父亲回家了。院落里黑暗而且寂静，不过他已经习惯了。这个夜晚和他度过的任何一个夜晚一样。他找到一点剩饭吃了。吃饭的时候他也许哭了，他不知道自己为什么哭。他把眼泪和剩饭一起咽进肚子里。然后睡觉。后来父亲被持续不断的鞭炮声吵醒，他发现大年初一到了。新的一年开始了。

哑巴的气味

打篮球的情节其实不是父亲讲述的。他偶尔提起过类似的事情，但完全是轻描淡写的样子。也许是他认为这样的事情有点不光彩，会让我们认为他对爷爷奶奶的灵魂不敬。这些事情是我母亲说出来的。母亲当然没有见过父亲打篮球，那时候她还在幼年，等到她18岁嫁给父亲，打篮球的事情已经过去了十几年。她在转述。材料来自和父亲年纪相仿的叔婶们。母亲的叙述很可能也经过了部分的修饰。还有，当母亲讲述父亲的这些荒唐往事的时候，她的神情甚至是愉快的。她在向父亲表达她的爱情。母亲18岁嫁给父亲，那时候母亲年轻、健康、美丽，头发乌黑，眼睛明亮，完全可以找到一个更好的男人。但是母亲没有嫌弃父亲的贫困潦倒，在很长的岁月里，她和父亲相濡以沫，忍受他种种的坏脾气、邋遢的生活习惯，为他养儿育女，操持家务。那当然是值得炫耀的伟大爱情。实际上，父亲一生里遇到的麻烦比打篮球要多得多，也困难得多。如果不是他有活下去的本能，也许他早就饿死或者冻死了。我父亲的故事完全可以写成一本300页的书（母亲的也是），等我写下一篇文章，再详细叙述吧。

不管怎么说，父亲坚强地挺过来了。到他花甲之年，他终于过上了幸福的生活。他对于生活的期望原本不高，结果他发现得到的比他梦想的要多出很多。在许家堡能够过上像他那样的生活，简直就是奇迹。但是，奇迹居然变成了现实。由此可以证明，父亲即使在最穷困的时候，也没有失败过，他能够活下来就是胜利，那些艰难的时日其实就是为了现在的好日子而准备的。他命中注定是要过这样的日子的。他得意极了。

当然，这一切都是因为他的儿女们。他此生最成功、最好的产品就是他的三个儿女。他的荣誉、骄傲、尊严、小数额的零花钱、保证供应的便宜烟卷、足够多的闲暇时光，都是他的儿女们带来的。他的一生荒唐、悲伤、险象环生，很多时候陷入孤立和绝望。但是毫无疑问，他是一位成功的父亲。他跌跌撞撞、费尽艰辛，终于使得儿女们长大成人，他的辛酸得到了巨额的回报。所以，他的感伤、屈辱、失败就是他的人生经验。没有如此经历的人，是很难体会到真正的幸福的。

而他最伟大的产品就是他的儿子。他的儿子是家族里第一个考上大学的人。对于许家堡来说，这件事情具有划时代的意义。因为它改变了家族历史上没有秀才的局面（即使在鼎盛时期，也没有出现过正式的、被官方承认的秀才），更重要的是，它打破了许家堡的某种顽固的成见，——许家堡所有居民在至少长达30年的时间里都认为，这个家族已经完全败落了，无论如何努力，都是不可能改变命运的，出现一个秀才更是天方夜谭。一个衣不蔽体的家族是没有希望出现读书人的，尤其是，已经有风水先生考察过家族的风水了，他们断定没有希望，因为那些破败的、长满荒草的坟墓，丝毫没有发家的迹象。但是，父亲打破了这个神话。可想而知这样的事件带给许家堡的震动，简直就是一场强烈的地震。那时候父亲真是春风得意，他趾高气扬地在许家堡的街道上走来走去，接受无数人羡慕和嫉妒的眼光。许家堡的居民们曾经在很长的时间里忽略了父亲的存在，他们认为像父亲这样的人实在是无足轻重，甚至要是没有他，许家堡会变得更好一些。但那时候，他们突然发现了父亲。而且他们还发现，父亲不仅是许家堡的居民，而且还拥有相当多的优点，他们说，父亲其实一直是很聪明的，心灵手巧，相貌端正，否则，他的儿子也不会考上大学。父亲本来是憎恨许家堡的，他猥琐、卑贱地活着，最大的理想是某一天能够得到一大堆饼子，让肚子吃饱。现在，许家堡的居民突然对他热情起来，显示了他们宽容、大度、善良的品质，这让父亲很感动。他重新热爱起许家堡来了。是的，许家堡成就了父亲。

　　总之，日子好起来了。父亲多么希望，这样的日子能够持续下去，一直到他很老的时候。事实上多年以来，我和父亲之间从来就没有平息过争执。在很多事情上面，我们的见解完全不同。许家堡和他的经验在我看来，往往是可笑滑稽的。如果我相信许家堡的经验，按照许家堡的准则来生活，那么我现在就一定生活在许家堡。我必定娶了某一位健壮的女人，她至少为我生下三个儿女，儿女们在尘土里奔跑，享受从小就有的田园气息，永远擦拭不净的鼻涕随风飘扬，然后我和许家堡的所有男人一样，走在日益繁华、垃圾遍地的街道上，谈论世界和许家堡的区别。世界的确比许家堡要大得多，不过也许很快，世界上的好东西就会出现在许家堡——比如说某一天会有一家麦当劳快餐店开始营业。即使没有麦当劳，如果我们实在要吃，也是容易的——我们可以坐上高速大巴，到兰州或者北京去吃。从许家堡出发，可以到达世界上任何一个地方。然后我们还会嘲笑外乡人的虚伪，他们看上去油光满面，实际上未必有我们这样的好日子。而且我们相信，许家堡很快就会变得像城市一样繁华，但它又会比任何一座城市好：空气干净，蔬菜新鲜，房价便宜，日子悠闲，很多的店铺，各种各样出售的物品。

但是，这可能吗？从有记忆开始，许家堡差不多就是我的噩梦。羞耻和罪恶的感觉就像空气。我敏感、懦弱，怀疑每一个从我身边走过的人。因此这一切蓄谋已久。当我成为一个少年，能够离开许家堡的时候，我以为梦魇结束，内心充满了解放的快乐；但实际上根本不可能，我可以离开，但必须回来。当我回来，空气中无处不在的那种熟悉的气味就会再一次把我包围。我必须活在许家堡的经验里。必须要像我幼年时候那样，像我的父亲那样卑微地活着。必须要露出微笑。满足的微笑。我本应幸福的童年，我的纯洁的少年，我的第一次恋爱，我所有的尊严和荣誉，都被许家堡彻底地埋葬。甚至到了今天，在某些时候，我仍然不能够完全摆脱。我爱许家堡，那是因为我必须要这样，就像我必须要爱父亲和母亲一样；但我要仇恨许家堡的经验。事实证明，当我每一次选择新的生活的时候，许家堡的经验是可笑的，不仅提供不了帮助，反而会造成更大的障碍。是的，我几乎没有听从过父亲的任何建议。他和我争吵，随着次数的增加，他的声音越来越虚弱。终于，他明白了，与其这样僵持，还不如视而不见。他已经老了，他的儿子差不多已经不属于许家堡了。于是，父亲的快乐源源不断地增加起来。既然如此，为什么不可以让自己更快乐一些呢？

2006年我做出了一个很大的决定。比以往的任何一次选择都要严重得多。那时候我几乎是决绝的。就像我在从前的生活里形成的那种风格。我差不多有点快意恩仇。仿佛我从此就可以自由。这时候，我看见了悲伤的父亲。他整夜无眠，泪水流过脸颊，一生里的悲伤加起来也没有这样多。他不断地问我："你为什么要这样？为什么？"

我是快乐的。在那些日子过去之后的很长时间里，我仍然是快乐的。假如我拥有的那些，并不能增加我的快乐，假如我放弃它们，我可以更快乐，那我不如就这样。如果我努力，我还可以得到。

但是，我快乐吗？在那些泪水、失眠、感伤、空虚的夜晚之后，在那些放纵、荒唐、欲望、大笑的夜晚之后，在我的快乐持续、持续到痛感到来之后，在我的生活陷入一场又一场阴谋之后，我发现，快乐其实没有我想象的那样多。更重要的问题是，当我自以为完全逃离了许家堡之后，却发现我仍然摆脱不了它的阴影。那就是许家堡的先祖们曾经富裕起来的经验以及衰败的教训。无论我如何努力，我都不会逃脱这样的命运。这才是真的伤悲。父亲的经验也许是对的。他所阐述的许家堡的道理，其实放到世界上的任何一个地方，也仍然是对的。

我写下如此文字，以此来向我的父亲表达一个儿子的敬意。也以此来怀念我出生并且长大成人的地方——许家堡。一座在中国地图上没有被标识出来的村庄。

乡村画家许多多的艺术生涯

1

  我是许多多。洛镇的艺术家。洛镇在洛州的南面、洛水的北面，是一个荒凉偏远的小镇。我看过 10 本中国地图，其中 9 本地图上都没有标出洛镇的位置，只有 1 本地图上有洛镇的名字，但是这两个字看上去很小，小得像一只蚂蚁。在古代就不是这个样子了。那时候洛镇是整个洛州的中心，洛水就从洛镇穿城而过，商旅往来，水草茂盛，妓女们唱歌，男人们赋诗，人人都是艺术家。人人都觉得琴棋书画比吃饭还要紧。只可惜爆发了战乱。战乱过后，洛镇衰败。现在只剩下一段古城墙，残垣断壁，满目萧条，放眼望去，昔日的繁华早已如过眼烟云。更主要的是，在那场战火之中，洛镇的艺术家们都死了。此后洛镇就没有出过艺术家。几百年来一直如此。因此算起来我是唯一一位活着的艺术家。我也是唯一一位晓得洛镇为什么没有艺术家的人。想起这一点，我感到很自豪。当然，在洛镇做一个艺术家需要勇气。因为现在的洛镇早已不是古代的那个洛镇。有时候我觉得自己比那段古城墙还要孤独。但是我不怕。总有一天，我会出人头地，成为人人景仰的艺术家。我已到不惑之年，但是这不算晚。艺术的寿命比人的一生要长得多。作为一个艺术家，就算我从现在开始也还是来得及。有个画螃蟹的艺术家你晓得的，他40岁的时候还是个木匠，有一天他梦见自己手拿着画笔画螃蟹，醒来之后他果然就会画螃蟹了；他画的螃蟹比商店里卖的要贵很多。他一下子就名满天下，富可敌国。艺术就是这个样子的：艺术家画出的任何东西都比实际的那些东西要贵，因为画出来之后，那些东西就比原来的东西要好了。

我从小就天赋异禀，心怀鸿鹄之志。我经常坐在古城墙脚下，想象古代时候，洛镇曾经的繁华。我想象自己就是那时候的一位艺术家，长袖飘飘，容貌俊美，正骑着一匹高头大马穿过洛镇的城门，洛镇的人们早就期盼着我的到来，无论王宫权贵还是庶民百姓，看见我之后，都在引颈而待，神色里充满了敬仰之情。人人都在渴望得到我的一幅作品，因为我的画会让洛镇的人们蓬荜生辉，是比美酒、夜宴和美人更好的享受。洛镇那时候有身材美妙、知书达理的女人，他们因为仰慕我的声名，从贴满窗花的窗户里向我暗送秋波，随时准备为我宽衣解带。我沉迷于这种想象，经常在古城墙边坐上一整天。我还以树枝为画笔，以地面为宣纸，画出一幅又一幅画出来。没有人教我怎么绘画，但是我画的山水鸟兽、苍松翠柏却都很是精妙。这就是我和常人不一样的地方。你能够想得出来，洛镇的人们对于我的行为很惊奇。他们都觉得我的精神有问题。我在古城墙脚下遐想和画画的时候，他们会说，许多多着魔了，他这么神神道道的样子，一定是被鬼魂勾走了魂魄。其实他们如何懂得我心里的念头？他们只忙于农活、买卖、家长里短、生儿育女，根本不知道我心中的快乐。他们觉得我疯癫，我反过来也觉得他们的精神有问题。我经常感觉到我和他们完全不同，就像是使用了不同的语言一样。

而让我感觉到自己是一个真正的艺术家，是从有一天我观看《问道图》的时候开始的。当时我产生了一种极为奇特的感觉，虽然时隔多年，至今还让我印象深刻。《问道图》是我的祖先留下的一幅画。关于这幅画的来历，我在后面会向你讲述。《问道图》不晓得是何朝何代的作品，但是至少也有300年之久了。因为放眼望去，这幅画到处都是皲裂的纹路、水浸的圈痕、经年的烟碱以及厚重的尘灰。题款标识印章都已模糊不清。倒是"问道图"几个字还很清晰，就像是刀削木刻的一般。画面上的景物已经漫漶不清，本是一个长衣书生向一个长须道士问路。但是他们只剩下大体的轮廓，面目表情已经十分模糊，他们被层层的尘灰、多年的烟碱、雨水的渍痕所包围，看起来就像是他们自己的影子。他们站立于山腰，周围是群山和树木，那山苍茫空阔，那树枯瘦纷乱，充满了旷远肃杀之气。

在我年少时节，有时会长久停留于《问道图》面前，抚今追昔，内心里充满物改人非的感慨。但是有一次看着这幅画，我忽然产生了一种奇异的感觉。当时我看见有一只蜘蛛从画上爬过，接着有一只飞蛾粘到画上，它在那里扑闪着翅膀。原来是粘到蜘蛛织好的网上了。飞蛾正好落在书生的长袖之上。它努力挣扎，就像是向书生求救。那时候蜘蛛在山间的树上，发现飞蛾之后，它就转身回来了。它从一棵树爬到另一棵树上，接着爬在云彩上，从云彩里出来就到了山间的沟壑上，它顺着沟壑一直往下走，很快就要走到飞蛾身边了。飞蛾已经晓得自己是穷途末路，于是它伏在书生的衣袖之上，不再挣扎。它绝望的样子让我产生了同情之心。因为有时候我觉得自己就像是这一只飞蛾。我正准备起身帮一帮飞蛾，这时候我忽然看见书生的衣袖挥舞了一下。千真万确，那衣袖挥舞的时候还带起了灰尘，灰尘就像是雨一样纷纷坠落。接着我看见那只绝望的飞蛾摆脱了蛛网的束缚，欢快地飞到云彩里去了。它在云彩里变成了漂亮的蝴蝶。显然是书生救了飞蛾。因为书生挥动了他的衣袖，于是飞蛾摆脱了蛛网。我起初以为这是我的幻觉，因为古代的书生是不会随便就挥舞他的衣袖的。我睁大眼睛，紧紧盯着画里的书生。假如他能够再一次挥舞他的衣袖，那就说明他的确是挥动过他的衣袖了。结果在一个小时之后，书生再一次挥舞起他的衣袖。不仅如此，他全身的衣裳都开始动起来了。他衣袂飘飘，神清气爽，说出的言语就跟深山里的泉水一样清冽甘甜；道士也动起来了，他的长须在山野的微风中飘荡摇曳。然后那些枯树苍山，那些破旧的云彩，也都顷刻间苍翠茂盛、如锦如织起来。而且我还发现，问道的书生其实并没有脚踏大地，而是飘游于云端之上，他和道士正像两只鸟一样飞越山间和云彩，向着更高的山巅和云彩上升。

乡村画家许多多的艺术生涯

让我感觉到神奇的一幕出现了：我自己也飞翔起来了。我感到身体的某个地方长出了一对色彩斑斓的翅膀。我就像是一只飞舞的蝴蝶。我感觉到闪现的微风、婆娑的树叶、云彩上的水珠以及书生和道士衣袖挥舞的声音。然后我的身体开始上升。那上升的感觉让我沉醉。比世间的女人、最好的食物、甘美的睡眠都要好得多。我长久地沉迷于这种奇异的感觉，以至于呼吸困难，口不能言。我倒在地上，出现了短暂的昏迷。我父亲还以为我是着了魔。只有我自己明白，我没有着魔，我是真切地感觉到自己在飞翔。

这是一种清清楚楚的召唤。我晓得。上天让我看见书生挥舞衣袖，又让我像一只鸟那样飞翔，正是因为他发现了我非同常人的才华，他要我献身于伟大的艺术。正是从那一刻起，我下定了决心：我要成为一个伟大的艺术家。

2

你晓得，洛镇的人们不相信这样的事情。他们说，如此破旧的一幅画，上面画的什么内容都难以辨识，更不要说看见书生能够挥舞衣袖了。就算是一幅世界上最好的画，画里的东西也是不会动的，最多可以说，画里的东西画得像是真的一样；一幅画就是一幅画。如果画里的东西可以动，那就不是画，而是一场电影了。至于我说的我能够飞起来的事情，他们认为是我的脑子出了问题。一只鸟可以飞起来，偶尔一条蛇也可以飞起来，因为他们曾经看见过蛇从一棵树飞到另一棵树上。一个人可以飞，那就是一件很荒唐的事情了。因为一个人既不是一只鸟，也不是一条蛇。而一个人看着一幅破破烂烂、模糊不清的旧画，就可以飞起来，就更是荒谬至极了。我理解他们为什么要这么说。我晓得，我和他们使用的是两套不同的语言。他们是出于嫉妒，更是出于无知。

为了证明我确实可以飞起来，我决定当着洛镇人的面做一次飞行表演。我把地点选在洛镇北面的古城墙上面。城墙高有两丈，站在城墙上面，可以清楚地鸟瞰洛镇的全貌，洛镇的人们也可以同样清楚地看见我飞翔的过程。古老的城墙显示的是先祖的诗书传统，和《问道图》里表现的境界完全相同，因此在这里飞行是合适的选择。距离城墙三丈远的地方，有一棵古老的槐树，枝叶茂盛，遮天蔽日，寿命超过300年。我的飞行表演就是从城墙上起飞，最后到达槐树上面。当然，我不能凭空就飞起来，我必须要借助于《问道图》。因此我就请张三元举着那幅画，站在槐树下面，正对着我飞行的方向。当我看见画里的书生和道士开始挥舞衣袖的时候，我就可以从城墙上起飞了。

　　呃，张三元是我在洛镇唯一的朋友。他也是唯一一个相信我的说法的人。他对我的所有看法都表示赞同。当我告诉他画里的书生能够挥舞衣袖的时候，他说他也看见了。他只分得清3以内的数目，超过3他就会笼统地称呼为"很多"。因为他小时候持续10天发高烧，他家里没有钱来找医生，高烧过后就不会算数了。高烧还让他得了遗忘症。他对于洛镇的很多事情都记不清楚，那些事情的年代和顺序完全颠倒了。比如当我说我可以飞起来的时候，他就说，这一点都不惊奇，因为他昨天就看见我爷爷在飞，我爷爷从画里飞出来，接着又飞进画里去了。实际上我爷爷去世已经有30年了。但是这些事情并不影响他的判断力。他不会算数，但他有惊人的预言能力。10年前洛镇发生了一次地震，死了20个人，剩下的所有人都受了伤，但只有张三元毫发无损，那是因为在地震的前一天他感觉到了；他半夜来找我说洛镇的地面要裂开一道口子，我当时对他的说法将信将疑，结果第二天真的发生了地震。从此之后我就视他为知己，我也是洛镇唯一一个相信他有预言能力的人。我问他我能不能成为一个伟大的艺术家。他说能。我又问我能够挣多少钱。他说很多。我又问我能不能从城墙上飞到槐树上。他说："能，不过你得有个翅膀。"说完他就离开了，过了一会他拿了一块纸板，上面黏满了一团一团的鸡毛。他说："这是翅膀，有了翅膀就可以飞起来了。"我告诉他说，翅膀已经有了，我从城墙上起飞的时候，他只要举着画就可以了，画里的书生和道士就会给我一对轻盈有力的翅膀。张三元说，好。看得出来，他虽然同意我的说法，但还没有完全理解我的话。你晓得的，艺术上的事情不是说懂就可以懂的。

我站在城墙上的时候，洛镇的人们都聚集在城墙周围。他们抬头仰望，每个人的神情都露出敬佩、好奇和怀疑。在洛镇的历史上，还没有哪个人有过像我这样的壮举。如果我能够当着他们的面从城墙飞到槐树上，对于他们的无知就会是一次严重的打击。从此他们就不会怀疑艺术的力量了。他们既激动又害怕。他们害怕我要是飞起来，他们就会为自己感到羞愧。人们越聚越多，有一些外乡人也都赶过来了。他们叽叽喳喳地说："许多多，快飞呀，你还在等什么呢，快点飞起来呀。"所有的人都在引颈而望，期待着我飞起来的时刻。当时的情景真算得上是盛况空前。

我就从城墙上飞起来了。但是那时候我清楚地晓得，飞行要失败了。首先，我看不见张三元和他举起来的画。他被飞扬的尘土和攒动的人群完全淹没了。我就根本看不见书生和道士，也根本产生不了身体里的那种上升的感觉。就像是一辆汽车里的发动机出了故障那样。那时候我晓得，艺术的飞翔只是一个人的事情，在人群聚集的地方，艺术里深刻的东西就会丧失。另一个原因是，当我从城墙上飞起来的一刹那，我看见父亲突然出现在人群里。他抱着一床被子，像一条狗那样在地面上跑来跑去，他是打算用被子把我接住。我父亲那天本来在 10 里外的村子里帮人看风水，听到消息后跑回来了。他在地面上一边奔跑一边喊叫："许多多呀，你狗日的，你狗日的。"很明显，他的这种举动严重影响了我的飞行。

因此我在空中只飞行了一半的路程。我差一点就能够抓住槐树上伸展出来的一根枝条。但是我最终落到了地上。我的惯性也把我父亲击倒了。我们共同陷入地面上升起的尘灰之中。实话说，要不是父亲拿了一床被子，我那天的情况就会难以预料。我父亲的行动是英明的。有了被子的保护，我的伤情不算严重，但还是小腿骨折，屁股上擦破了一块皮肉。在家里躺了一个月之后，我也就很快恢复了。只是那次受伤留下了一个后遗症。我开始便秘。这个症状持续了很多年，而且越来越严重。这样的毛病让我觉得羞愧。但是一直到今天，我这个毛病还是没有解决。便秘是人生里看不见的痛苦，你晓得的。

<h1 style="text-align:center">3</h1>

　　我在城墙上表演飞行的时候，我父亲正计划送我去县里读书。他卖掉了 3 只鸡和 2 只羊，还有 100 斤豌豆。他说我的先祖里曾经有人做过贡生，但此后就没有出过一个读书人了。他希望我能够发奋读书，成为一个读书人。一个家里要是没有读书人，无论他有多少粮食，养了多少牲口，那都不能算是富有。读书才是真正的光耀门楣。老实说，父亲的见解是有道理的，他这样说没什么错；不过有个道理他还是没有认识到，那就是成为艺术家才是读书人的最高境界。你想想就会明白：历史上有多少进士、举人，都算是学富五车的功名之士了吧，但是真正留名千古的又有多少呢？大部分都烟消而云散了，只有那些留下诗书墨宝的人才有真正的名声。我父亲不明白这个道理，也不能怪他。他从小受苦，没有机会认真读书，有些道理就未必那么清楚了。

　　事已至此，我也不好再说什么，于是就进了县城，勉勉强强读起书来。不久之后，我就顿生无聊之心。所见之人都是发愤苦读，整天纠缠于枯燥算式定理之中，个个神情庄严，就好像忙于经国伟业一般；实际上无非都是为了稻粱之谋，何曾晓得人生里更高的快乐？因此我对他们经常有悲悯之意，觉得人生要是如此劳碌而又无趣，倒不如耕田放牧，做一个布衣百姓。谁知他们不但不觉得劳碌，反而觉得我是个可笑之人。他们不相信古画里的书生和道士能够挥舞衣袖，也不相信我可以飞起来。他们虽然在读书，见识却一点不比洛镇人多。他们还很势利，觉得我学习不用功，将来肯定没有什么作为。他们聚集在一处，经常对我的言行指指点点，有些人还认为我的神经有问题。数学老师还在课堂上公开嘲弄我，他说我要是成为艺术家，那么他也能成为书法家。他这么说的时候，所有人都发出快活的大笑，因为数学老师的字写得就像屎壳郎爬行的痕迹一样，不光难看，还散发出一股屎尿的味道。古话说："燕雀安知鸿鹄之志哉。"我与如此芸芸众生为伍，有何快乐可言？因此我心中十分苦闷又无法排遣，只能勤奋作画，暂且度日。

我早听说县城里有一位大人物，姓杜名致远，花鸟人物、工笔写意无所不精，又能写得一手好字，真草隶篆样样拿手。他远近闻名，许多达官贵人不惜重金，以得到他的书画为荣。杜先生在南门外文化街开了一家书画店，店里悬挂的就是他的作品。每一件作品都明码标价，不打折扣的。店里面卖书画的是两个伙计。平常情况下根本见不到杜先生。他是神龙见首不见尾。当然了，像杜致远这样的人物就应当傲然不群的。我要是能成为杜先生那样的人，我一定也会摆出这样骄傲的姿态。我经常到杜先生的店里去。我仔细揣摩他书画作品里的精妙，觉得杜先生真是聪明绝顶。他学什么像什么。比如说，他画的驴就像是黄胄的。有一次他画得太像了，有个书画收藏家都没有看出来，就当成黄胄的作品买走了。再比如说，他写字也极有才华，他的有些字像是王羲之的，有些字像是郑板桥的，有些字又像是宋徽宗的。我每次看着这些书画，倾慕之心就油然而生。观其书画而想见其人。我心里说，要是能够一睹杜先生的风采，当面聆听他老人家的教诲，那就是人生里的极乐盛事了。但是要见杜致远谈何容易？店里的伙计说，我若是一次能买杜先生的 3 幅作品，就可以和杜先生喝茶。这样的规矩倒不是为了钱，因为杜先生从来不缺钱；而是因为想见杜先生的人实在太多，只好立了这样的规矩。我很理解杜先生的苦衷。有朝一日我要是跟他这样有名，我也会立这样的规矩。但是我买不起 3 幅作品，我父亲卖了鸡和羊的钱连半幅作品都买不到。我不由得发出叹息之声。我的这个样子引起了店里伙计的同情。他悄悄告诉我说，我若是有残砖断瓦一类的古董，杜先生就一定会接见我。"因为杜先生很喜欢收藏古董，他见到那些东西之后，不仅为你泡好茶，还会慷慨奉送他的作品。"

我有什么古董呢？一时间我想起了那幅《问道图》。毫无疑问，我要是拿这幅画给杜先生，他一定会十分欢喜。我虽然还不能确定《问道图》是何时何地何人所作，但它一定有着非同一般的来历。光

哑巴的气味

是我的先祖们辈辈相传的经历就很不寻常，就跟你看到的惊险电影一样曲折。我后面会给你讲这些故事。你听了之后就晓得我没有吹牛皮。总之，我的先祖们早就灰飞烟灭，只有这幅画留了下来。我父亲在其他方面有点糊涂，但对这幅画还是很珍惜的。我要拿走这幅画送人，他一定会跳起来跟我拼命。再说我也不能离开这幅画。我要是没有这幅画，我上哪里去体会飞翔的感觉呢？我作为一个艺术家的梦想又在哪里呢？它代表了我先祖的光荣和衰落，又是我艺术生涯的起点。它就像一个人的魂魄一样重要。一个人要是没有了魂魄，那他还算是一个人吗？所以这幅画是不能随便拿给别人的。我不应该有这样的念头。老实说，我这样的念头是可耻的。那么我还能找到什么古董呢？我于是不免又叹息一声。古人云："坐卧不宁，计无所出。"我当时就是这个样子的。

有一天，我捡到一块砖。当时我在南门外的洛水河边徘徊。洛水河早已干涸了，只剩下一片充满枯草乱石的河床。在河床的另一边，有几辆挖掘机正在挖取河床里的土石。这里将要修建一座火车站。我是读过县志的，我晓得挖掘机开挖的位置正是古时县城的中心。你晓得的，早在秦始皇的时候，我们这里就已经设置了郡县。到了汉代的时候，这里还修建了长城。所以我立刻意识到，挖掘机开挖的时候，说不定还能够挖出古代的一些陶罐和兵器什么的。于是我就耐心地观察挖掘机开挖土石。果然到了傍晚的时候，我发现了一块砖。已经被挖掘机弄破了，准确地说，是大半块砖。很大，有现在的4块砖那么大，砖上面还有精美的螭纹。我觉得这应该是汉代的一块砖。于是我就悄悄地把它拿回来了。我心里激动，要是拿这块砖给杜先生，他一定会很高兴。

抱着这块砖，我终于见到了杜致远。杜先生的院子门口，摆了两只威风的石狮子，未进门就有一种森严之象。进了杜先生的四合院，到处一派富丽堂皇的景象。只见杜先生穿了一件黑色长袍，戴一副深色石头眼镜，坐在厅堂正中的一把太师椅上面，气宇轩昂，充满了凛然之气。不晓得怎么回事，见到杜先生之后，我竟然浑身发抖，呼吸紧迫，一时间一句话都说不出来。杜先生倒是随和起来。他先是仔细把玩了一番我抱来的那片砖。他说这个砖的确是汉代的，但是这样的砖他有很多，所以算不上珍贵。不过他已经察觉到了我的诚意，所以破例和我见面。杜先生说话的时候一直戴着一副口罩，我还以为他得了感冒。过了一会，他就把口罩摘了。我才发现，杜先生的上嘴唇中间是分开的。原来他有严重的兔唇。我倒是不觉得他的兔唇难看，相反，我觉得像杜先生这样的艺术家要是有一个兔唇，就更能增加他的气度。他让我看见他的兔唇，说明他具有一颗坦荡之心。

接下来杜先生所说的话让我感觉到十分美妙。因为他所说的话正是我心里所想的。他对艺术的见解正是我感觉到却说不出来的。杜先生说：大凡艺术家都有非同常人的气象。他从小就能看到好多别人看不见的景象。比如在南门外我捡砖头的地方，他经常看见古代的战马和军队在交战，对阵双方金戈铁马，刀光剑影，都看得清清楚楚；可是别人就什么也看不见了。再比如他有一天梦中醒来，突然就能画梅兰竹菊、飞禽走兽，因为梦里有一位长须道士给了他一支画笔。再比如他写出好字也不是因为勤奋习帖，而是有一次他看秦腔，看到赵子龙在长坂坡上与曹操交战，他恍然觉得赵子龙手中挥舞的不是长枪，而是一管毛笔，正在挥毫泼墨。杜先生顿时就悟出了书法之道。果然从此之后，他就可以随意模仿古代书家的作品，每一次都能达到乱真的地步。还有，学校里是培养不出来艺术家的，学习那些枯燥的功课只会浪费时间，艺术家要是成名，要什么就有什么。"你看我，只是上过小学。可你能说我没有文化吗？你看看我过的什么生活，那些读书上了大学的又过的什么生活？根本就不可同日而语也。"

听着杜先生的谈论，我心里充满了敬佩和羡慕。听君一席话，胜读十年书。我恍然间就有了茅塞顿开的感觉。说话间，杜先生叫人泡茶。只见一位十分年轻的女人走了出来，摆上一套精美的茶具。我起初以为这个女人是杜先生的女儿，后来才知道她是杜先生新娶的老婆。她长得十分妖艳，身上还有一股香气。只见她拿出一把极为考究的紫砂壶来。杜先生说，这是世界上最好的茶壶了，他花了一万元从宜兴买来的，用它泡出来的茶可以使人长命百岁，返老还童，还可以一夜御九女而不倒，就像古代的皇帝一样。我反复观赏那个神奇的茶壶，竟至于流出了涎水。喝了这样的茶，果然就觉得神清气爽，四体通泰。杜先生大概看出了我的心思，他说："只要你好好努力，将来有一天也会有漂亮女人给你泡好茶的。"最后，杜先生还送给我一幅一尺见方的画，画上是两头驴。他说这是出于爱才之心，否则他是断然不会送我画的。你晓得的，我那种感激之心真是无以言表。当时我差点就要给杜先生跪下磕头了。

现在看来，杜先生送我的两头驴水平寻常，属于他随意而作。后来有一次我实在缺钱，我就偷偷把这幅画卖掉了。我卖了200元。不过杜先生要是知道了这事，我想他也不会介意。因为我捡到的那块砖其实价值不菲，远远超过他的两头驴的钱。杜先生当时没有说实话。这是后话，不说了。老实讲，在杜先生那里，我受到了强烈的刺激。尤其不能忘记的是那个年轻的女人。她身上的气味留在我的身体里，很久也不能消散。人生在世，做人当如杜致远。有一天，我要是像他那样，有一个美貌年轻的女人温柔恭顺，软玉温香，为我泡茶研磨，红袖添香，我就觉得人生无憾了。

于是我下定决心，不读书了。有一天我毅然离开了学校，回到了洛镇。我把父亲卖鸡和羊的钱全部买了宣纸、颜料、毛笔、画册和字帖。那天我回洛镇是走回去的。因为我剩下的10元钱在汽车站被贼偷了。我走了8个钟头的路，回到家里的时候已经是夜里了。我惊奇地看见，父亲还没有入睡。他在昏暗的灯光里看着我。我满身汗水和尘土。我父亲的脸上没有显现出惊奇的神色，就好像他早已料到我会回来一样。接着他发出一声叹息。那叹息包含了他心里所有的悲苦。你晓得的，我父亲是一个坚强的人。每当遇到很大的麻烦的时候，他就只会发出一声叹息。他不会把自己的悲苦说出来。他不懂艺术，但他晓得我是一个志不可夺的人。

我父亲叹息之时，我看见他身后悬挂在墙壁上的《问道图》。非常确切，我看见画里的书生在黑夜里再次挥动了一下衣袖。他的衣袖带来了一股凉爽的风。

4

我父亲卖掉了家里的两头驴。看得出来，这个决定让他很伤心。因为在很长时间里，他一直把这两头驴看成是他的两个儿子。在有些时候，他甚至会认为这两头驴比我还要更好一些。接着他又卖掉了家里的1000斤麦子。他要给我娶一个女人。我要娶的女人是一个个子很小、看上去很瘦的人。老实说，看见这个女人的时候，我一点都不喜欢。她根本就不符合我对于女人的要求。我要的女人是杜致远身边的那种女人，神态窈窕而且散发出香气，这个女人却有一股农药的味道。不过你晓得的，我需要一个女人。有时候我都觉得自己的这个想法很迫切。历史上每一个伟大的艺术家都离不开女人，要是没有女人，这个艺术家的艺术一定就不完整。在没有更好的女人的情形下，有一个又瘦又小的女人也可以，总比没有要好。就算你不是艺术家，站在一个男人的角度来看问题，也应该是这个样子的。当时我就是这么想的。因此我就坦然地把她娶过来了。

实际上这个女人比她看上去要有用得多。她很能干活，比卖掉的那两头驴子还能吃苦耐劳。她第二年就生下了傻子。对，傻子就是我儿子。傻子出生之后，她在晚上的要求突然变得很强烈。她还经常发出尖锐明亮的喊叫声。这让我经常感觉到羞耻，因为她的喊叫声超过洛镇上的任何一个女人。老实说，我还是喜欢她的这个样子的。她瘦小的身体隐藏了如此强大的能量，让我觉得很奇异。最重要的是，她知道王羲之。她说王羲之是一个古代的书法家，他写的字能够穿透石头和木板，比最锋利的刀子还厉害。

老实说，我很感动。我很庆幸自己娶到一个知道王羲之的女人。她知道王羲之就等于理解了我的生活。因为我经常觉得自己就是古代的王羲之。王羲之写字的时候一定和我画画的时候一样孤单。王羲之有时候会把墨汁当成水那样喝掉，而我自己则会把颜料当成馍馍那样吃掉。这种相似的错乱使我觉得愉快。虽然把墨汁当成水或者把颜料当成馍馍未必就能变成王羲之，但是平庸的人却不会这样的错乱。他们永远分得清墨汁和水、颜料和馍馍的区别，那之间的界限清清楚楚，就像是自己家的驴子和别人家的驴子、自己的女人和别人的女人一样。正因如此，我觉得她也能够看得见《问道图》上面的书生挥舞衣袖的样子。因此在晚上的时候，我就耐心地引导她，如何从某个角度看过去，就可以发现书生的衣袖正挥舞起来。她就按照我要求的角度看了一会。但是她什么都没有发现。她甚至都看不清这幅画上到底画了些什么东西。因为她说这幅画在夜晚的光线里，看上去就像是一块破旧的抹布，然后她就催促我赶紧钻进被窝里来。傻子已经5岁了，但还没有说出过一句完整的话。一点都不像是她生的，所以她要急着再生一个。只有再生一个会说话的儿子，才可以证明她是一个聪明的女人。她希望我也要努力一点，因为这件事情比画上的书生会不会挥舞衣袖重要得多。

后来我才晓得，我对她是谬托知己。她晓得王羲之，但她从来不认为我和王羲之有什么相同的地方。她坚定地说，我和王羲之没有一点相像的地方。她不晓得王羲之过的什么日子，但是他老人家写字的时候，肯定不会经常连买一包盐、一瓶酱油、一把葱的钱都没有。"王羲之要是像你这么穷，就根本写不出比刀子还锋利的字；吃饱了才有力气写字，这是个最简单的道理。"她说，"难道你连这个道理都不晓得吗？"

老实说，我对她的看法很失望。不过平心而论，她说的话是有道理的。不是人人都能够看见画里的书生挥动衣袖。她原本一个平常妇人，对艺术一无所知，岂能随随便便就发现画里的神采奥秘？都是我对她期望过高了。再说，她一直像一头驴那样辛苦劳作，一个人干两个人的活，这已经让我十分感谢。那时候我们的第二个儿子出生了。这个儿子一生下来就发出明亮的哭声，三个月的时候就会说话，完全就是她所期望的那个样子。她因此变得骄傲起来了。她不肯再和我同床，对于夜里的事情也没有兴趣。她忽然变得凶巴巴的。一个女人变起脸来，真是很快。她经常命令我去做这个，去做那个。因为她说只靠她一个人，已经很难养活两个儿子、一个自认为是王羲之的男人，以及这个男人的父亲——另一个年老糊涂的阴阳师。在此情况下，我只能忍耐。我还赔上笑脸，为的是让她高兴一些，因为这样就不会连夜晚也不得安静。我白天忙碌，夜晚作画，因为长期的睡眠不足，我真是有点鹄形鸠面的样子。更麻烦的是，我的忍让不仅没有平息她的愤怒，反而就像是增加了她燃烧的柴火。她怀疑我神志不清，被鬼魂蒙蔽了眼睛。到后来她开始怀疑那幅《问道图》。她认为这幅模糊不清的古画里隐藏了妖气，我之所以这个样子，正是被它引诱了。有好几次，她把我的画偷偷地塞进灶洞里。好几次她差点要把墙上的画撕得粉碎，幸好那幅画扬起的尘土迷住了她的眼睛。有一次，她盛怒之下点燃了那幅画。幸亏我眼疾手快，端起地上的一盆水浇灭了火焰，否则那幅画就会彻底变成一团灰烬。唉，你晓得的，一个艺术家在此情况下，如何能够安心于创作呢？我只能发出一声叹息了。

那时候我的第二个儿子一岁了。我十分清楚地记得，那是冬天的一个夜晚。外面大雪纷飞。我的女人、我的父亲、我的儿子都睡着了。我在画画。那是少有的安静、寒冷和孤单。我当时想画一幅飞雪图一类的画，但是天气实在很凛冽，我的手都握不住画笔，颜料也都冻成一块冰了。于是我就在屋子里来回走动。一时间有很多感叹涌上心头。那时候忽然想起从前看到的两句诗：

"百岁开怀能几日，一生知己不多人。"

这古人的诗句说得真好。正是我想说而又说不出来的。连自己的女人都算不得知己，何况洛镇以及洛镇以外的人？感慨之际，我不由得落下泪来。我一时间被寂寞所伤，很想痛痛快快落一场泪水。结果我发现眼泪并没有想象的那样多。然后，落下来的泪水在冬天被冻住了。它们挂在我的脸颊上，坚硬而冰冷，就像是屋檐上悬挂的冰凌。我就小心地把脸颊上的冰取下来。我看着它在我的手指里融化成水。我顿时感觉到轻松了很多。你晓得的，挂在脸上的眼泪让我觉得羞耻。一个男人是不应该随便落泪的。大凡天地之间，一个人想出人头地，想名利双收，都得要先受苦的。我还清楚地晓得，这点苦算不了什么。这只是一点寂寞的痛苦，在我以后的人生道路里，还有寂寞之外的其他的痛苦。虽然我不晓得是什么样子的痛苦，但它们一定会来到我面前的。

　　唉。我心里的这些念头就像是神秘的预言。我刚刚想到寂寞之外的痛苦，就听见我的女人发出一声凄厉的尖叫。在乡村的黑夜里，一片雪花掉在地上的声音都能听得清楚，她突然发出的尖叫真是令人毛骨悚然。那是因为我一岁的孩子突然发烧了。他浑身滚烫，呼吸困难，就像是一团点燃的火球那样。我父亲认为这是魔鬼附体，赶忙画了符，嘴里念着驱鬼的经文，行起法事来。我女人抱着孩子，只是发出一声又一声凄厉的喊叫。等我父亲赶走了魔鬼，我以为孩子会好起来。不料他的身体比原先更是烫手，看来这孩子是生病了，得找医生来才行。那时候我就赶忙去镇上的医院里找医生。大雪纷飞，满世界一片苍白。我在医院里找了很久，却一个人都找不到。这时候我看见张三元从雪地里冒出来。他说他听见我喊叫的声音，就从炕上爬起来了。他告诉我说医生到山上打麻将去了。于是我就赶忙往山上奔跑。山高路滑，大雪纷飞，好几次我都跌倒在路上，差一点就掉到山沟里去；雪从我的脖子里钻。我的身体里出了汗。雪和汗水很快就变成了冰。冰越来越厚。因此我就像是在背着一层冰奔跑。等我找到医生的时候，我后背的冰层就开始融化了，过了一会，水从我的裤腿流下来，在地上形成了两个水圈。医生和他打麻将的朋友看到我这个样子，都笑了起来。他们以为地上的水是我撒出的尿。我告诉医生说："我的孩子发烧，快要死了。"医生说："等我打完这圈。"因此我就耐心地等他打完一圈麻将。等到一圈打完，医生很不高兴，因为他输了钱。他说我要是没有打搅他，他就会赢。接着他说，他有腰椎病，下雪天没办法走路，所以他就不和我去镇上了。他从包里取出一点药给我，就接着打起了麻将。我没有办法让医生跟我回去，我晓得。我要是替医生掏了他输掉的钱，他也许会跟我回去。可是我没有钱。我也没有时间来和医生讲道理。我拿上药，接着往回跑。路上我好几次跌倒在地上，差一点就掉到沟里去。

　　我在路上奔跑的时候就晓得，就算我跑得和兔子一样快也没有用。来不及了。我还没有跑下山，就听见我的女人发出凄厉漫长的号哭声。等我跑到家里的时候，看见她抱着孩子，眼泪和鼻涕把整个脸

乡村画家许多多的艺术生涯

都遮住了。我的孩子身体已经冰冷，就像是一块冰。

事情就是这个样子的。古话说："死生有命，富贵在天。"人生天地之间，贫贱富贵，生生死死，大多时候都得听从命运的安排，自己是没有办法的。我是个艺术家，尤其晓得这个道理。所以我不应该这么悲伤。我的孩子命该如此。哭得再伤心也没有用。可是每当我想起来，我还是忍不住要感慨伤心一番。他还不晓得他父亲是个艺术家就死了。他死的时候天寒地冻，家里连一个炉火都没有。这孩子真是可怜。那天夜里，我坐在他旁边，眼泪一直流到天亮。我的眼泪在后半夜结了冰，长长地垂了下来。

5

这个女人躺在炕上，整整哭了三个月。她一直哭到雪化成水，柳树上的枝条发了芽。她的身体在不断地缩小，小到就剩下一把骨头。她躺在炕上的时候，你要是不仔细找，就看不见她在哪里。但是她还在说话。她说话的声音比从前还要明亮。她说她的孩子是被谋杀的。凶手就是我。我要是能在冬天架好一盆炉火，孩子就不会死。我要是能给医生一些钱，医生就愿意从山上走到镇上来。可是我没有钱架一盆炉火，也没有钱给医生。我所有的钱都买了笔墨和颜料。所以是我杀死了孩子。她的话没有一点道理，都是妇人之见。可她就是这么说。她说着说着就成了真的了。她自己相信这是真的。连我也觉得这是真的。我就不管她，让她去说。到后来我就觉得她不是用嘴巴说话，她是用身上的骨头说话。说话的时候她的骨头噼噼啪啪地响。就像是她的骨头在一堆柴火里燃烧。那是骨头在说话。我晓得她仇恨我。我也晓得我留不住这个女人。她不是我的女人。她用骨头说话的时候，我也不恨她。我和她就是这个样子。我从一开始就没有喜欢过这个女人。所以我不恨她。

你晓得的，我的话就像是神秘的预言。有一天早晨醒来，我发现这个女人不在家里。我到地里找，没有找见；我到她父母家里找，也没有找见。镇上有个人说，一大早看见她搭乘到县里去的班车。另一个女人告诉我说，她的确是到县里去了，而且她说她不回来了。我于是到县里去找。县里的汽车站有个卖票的人是洛镇的，他起初不肯说她在哪里，后来说她去了青海，她买的就是到青海的车票。他说这话的时候，她坐的汽车已经过了洛州。因为那辆到青海的汽车5个小时前就出发了。我正想着要不要跟他借一点钱，买一张去青海的车票。他就说，她给他交代过了，他要是看见我，就告诉我她的意思，她不会回来，就算把她杀了，她也不会回来。听了这话，我就没有再跟他借钱。就算我借钱，他未必就愿意借给我。于是我在汽车站的门口坐了很长时间。我看着来来往往的汽车和人。虽然我晓得这一天迟早都会到来，我也晓得一个女人要是变了心，9匹马也拉不回来，但我仍然有一股苍茫之情。人生天地之间，找一个心心相印的女人，是何其困难的事情。3个小时后，我就坐上到洛镇的班车，回来了。

6

我父亲突然老了。一夜之间他的须发尽白，就像是一场大雪落到他的头上。他的白发发出耀眼的光芒，我的眼睛竟然被这道光亮刺痛了。当我想和他说话的时候，我发现他看我的眼神很陌生，就好像他不认识我一样。我说："我是你儿子。"他茫然地看着我，不说话。他看上去有点神志不清，我想他可能不会说话了。我就不管他了。我把自己关在屋子里，从早到晚画画。然后有一天，我看见父亲手里拿着一把镢头，在院子里走来走去。那时候傻子坐在院子里的一个角落里。傻子是我的儿子，是我父亲的孙子。父亲突然开始说话了。他的声音吓了我一跳。他有一年都没有说话。我原本以为他不会说话了。他对傻子说："你是问我在找什么吧？"傻子看着他爷爷，没有说话。我父亲接着说："我是在找一件好东西，因为夜里我又梦见我爷爷了，他老人家告诉我说，院子里有祖宗的东西。我要把它找出来。"

说着话他就在靠近院门的地方开始挖起来。地面很坚硬，溅起的尘土很快就把他包裹了。因此我看不见父亲，只听见他在和傻子说话。他对傻子说，他的爷爷是洛镇力气最大的人，有一次洛镇大洪水，他的爷爷跳进洪水里，从里面捞出了3头骡子、2匹马，最后捞出来一个女人。这个女人就是傻子的祖奶奶。她从100里外的上游被洪水冲到洛镇。她的头发有5尺那么长，有10斤那么重。当时还下着大暴雨，可是她被捞出来的时候，暴雨停住了，太阳挂在洛镇的正中央，她的头发就像是乌黑闪亮的缎子。本来还有10个土匪骑着马来到洛镇，要在洪水淹没洛镇的时候抢走粮食和女人，结果他们看见他爷爷从大水里捞出骡子和马，轻松得就像是从水里捞出几片草，于是他们就赶紧逃走了。

我父亲就这样开始说话了。你晓得的，他不是一个爱说话的人。他一生都没有说过多少话。可是到他的晚年，他先是一年没有说话，接着他就开始不停地说起话来了。他不和我说话，他和傻子说话。他一边在院子里挖土，一边和傻子说话。他讲述的是我的先祖的故事。老实说，我对于先祖的事情了解得不是很多，因为此前的很多年，他都忙于走乡串镇，和我说话的时间不多。到我父亲开始讲故事的时候，我才晓得父亲并不糊涂，他其实还很清醒；他对着傻子说话，但实际上是说给我听。因为在很多时候，傻子并没有坐在他身边，他只是对着尘土和镢头在说话。傻子在他跟前的时候，也没有用心听，因为傻子经常就在尘土里睡着了。

我父亲整整三年都在讲同样的故事。每一次他就会说，他的爷爷是洛镇力气最大的人，有一次洛镇大洪水，他的爷爷跳进洪水里，从里面捞出了3头骡子、2匹马，最后捞出来一个女人。这是他讲故事的开头。接着他就讲起我的先祖们的故事来了。老实讲，我父亲并不是一个会讲故事的人，经常一件事情还没有说完，他就说到另一件事情上去了。而且每一次讲起同样的故事，他的说法都会变化。他会增加一些内容进去。比方最初他说，他爷爷从洪水里捞出了1头骡子，后来就增加到3头；最初他说捞出的是2只羊，后来就变成了2匹马；来到洛镇的土匪起初是2个，也没有骑马，后来就变成了10个。因为他已经老迈，胡须上经常沾满鼻涕和粮食，他记不清到底是羊还

哑巴的气味

是马了。不过等到我听了很多次之后，我清楚地晓得，我父亲说到的每一件事情都是确确实实发生过的。每一件事情都是真的，变化的只是事情里的细节。以此看来，我父亲其实还是很会讲故事的。

7

我挑选重要的事情简单叙述一番。你晓得的，洛镇在从前是荒山野岭，不毛之地。我先祖在洛镇苦心经营，日出而作，日落而归，终于创建了偌大一个家业。那时候洛镇真是富庶繁华之地，山清水秀，百鸟齐鸣，鸡犬之声相闻，俨然一派世外桃源景象。我先祖牛马成群，田陌纵横，子孙们个个身形剽悍，可上山打虎，可下海捉鳖，一时间名声广播，整个洛州都晓得这里是富庶之地。又因为此地是关西重镇，一夫当关，万夫莫开，因此朝廷就在洛镇设立县府，名为洛寨。嗯，我先前做飞行表演的那段城墙就是洛寨的首府。那时候洛寨真是繁华无比，看起来就像是一座大城市。我先祖富甲一方，又有侠义精神，设立洛寨之时，他慷慨捐出 100 石上好的麦子，因此朝廷赐他做了里长，专门负责丁役赋税，治安巡逻。我先祖恪尽职守，广得人心，一时间洛寨路不拾遗，夜不闭户，人人都觉得这里是人间天堂。

当时洛寨县令姓李名北阳，是一个清廉正直的官员。他对我先祖的慷慨耿直十分赞赏。公务之际，和我先祖酬唱往来，成为莫逆之交。李县令虽然武举出身，但其人才高八斗，雅好书画，书法绘画精妙有神，有魏晋名士风度。他又兴办了大观书院，让洛寨周围农家子弟入学，学习《三字经》《千字文》《千家诗》，又设立写字课，让子弟临写碑帖，练习书法。李县令说，诗书可以助教化、助人伦，仓廪实而知礼节，古今一理也。家有良田不算富，诗书传家才是贵。每当酒酣兴尽之极，李县令总会挥毫泼墨，龙飞凤舞起来。只见他写出的字大如斗石，飘逸不凡，观其作书，有如两军交战，金戈铁马之声此起彼伏，真是惊心动魄，气势如虹。他又是一位极为慷慨的人，凡

乡村画家许多多的艺术生涯

是有求他字画的，他无不奉送，不收分文。一时间，洛寨兴起书画之风，家家户户都要在堂屋正中悬挂书画，人人都以家藏字画、诗书为荣。还有人说，李县令的字画可避凶邪，可佑平安，因他老人家是一个大大的清廉正直之人。因此在洛寨地方，李县令的书画悬挂最多，几乎家家户户都有他的墨宝。呃，李县令李北阳的事迹记载在《洛州志》第681页上面，我说的和书上的一模一样，你一看就晓得了。

我先祖那时候与李县令交往甚密，自然也受到熏陶，他得到李县令送他的书画作品有数十幅之多，但是我先祖心中却觉得很是惶恐不安。原因何在？原来我先祖是农耕出身，虽有一身武力，也晓得富贵莫如诗书的道理，但他老人家目不识丁，连自己的名字都写不出来，无论他如何努力，就是不晓得那书画的妙处在哪里。因此他内心觉得惭愧之极。有一天他检查自家粮仓，看到粮食堆积如山，就算他以后10年里颗粒无收，整个家族也是衣食无忧。他观看那些粮食，忽然心有所悟。收成如此之多是因为他勤于农桑，反之亦然，正因他懂得耕作之道，所以才有如此收成。以此推论诗书之道，如果他能多藏书画，也不就能懂得书画的玄机了吗？他想天下的事情应该包含同样的道理。于是我先祖当时就下定决心，要搜罗古今字画。他整日在洛寨街头游走，见到那些书法绘画，统统收购囊中。洛寨当时是连接关外和中原的要道，平常往来商旅很多，各种古玩珍宝、书画古籍应有尽有，我先祖沉迷其中，竟然疏于公务和农桑。有些外乡书画家来到洛寨，我先祖都是盛情款待，等他们离开时又奉上充足盘资；有些书家留恋洛寨富足悠闲，竟然常住洛寨，我先祖始终奉他为上宾，毫无厌倦神色。有些不良之徒，晓得我先祖只是喜好书画，其实不晓得辨别真伪好坏，于是拿了许多赝品来蒙骗他老人家。我先祖果然上当。但他不以为意。我先祖遍观书画，也逐渐悟得其中之道。李县令也称赞他极有慧根，若是再能多一些学问，就有了学士风范了。我先祖点头称是。那时候他虽然已过知天命之年，却极为好学，闲暇之时，经常到大观书院聆听先生授课，我先祖勤学之态，一时间在洛寨方圆传为佳话。

那年却出了大事。先是关中有大地震，山崩地裂，屋舍倒塌，那

哑巴的气味

地方百姓死伤大半，遍地只见残垣断壁，累累尸骨。地震之时，洛州也是天摇地晃，房舍塌陷，压死民众无数。连洛寨当时也有死人。地震过后，连降10天暴雨，洛水暴涨，整个洛州变成一片汪洋，田地庄稼被大水尽数淹没。所幸洛寨地势高，并无大碍。接着就是大饥荒，只见千里之地，饿殍遍地，无数村寨，易子而食。此事也记载在《洛州志》上面，在"洛州大事记"第13页，你一看就晓得了。当时无数饥民向关外逃离，每经一地，哀号乞讨，悲惨之极。洛寨是饥民逃荒必经之地，只见众多饥民，黑压压乌鸦一般涌过来。李县令紧锁眉头，一筹莫展。他同我先祖商量此事。李县令说："朝廷下令各地官府开仓赈灾，但洛寨粮仓已空，这可如何是好？"我先祖原本慈悲，见此情景，丝毫没有迟疑就说，他愿倾一族之力，开仓放粮。说话之间，我先祖命令宗族子弟搬了数十口大锅，一字摆放于洛寨城门之外，又令家族妇孺悉数上阵，熬粥做饭。我先祖连续放饭半月，直到朝廷赈灾粮食到来。那时候饥民感激涕零，直呼我先祖为大善人，称赞之声，闻于四野。我先祖的慈善之举，极为轰动，朝廷因此赐一块大匾，上书"忠义之家"四个大字。这件事情也记载在《洛州志》第13页上面，写道："地大震，死者枕藉，又暴雨十日，饥民遍野，洛寨里长许守章开仓赈灾，朝廷赐匾。"呃，这许守章正是我先祖。

你晓得的，我先祖虽然得到朝廷嘉赏，但此时家产早已是十去其九，只剩下一个空皮囊了。因为我先祖痴迷于搜罗书画，家产耗去大半，再加上赈灾放粮，再大的粮仓也能吃得干干净净。幸好大震过后，接连好几年风调雨顺，五谷丰登，也算是略微守住了大家族的门面。有一日，李县令李北阳忽然约请我先祖到他府上。李县令说，他要到四川任职了，几日内就得启程。此地民风淳厚，有桃源遗风，令他留恋；何况他和我先祖相交数载，情谊深厚，真是不忍离去。说罢李县令竟然落下泪来。我先祖也是依依不舍。李县令此时拿出一幅卷轴来。他说，此卷轴是一幅画，是他祖上所留，多年来他精心保存，从不轻易示人，感于我先祖高义，因此赠送此画。我先祖那时诚惶诚恐，说如此家传宝物，他一介俗人，岂敢受此馈赠。因而再三推脱。李县令叹息一声说道，他到四川上任，虽说升迁，但宦海沉浮，凶多吉少，再说四川遥远，一路要经过秦岭深地，此处匪患不宁，祸福莫测，倒不如把画转送亲朋，也算是对得起祖宗了。我先祖见李县令如此真诚，也就只能接受这份馈赠。他说就算是暂存在此，有一日李县令衣锦还乡，他当完璧归赵。孰料李县令是一个未卜先知之人。果然他在上任途中，遭遇匪患，所携财物文玩被劫持一空，又遭冰霜侵袭，身患重病。可怜一个才德兼修的高人，未曾赴任，就黯然魂销了。

你晓得的，李县令赠送给我先祖的那幅画，正是《问道图》。我先祖倾一族财力，本来搜罗有许多字画文玩，但后世纷乱，灾祸连连，到今天，我祖上留下的，也就这一幅画了。

8

我先祖家业衰败，有诸多原因，我就不一一细说。我只说一件大事。那时候我高先祖许守章已经仙逝。我先祖们勤于劳作，又成为洛镇的望族。那些繁华之景我就不多说了，我只说先祖里的一个人。我这位先祖名叫许文举。极有才学，又有一身武艺，相貌堂堂，仗义行侠，颇有高先祖许守章的气度。那时他已是本县秀才，正在发愤苦读，要到省府参加贡生科考。不料有一天形势大变。那天忽然有一群土匪经过洛镇。只见一行 20 余人，都是商旅打扮，骑着高头大马，正从洛镇街道走过，随行还有一辆红色帷幕的马车。早有家丁打探来消息，说这群土匪只是借道经过，并无劫掠用心；马车里载了一位绝色美人，是土匪从洛州劫取的压寨夫人。那骑马走在最前面、英俊如白面书生的少年，正是匪首。我先祖许文举那时候站在洛镇街头，看着匪帮逶迤而过；他原本也无挑衅之心，只是好奇马车帷幕里到底藏了一位怎样的美人。忽然之间，帷帘揭起，一位美人探出头来，朝着我先祖嫣然一笑。只见那女人的容貌，真是百媚横生，倾国倾城。我先祖许文举顷刻之间，魂飞魄散。他认定这个女人不远千里，非为路过，正是为他而来。他玉树临风，站立街头，也正是为了与她四目相对。于是不由分说，我先祖许文举飞身上马，直奔马车而去。他要抢得美人归。

正所谓年少气盛，胆大包天。那白面书生模样的匪首，其实正是当时名震关西的侯七。这帮土匪，杀人如麻，武艺高强，个个都是以一当十的高手。我先祖许文举这番举动，就如同在虎狼之口夺食，岂能轻易得手？但事已至此，家族里众位弟兄也不能袖手旁观，纷纷上马，前去助阵。那真是一场昏天黑地、惊心动魄的厮杀。我先祖们和侯七匪帮激战三日有余。最终，杀死匪帮 10 余人，土匪最终溃散而去；但是我家族伤亡更是惨重，战死 20 余人，房舍被烧毁几十间。厮杀过后，整个洛镇一片狼藉，惨不忍睹。这件事情也载在《洛州志》里面，在 769 页，你看了就晓得了。当然，我先祖许文举也算是遂了心愿，那美貌女人最终成了我的祖奶奶。

但是我先祖从此就神情恍惚，迷迷瞪瞪起来。他的魂魄丢了。一辈子再也没有回来过。他眼睛里只有我的祖奶奶。就是那个他拼命厮杀最后抢回来的女人。他从此不再关心科考、耕种，那些东西就像是人间浮云。我祖奶奶走到哪里，他就跟到哪里。我祖奶奶原本是洛州的戏子，喜欢唱歌和诗词，我先祖许文举就也唱起歌，填起诗词来。整个洛镇从早到晚，从白天到黑夜，都听得见我先祖和他的女人在唱歌。我先祖有一次花重金请了洛州的戏班在洛镇唱戏。唱了整整 8 天。我祖奶奶打扮得花枝招展，在戏台下面整整看了 8 天。她身上有一股香气，所有洛镇的男人们闻见之后，都变得魂不守舍、胡言乱语起来。后来有一天我先祖早晨醒来，发现我祖奶奶躺在一把摇椅上，面目如生，香气扑鼻，却已然是驾鹤西去。我先祖大喊一声，昏厥过去。醒来之后，我先祖许文举就哪里也不肯去，无论白昼黑夜，都躺在那把摇椅之上。他在那把摇椅上整整躺了 10 年。他从此没有说过一句话。有一天，他在那把椅子上睡着，再也没有醒过来。

我先祖许文举的事情就是这样的。你晓得的，我先祖的家业那时候已经衰落到尽头了。

乡村画家许多多的艺术生涯

9

我父亲有整整三年都在讲先祖的故事。每隔半个月，他就会重新讲一次。因为他把先祖的故事讲一遍正好要花半个月的时间。每一次开始的时候他就会说，他的爷爷是洛镇力气最大的人，有一次洛镇大洪水，他的爷爷跳进洪水里，从里面捞出了3头骡子、2匹马，最后捞出来一个女人。我父亲的爷爷就是我的太爷爷。你晓得的，那时候我先祖早已没有从前的繁盛之象，只不过在破旧的房瓦里面，还有那么一点大家族的气味。但是我太爷爷仍然是洛镇的大人物。他有一次一个人打死了两只狼。另一次他从一棵树飞到另一棵树上，他在空中飞翔的样子就像一只真正的鸟。

洪水还没来的时候，我太爷爷正在整理我先祖留下的那些书画卷轴。你晓得的，我先祖许守章倾其一生，搜罗收藏了极多书画。那些作品到我太爷爷时候，已经散失大半了。剩下的那些书画，因为漫长时日的侵蚀，烟火熏烤，虫子和老鼠的吞噬，也已经破烂不堪。见此情景，我太爷爷忍不住潸然泪下。于是他决定背着这些书画去往兰州。他要拿到兰州的书画店里，把这些书画逐一装裱翻新。他说，祖宗所留下的东西只剩这些字画了。他可不愿意祖宗的家业败在他手里。等到书画装裱之后，他可以卖出其中的一部分，他晓得这些字画里大部分能卖好价；他要用卖出的钱重新修建房屋，因为先祖的房屋已经近于倒塌了。到兰州路途遥远，需要一笔盘费，于是我太爷爷就卖掉了家里的10棵柳树。那些柳树已经生长了100年，每一棵柳树看起来就像是一座房子。

我太爷爷正要出发的时候，洪水来了。那一次的洪水真大。洛镇从来没有见过那么大的水。只见洪水从洛水的上游滚滚而来，就像是一群张牙舞爪的野兽。一瞬间洛镇的桥梁、路面和村庄就被它们吞没了。那时候洛镇的人们仓皇奔逃，他们纷纷逃到古城墙上。那里是唯一没有被大水淹没的地方。人们看着翻滚的洪水，绝望而悲伤。洪水

哑巴的气味

里涌动着数不清的牛羊骡马、粮食家具。这时候一些人开始跳进洪水里打捞。但是水势太猛，跳进水里的人很快就被冲走了。这时候，只见我太爷爷赤身裸体，一跃而跳入水中。他其实不是为了打捞水中的牛羊和粮食，他是想把那些书画找回来。因为在奔跑的过程中那些书画被洪水冲走了。当时的情景可谓是惊心动魄。洛镇的人们站在城墙上面，看着我太爷爷在洪水里出没翻腾。他们一时间都忘记了害怕和痛苦。我太爷爷在大水里上下翻滚，如入无人之境，这让他们想起了古代传说中的蛟龙。如果在世间真有蛟龙，那一定就是我太爷爷这个样子。但是我太爷爷没有找到那些书画。它们都被洪水冲走了。这就像是我先祖的繁华也被带走了。洪水退去之后，我太爷爷在家门外的一棵大树上面，发现有一个卷轴留在大树的枝叶上。他小心地清理干净卷轴上面的淤泥，发现它竟然是完整的的一幅画。你晓得的，它正是我先祖留下来的那一幅《问道图》。

我太爷爷在洪水里翻滚了很久，也没有找得见先祖的书画，于是他决定打捞水里的牛羊骡马。他从水里捞出了3头骡子、2匹马，最后捞出来一个女人。这个女人就是我的太奶奶。我太奶奶当时已经奄奄一息。她是从上游100里远的地方被洪水冲到洛镇。我太奶奶的长相其实寻常，但她说话的声音很特别。她的声音就像是一把柔软的刀，又像是一罐蜂蜜，谁要是听她说话，不知不觉间就发现自己的骨头和身体化成了碎片。我太爷爷被她的声音迷住了。从此他就哪里也不想去了。他就从早到晚，从夜里到天亮听我太奶奶说话。那时候我太爷爷开始研究起风水星象之学。因为他从水里捞起我太奶奶的时候，我太奶奶的腰里绑了一本书。那本书是《河洛书》。古话说："河出图，洛出书，天雨粟，鬼神哭。"世上完整的《河洛书》原本就少之又少，而那么大的水竟然没有冲走这本书。我太奶奶或者就是洛水里的一条鱼，要不她就是《河洛图》里面的一个图，她从洛水里突然出现，就是为了遇到我太爷爷。的确，我太奶奶很神秘。因为她不晓得自己从哪里来，她为什么会有一本《河洛书》；她目不识丁，可是她能画出很多神秘的图，图上显示的正是洛镇将要出现的灾难。我太奶奶就像是另一部可以走动和说话的《河洛书》。正因如此，我太爷爷开始专心研究起《河洛书》来。你晓得的，《河洛书》是一部神秘深奥的星象之书，我太爷爷花了一生的时间，很多地方仍然不明白。但是就凭他了解的那一少部分，也足以预测洛镇的许多变化。我太爷爷开始研究《河洛书》之后，洛镇发生过2次饥荒、1次地震、3次匪乱、4次水灾，每一次灾难发生之前，我太爷爷都做出了准确的预测。因为我太奶奶会画出一个图。她画出的图只有我太爷爷才能看明白。图上显示的事情正是即将到来的灾难。那些预测都应验了。至于家族的兴衰，我太爷爷预测说，三代之间，衰败之气不可逆转，处处都有艰辛煎熬；三代之后则不可预知。因为《河洛书》对于更远的未来无法推测。果然，我太爷爷的预测极为准确。我爷爷和我父亲就是一生贫困。如果算上他老人家那一代，就正好是三代。

我太爷爷本来也可以振兴家业的。因为他神奇的占卜，整个洛州都在传播他的名声。很多人为了表达感谢之情，给他送来了粮食、布匹，羊、鸡；有一次还有人牵来了一匹马，因为那个人丢失了三年的女人找回来了。洛州官府也请他预测旱情和战乱，以及盗贼逃跑的方向。我太爷爷的测算令他们大为叹服。洛州官府决定要请他做师爷。但是我太爷爷最终拒绝了。他离不开我太奶奶，因为他每一次预测未来的时候，都要依靠我太奶奶画出的图。实际上他是离不开我太奶奶的声音。那些声音比粮食和财富还重要。所以他打定主意，哪里也不去了。就这样过去了很多年，我太爷爷用占卜积累的财富重修了祖上的房屋。他有10匹马、20只羊，还收留了一对逃荒过来的夫妻作仆人。那时候又有了富贵气象了。我太爷爷因此陷入了怀疑。因为他占卜过很多次自己的命运，每一次显示的征兆都是衰败之相，难道是他的测算出错了吗？或者是《河洛书》只能预测别人的命运，对于自己的未来是无法预测的？

《河洛书》并没有出错。我太奶奶有一天忽然说不出话来，她的嗓子里就好像是被什么东西堵住了。她发出嘶哑的、难听的声音。那种声音让我太爷爷坐卧不宁。他花重金请了许多有名的大夫来诊断，但是没有人能够找出病因。直到有一天，一个路过洛镇的乞丐告诉我太爷爷说，只有一样东西可以让我太奶奶发出往日的声音。乞丐说的那样东西就是鸦片。我太爷爷对乞丐的说法将信将疑。可是等他买回鸦片，让我太奶奶吸食之后，我太奶奶立刻就发出了原先的声音。她的声音再一次就像是被蜂蜜浸泡过的、柔软的刀。我太奶奶就是这个样子的。她带来了财富，带来了那种销魂的声音，但是不久，她又要把它们带走了。有一天，我太爷爷发现所有的东西都被卖掉了，只剩下一幅画、一本书。画是《问道图》，书是《河洛书》。他正在考虑要不要把这两样东西也卖掉。有一天夜里，他躺在炕上辗转反侧，很久不能入眠。外面下着大雨，雨水的声音让他感觉到孤独。忽然他听见有人在大雨里呼唤他的名字。那声音穿过了雨水和夜晚，清晰得就像在他的耳朵边。那是我太奶奶在雨中说话。她的声音就像是被蜂蜜浸泡过的、柔软的刀。我太爷爷就在夜里起来，寻找我太奶奶。他穿过雨水，沿着声音的方向走去。后来他就走到了洛水边。洛水已经涨得有两个人那么高了。我太奶奶站在洛水河边，正在跟他说话。我太爷爷正要走到她跟前，忽然她变成了一条鱼。鱼身上的鳞片发出绚烂的光芒，一时间刺痛了他的眼睛；然后他看见那条鱼凌空一跃，进入了汹涌的洛水河中。我太奶奶就这样消失了。洛镇人起初不相信我太奶奶变成了一条鱼，我太爷爷就开始向每一个洛镇人讲述他看见的情景。他不停地讲述，他讲述的水平越来越高，到后来，每当他讲述我太奶奶变成鱼的那个时刻，洛镇人就会清楚地看见，眼前确实有一条美丽的鱼。我太爷爷把这个故事讲了十年。到后来，所有的洛镇人都相信我太奶奶就是一条鱼。她原本就是一条鱼。她从水中来，又回到水中去。十年之后的某一天，我太爷爷用他最后的力气，把我太奶奶的故事又完整地讲了一遍。等到他讲完的时候，他就带着幸福的表情离开了。他是去找我的太奶奶去了。

　　然后就到了我爷爷这一代。然后就是我父亲这一代。关于我爷爷和我父亲的故事，我就不多讲了。以后有机会的时候我会讲的。

211

乡村画家许多多的艺术生涯

10

　　每一次完整地讲述一遍先祖的故事之后，我父亲就会发表一番自己的见解。他认为先祖巨大的家业从盛到衰，与两样东西关系密切。一样是女人。因为大凡貌美女人，都有妖气，她能摄人魂魄，又能杀人于无影无形。所以家道衰荣，都是跟女人有关系的。要是没有那些散发出鬼魅香气、夺人魂魄的女人，以及那些说话的声音像是被蜂蜜浸泡过的、柔软的刀一样的女人，我太爷爷原本可以重振家业，再现家族的荣耀。另一样东西就是那些书画。我先祖要不是鬼迷心窍，痴迷于书画收藏，也不会衰败到如此地步。然后我父亲又总结说，那些古代的书画和女人其实是有相同之处的。他对傻子说："你晓得为什么书画和女人是相同的呢？"傻子那时候看着我父亲，没有说话。我父亲就接着说："因为它们都是有毒的。它们都散发出一种迷惑人的味道。那种味道能让人魂魄尽失，灯枯油干。"

　　我父亲的看法就是如此。为了证明他的看法正确，每一次讲到先祖故事里的女人和书画的时候，他都要增加一些内容进去。因此在我先祖的故事里，关于书画和女人的那一部分情节越来越多，等到他讲述了三年之后，我先祖的故事就只剩下书画和女人了。我父亲就是这个样子的。他倒不是固执，而是他认为世界就是这个样子的。我父亲一生受苦，祖先的荣耀只是一种传说。因为无穷无尽的穷困，他连县城都没有去过。因此，他当然认为洛镇就是世界的中心。他既然站在世界的中心说话，那么他说出的道理就一定适用于世界的任何一个地方。

　　你晓得的，我父亲也有过理想。他的理想就是我能够勤奋读书。我的先祖们也曾经有过这样的理想，但因为书画和神秘的女人，这个理想被搁浅了。因此他十分希望我可以成为一个读书人。只有读了书，考上大学，才会有粮食和女人。我很理解我父亲的这种想法，但我和他的看法完全不同。我是一个艺术家，我要的比一个读书人更

哑巴的气味

高，更丰富。因此我就决然地选择了我的生活。这让他深受打击。对他来说，我的这个样子再一次证明了他的见解是正确的：书画里藏了致命的毒药，我就像我先祖一样，再一次中了毒。

唉，可怜的父亲。我只能这么说，可怜的父亲。

我父亲就这样讲述了整整三年，实际上却是讲给我听。他对着傻子说话。那时候我透过黑暗的窗户看见父亲。他差不多被黄土掩埋了。我突然感觉到父亲真的老了。他看上去就像是已经死去。我父亲说话的样子就像是一个已经死去的人在说话。

我看见父亲在院子里挥动那把沉重的镢头。他已经在院子里挖了三年了。因为自从他和我不说话的那一天起，他就开始在院子里忙碌。他挖出的土堆积起来，看上去就像是接连不断的坟墓。他已经被完全掩埋了。可是他从来没有挖出过什么好东西。有一次挖出了一块完整的、人的腿骨，另一次挖出了另外一把锈迹斑斑的镢头。他本来可以计算出什么位置埋藏了先祖的宝贝，因为他平时对于洛镇上的许多事情总是能够准确地计算出来，包括失踪的人的具体位置、坟墓里的老鼠洞位置、一口井或者一条河干涸的时间、什么时候下冰雹，以及要是有人看见一条蛇从一棵树上飞到另一棵树上，接下来会发生什么样的景象。可是他在自家的院子里却总是算不出准确的位置。他没法算出自己的命运。我爷爷托梦给他，告诉他祖先的东西埋在院子里的一个地方。但是我爷爷每一次告诉我父亲的位置总是不同，因此我父亲就不断地在不同的位置挖掘。他相信他的父亲所说的话，可是他挖了三年的光景，却总是不能够从土里找到他要的东西。这是命，父亲说，因为命运就是这样的。接着他发出沉重的叹息。他叹息的声音遥远、沉闷又有力，感觉就像是从地底下传过来的。那叹息的声音又像是巨大的洪水，把父亲、我和傻子托举到水流的上方，朝着一个遥远、陌生和黑暗的地方漂浮而去。

唉，我的父亲。我只能这么说，我的父亲。我还能说什么呢？

整整三年的讲述，以及不停的挖掘让他耗尽了最后的力气。三年后的一天，我父亲死了。我父亲死去的时候手里还紧紧地攥着那把镢头。傻子忽然发出巨大的哭声。那时候我才晓得，傻子其实不是哑巴，他能够发出声音。他哭泣的声音低沉有力，在很长时间里，他的哭声掩盖了洛镇的机器、汽车和市井的声音，占据了整个白天和夜晚。起初，我保持着沉默。那时候我经常觉得即使父亲死了，我也不会感到悲伤。可是在父亲埋葬之后的一个夜晚，我看见院子里堆积的泥土，就像是荒凉的坟墓，我忽然觉得我其实是爱着父亲的。我再一次感觉到那种彻底的孤独。我终于忍受不了内心的伤痛，发出凄厉、漫长的哭声。我呼天抢地，一个人哭了很久，最终昏倒在地。

因为我根本不相信父亲所说的话。那些先祖的荣耀和苦难很可能出于父亲的杜撰，或者是他把一生收集的关于洛镇的传说全部归集于自己的先祖。由于不断地重复自己的想象，那些故事逐渐变成了真实的景象，最后他自己也相信了这些故事。到后来他就分不清哪些是真的，哪些是他增加的了。但是我必须得承认，我父亲讲述的很多故事是真实的；我的先祖就是他讲的这个样子。他虽然神智混乱，故事里的很多情节张冠李戴，漏洞明显，但是那些大体的轮廓却从来没有出错。他不断修改的只是一些细节。所以在一些时候，我其实害怕我的父亲。

你晓得我害怕什么吗？

我害怕他说的话是真的。

你晓得的，我的女人离开了我，我的孩子死了，最后我父亲也死了，我父亲有整整三年不和我说话。这都是在我专心画画的时候发生的事情。难道这些灾难都是画画带来的吗？就像我父亲所说的那样？老实讲，我有时候很疑惑。我就问我的好朋友张三元，事情是不是就像我父亲所说的那样。张三元也不晓得是不是那样。他就反问我说："你觉得是不是呢？"我说："我觉得不是这样的，前面发生的事情都是命，我画画也是命，谁都不能改变的。"张三元就点头附和说："对的，对的。"张三元就这点好，他从来都同意我的看法。我说什么就是什么。我父亲死了之后我才晓得，我有多喜欢听见他絮絮叨叨的声音。他要是突然不说话，这个世界就会变得有多寂静。寂静会让我觉得空虚，会让我觉得自己从里到外都空空荡荡。还好有个张三元。我和他说话的时候，我感觉好多了。

11

　　有时候我在想，世上到底有没有我父亲所说的那种女人呢？就是散发出神秘的香气、像是毒药一样的女人？或者声音被蜂蜜浸泡过的、像是柔软的刀一样的女人？我就是想晓得有没有。

　　你晓得的。这样的女人有的。不但有，而且在我的生活里也出现了。接下来我要说的，就是这样的一个女人。

　　你晓得的。这个女人的名字叫刘小美。

12

　　有一天，我正在画画。张三元走过来，告诉我说，洛镇上来了一个女人，人们都在看。就是那个长得像妖精的女人。我就走到街道上。洛镇正在修建新的房子和街道，因为镇长说，洛镇就要成为城市了。挖掘机和推土机轰轰作响，到处都是尘土。但我还是一眼就发现了刘小美。原先我没有见过刘小美。我只是听说过刘小美。就是那个住在另一个村子里的女人。从小她就被议论。人们说，她不该长成这样。她这样太奇怪了。我很早就想看见刘小美，可是每一次刘小美来到洛镇的时候，我都在对着《问道图》体验飞起来的感觉。后来她离开了村庄，去了一个很远的地方。后来她又回来了。她来到洛镇的那天，我听见人们说，她的男人不要她了。她就带着她母亲到洛镇来了。

　　那天我从远处看见了刘小美。她走在漫天的灰尘里。可是太奇怪了，那么大的灰尘竟然没有把她淹没。她就像被一场大雨冲洗过那样干净。此等情景，让我感觉十分荒唐。因为你会觉得，刘小美和洛镇是完全不同的两类物品。她就像是从遥远的古代来的女人，是荒凉的沙漠上突然长出来的一棵树，是大雪纷飞的冬天盛开的一朵花。

我该怎么描述刘小美呢？呃，这种感觉很难一下子说得清楚。笼统地说，刘小美带来的是一种耀眼的光亮。她眼睛里的风尘与疲惫难以掩饰，但是同样不能遮挡的是她眼睛里的那种明亮的光芒。这光芒哗啦一声，一下子照亮了洛镇灰暗的街道和房屋，那些堆积多年的灰尘也顷刻间被打扫得干干净净。我顿时听见我的心里发出了明亮的响声。就像是有人突然揭去了蒙在我眼睛上的幕布，整个世界变得干净整洁起来。然后我还清楚地感觉到腐烂的气味正在消散，一种新鲜的、类似于草木生长的味道弥漫开来。那正是我所寻找的艺术的味道。刘小美就是我的艺术。唉。我当时就觉得自己喘不上气来了。老实说，自从第一眼看见刘小美，我就完完全全地爱上了她。她是洛镇唯一的光亮。要是没有刘小美，洛镇就会被灰尘掩埋。

13

你不晓得的。刘小美来到洛镇之前的那些日子，你不晓得我有多难熬。首先是我的便秘加重了。我经常蹲在茅坑里，等待着一泻而下的快感。可是我等了很久，还是什么也没有等到。我肚子里堆积的东西越来越多，它们挤压我身体里的每一个角落，让我呼吸困难，身体沉重。我甚至觉得这些堆积起来的东西让我的身体腐烂发霉了。我闻见自己身上腐烂的味道。那种味道让我厌恶。我每天都要蹲茅坑。我蹲茅坑的时间越来越长。我从早晨就开始蹲茅坑，看见太阳从山上升起来，一直看见它升到我的头顶。我蹲在茅坑上，感觉自己就像是砌在上面的一块石头。我双腿酸痛麻木，眼前发黑，有一次竟然掉进茅坑里了。身体上沾满的屎尿让我羞耻而厌恶。其次是我开始失眠。失眠的症状越来越严重，经常整夜都难以入睡。我就睁着眼睛看黑暗中的事物。起初什么也看不见，后来就什么都能够看得清楚了。我看见老鼠从洞里出来，鬼鬼祟祟的样子，它们的眼睛里发出亮光，偷吃碗里的食物，撕咬我画好的画。我甚至还能看得清黑夜里的蚊子和苍蝇。有一次我居然看见了我的父亲。他从门外走进来，坐在屋子里的那把破旧的椅子上，他看着我，没有说话，只听见他发出一声又一声的叹息。我就对父亲说："我一定会成为伟大的艺术家，你放心吧。"父亲还是没有说话。他身体下面的椅子发出嘎吱嘎吱快要破裂的声音。我就对他说："我给你老人家倒杯水吧，你一定是走了很远的路。"我就起来，准备倒水。可是我刚一转身，就发现他老人家已经不在屋子里了。在失眠的夜晚，我就起来画画。我不停地画下去，一直画到太阳升起来。但是我画不出好画来。我经常画了一夜，却不晓得自己画了什么东西。那些墨汁和水彩搅到一起，都是一些混乱、含糊不清的形状，连我自己都分辨不清。我就对着《问道图》临摹。我想我画不出来，模仿总应该可以。可是我发现我画出的远山和松柏都是干枯的，书生和道士也没有一点神采，他们看起来就像是毫无生气的死人。那时候我才发现，我已经很久没有看见书生和道士挥舞衣袖了。我很长时间站在《问道图》面前，却没有一点要飞起来的感觉。

你晓得的，一个艺术家可以便秘，可以失眠，但是不可以画不出画来。艺术家画不出画的痛苦才是真的痛苦。我可以忍受便秘，忍受失眠，还可以忍受贫穷，但是我忍受不了我画不出画。画不出画来的时候，我就不停地在房子里走动，我转着圈，想象自己在黑暗里朝着一个明亮的地方跋山涉水。后来我发现地面上被我踩出一道圆形的坑。有时候我很想点起一把火，把我的那些画全都烧掉，然后让整个房子燃烧起来。我想象那种燃烧的景象，心里感觉到愉快。有两三次，我差一点就点着火了。

可是我一见到刘小美就好了。我的眼前哗的一下，一切就亮起来了。我痛痛快快地拉了一泡屎。就像是有一台高级的清洗机器，一下子把我肚子里的污浊洗得干干净净。五脏六腑、每一个毛孔都舒舒服服。到夜里的时候，我画了一幅画，画里是一座绿树成荫的村庄，有一条清澈的河水从村庄里流过，一个女人正站在河水边汲水；这个女人有黑油油的长发，有月亮一样的脸庞，有宝石一样的眼睛。你晓得我画的这个女人是谁。等到我画完之后，眼泪哗啦哗啦地掉了下来。我终于可以不用怀疑自己的才华了。然后我对刘小美充满了感激之情。我觉得她就是世界上最好的药，她还是世界上最明亮的灯。她治好了我的便秘，让我的身体干净舒展，她还点燃了一个艺术家创作的火焰。夜里我舒舒服服地睡了一觉。我已经有三年没有这么舒服地睡过觉了。

你是晓得的。一个人要是喜欢另一个人，那就一点办法都没有了。不管她晓不晓得，也不管她愿不愿意，我都是要喜欢她，爱上她的。张三元对我说，刘小美在镇上开了服装店，卖衣服、雨伞和牙膏。他接着说，洛镇的人们都在议论说，刘小美是个婊子，她还克夫，人们都和她不说话，人要是和她说了话，就会中毒。听了这些话，我很生气。我让他闭嘴。我晓得这些话是镇上的人们说的，不是张三元这么说的，可我还是很生气。然后我在心里说，就算刘小美是一个婊子，就算她克夫，我还是要喜欢她，爱上她。

14

我要把那幅《汲水图》送给刘小美。我正在考虑怎么送。虽然洛镇正在变成城市，但是一个光棍和一个寡妇说话，总还是会引起议论；何况这个光棍是一个骄傲的艺术家，这个寡妇是一个绝世的美人。我正在琢磨的时候，忽然看见镇长来找我了。镇长是一个胖子，一张脸就像一个巨大的面盆。他说话还算和气，可是我晓得他的和气里藏着杀气，因为他身后跟着几个打手，镇上的一个女人就被他们打死了。他是来和我说房子的事情的。他先问我说："洛镇就要变成一座城市了，你晓不晓得？"我说："晓得的"他说："晓得就好，洛镇要建新的街道和房子，正好从你家里穿过，所以你的院子是要拆的，至少要拆掉一半。"

还没等我说话，镇长就接着说："我晓得你是镇上的艺术家，我对艺术家是很尊敬的，我当年在大学里的时候也想当一个画家；因此我不会白白拆掉你的房子，我会给你一间临街的房子，这样你就可以开一个专门的书画店。我还给你一千元。你晓得我拆别人的房子是怎么拆的吧？都是随便就拆了，一分钱也不给的。因为你是艺术家，所以我才这么照顾你，你晓得不晓得？"

我本来是瞧不起镇长的，也从来没有和他说过话。我父亲要是还活着，就肯定不会让他拆房子。我祖上的这院房子已经有几百年历史了，我父亲就算拼了性命，也不会就这么随随便便就让他们拆了。他老人家肯定就会躺在推土机下面号啕大哭。洛镇的很多人就是这么干的。然后镇长身后的那些人就从土里把他们捞起来，扔到别的地方去了。建一座城市就得这个样子。我晓得事情就是这样的。镇长要是对我也那么凶恶，我也不会随随便便就让他拆房子的。但是我发现镇长其实是有文化的人。他跟我说话的语气很诚恳，很有敬重之意，尤其是他反复称我为艺术家，让我十分感动。老实讲，我在洛镇很多年，还没有人这样隆重地称呼我是艺术家。这个称呼让我顿时感觉到特别舒畅。人人都应该像镇长一样这么称呼我。我是洛镇唯一的艺术家，洛镇要是没有我这样的人，一定会暗淡无光。何况镇长许诺的一间临街铺面也让我动心。很久以来我就有开一间画廊的想法，画廊的名字我都想好了，就叫"兰亭艺术馆"，因为我敬重古代的王羲之先生；我自己画画时候署名也都是"兰亭居士"。其实我心里面还藏了一个秘密：有了兰亭艺术馆之后，我就可以天天看见刘小美了，因为镇长许诺的铺面正好就在刘小美服装店的对面。

因此我二话没说，很痛快地答应了镇长的条件。紧接着我就看见推土机轰轰轰地开过来，顷刻之间就把我的宅院推掉了。只剩下两间房子。镇长给我的 千元钱，我请人做了一块匾，上面是五个大字："兰亭艺术馆"。这五个字是我自己写的。我觉得这几个字写得颇有王羲之的风度。剩下的钱我就全买了宣纸和颜料。

其实就算为了看见刘小美，我也会同意他们拆房子。人生在世，当为心爱者一掷千金，气吞斗牛，无所顾惜。作为一个艺术家，尤当如此。

15

刘小美散发着一种气味。雨天的时候这种气味越发清晰,雨水、树叶和空气里都是她的味道。这种味道让我浑身颤抖,呼吸困难。我努力作画,为的是忘记她的气味。可是不久我就发现,我画画的墨汁、毛笔和纸张里也都是这种气味。我在这种气味里像一片纸那么轻盈。我就在空气里飘荡。这让我既甜蜜又痛苦。有时候我听见她在唱歌。她的声音从空气里传过来,就像是锋利的刀子,顷刻间,我的身体就被切割成无数的碎片了。我父亲曾经讲过我先祖的故事,有一个女人就有这样的声音;原先我根本不相信。可是刘小美的声音就是这个样子。原来我父亲所讲的故事是真的。

我实在是受不了这种气味和声音的折磨,于是我就拿着那幅《汲水图》去找刘小美。从兰亭艺术馆到她的服装店不过 30 步的距离,但我感觉比 300 步还要长;因为刘小美的气味越来越浓烈,我的呼吸越来越困难。等我走到刘小美跟前的时候,我已经无法呼吸。我觉得自己就像一颗大大的气球那样升起来,无论我怎么努力,我的身体都在不断地朝着空中上升。我浑身哆嗦,满头大汗,只是看着刘小美喘气。刘小美看见我这个样子,露出惊奇的神色。她说:"许大哥,你怎么了?你是生病了吗?"

我很想说出一句话来,可是我发现我的嘴巴根本不受我的控制,因此我只是长大了嘴巴。她的甜蜜的、刀子一样锋利的声音再一次划过了我的身体。顿时我眼前一黑,就什么也不知道了。

我晕倒在地上的时候,洛镇的人们围着我看。他们议论说,我是癫痫病又犯了。我从小就有癫痫病,有时候就会犯,可是这一次我晓得不是癫痫,我昏倒是因为刘小美的气味。人们这样说是因为他们太自以为是。然后他们看着我,就跟看着马戏团的一只猴子那样。只有刘小美不是这样。她扶着我,用一只胳膊搂着我,给我喂水喝,一直到我醒过来。我再一次清晰地闻见她身体上的那种气味。老实讲,有

哑巴的气味

一阵子我是清醒的，可是我太喜欢她的味道了，因此我就闭着眼睛，假装我还在昏迷。我从来没有距离一个女人这样近，我几乎就在她的怀抱里，她的气味包围了我，我觉得身体的每一块地方都要融化了。我在心里说，就算我这时候死了也是愿意的。

我昏倒的时候，那幅《汲水图》也掉到地上了；等我醒来，画已经被人们踩得像是一块抹布。可是刘小美看起来很喜欢。她说这幅画画得好，画里的河水就跟真的河水一样，她觉得河水都要流出来了。她的话让我热泪盈眶。从来没有人赞美过我的画，刘小美是第一个。她是唯一一个懂得我的画的女人。我就说这幅画就是为她画的。刘小美高兴地说，既然是这样，那她就收下这幅画，等将来有一天我成了出名的画家，她就可以向别人炫耀说，这是许多多送给她的画。我看着她，心里激动，我是太喜欢她说话的样子了。她的模样真是太过于美艳了，明眸皓齿，倾国倾城，回眸一笑而百媚顿生；她说出的话就如珠落玉盘，铿锵悦耳，正是古人所说的听韶乐而三月不知肉味。此情此景让我魂飞而魄散，我差一点再次昏厥过去。

16

一个人要是有了爱情，那就什么都不是问题。我爱上了这个叫刘小美的女人。无论寒冷和饥饿，贫困和孤单，我都可以忍受。我只要能看见她就可以。我画了许多画，每一张画里都有刘小美的影子，甚至于画里的树枝、山峰、溪流，还有微风、蝴蝶、花香也都是刘小美的样子。这些事情只有我自己晓得。我希望刘小美也能晓得，有一天我会对她说，所有这些画里的风景都是按照她的样子画出来的。

可是一个人要是爱上另一个人，也会带来更大的痛苦。我白天能看见刘小美，在夜里我也能看见刘小美，她的气味就像空气一样无处不在。可是在洛镇，我就只能这么看着她，我不能够走到她跟前，对她说："我爱着你。"你一定晓得我这样的痛苦。然后人们说，刘小美是一个婊子。每一个人都可以议论她，诽谤她。人们憎恨她，也

221

乡村画家许多多的艺术生涯

要喜欢她。因为她是婊子。婊子就得是这样。这些言语就像是洛镇上到处飞舞的苍蝇。刘小美就像是每个人存在银行里的钱生出来的利息，每一个人都觉得自己可以享受和支配。我晓得人们这样说是因为恶毒和嫉妒，可是我没有办法制止。人人都在这样说。他们说话的时候咬牙切齿，像过年一样愉快。

17

　　我看见镇长走到刘小美的服装店里去。他告诉刘小美说，他打算买刘小美店里的西装。他买西装不是为了自己，而是代表政府来采购。镇政府的每一个人都应该有一套西装。因为洛镇很快就要变成一座城市。城市里的每一个人就应该穿西装。其实不光是镇政府的人，每一个洛镇的公民都应该穿西装，这样才能显示出城里人的样子。镇长对刘小美说："所以，你一点都不要担心经营方面的问题，只要我开始推广西装，你在洛镇至少可以卖出一万套。"刘小美听了镇长的话，十分高兴，她在服装店里走来走去，给镇长倒茶，还拿出一瓶酒请镇长喝。镇长就坐在那里开始喝酒。只见他的一张脸越来越红，越来越大，酒糟鼻子发出闪闪的光亮。

　　老实讲，我很不喜欢镇长的这个样子。虽然我对他本人并不讨厌，甚至还有一点好感（因为他尊重艺术家），但是我认为他并不能代表政府，他的脸比一个脸盆还要大，很多地方凹凸不平，长满了雀斑和痤疮，看上去十分丑陋。实际上我讨厌的不是他的相貌，而是他说话的那种口气，就好像他真的能代表政府，就好像他的雀斑和痤疮是长在脸上的美人痣，就好像要急着从刘小美那里取利息。你晓得的，我是替刘小美担心。像刘小美这样纯洁美丽的女人，一不小心就会被镇长的花言巧语蒙蔽。而且更麻烦的是，镇长还开了一辆桑塔纳汽车。他经常把汽车开过来，停到刘小美服装店的门口，然后他就光明正大地走到店里去；洛镇人都晓得，他是去和刘小美谈论采购西装的事情。其实镇政府离服装店也就 100 步，放一个屁的工夫就可以走

哑巴的气味

过来。有几次我看见刘小美打扮得花枝招展，上了镇长的桑塔纳。汽车的屁股喷出一道黑烟，呜的一声就不见了；原来是刘小美搭镇长的汽车去县里进货。每一次汽车屁股上喷出的烟雾总是让我头昏眼花。于是我就没有心思来画画了，就好像我有一样要紧的东西弄丢了那样，我坐卧不宁，在兰亭艺术馆里走来走去，眼睛一刻也不离开刘小美的服装店。一直等到听见呜的一声，又闻见汽车屁股上的那股黑烟的味道，我才算是出了一口气：刘小美从汽车里出来了。看见她毫发无损的样子，才晓得我一整天的担心实属多余，心里也就高兴起来了。

接着我看见中学的历史老师也来找刘小美。他买了很多件裙子。他来一次就买一件。每次他都要求刘小美试穿一下，因为他老婆的体型和刘小美很像，刘小美穿上裙子的样子也就是他老婆穿上的样子。他老婆在县里的中学教音乐。他老婆会唱歌。谁要是听了她的歌声，就可以三天不吃饭。实际上刘小美店里的裙子都让他买走了。因为洛镇的女人还不习惯穿裙子，只有城里来的女人才可以穿，她们露出大腿是为了勾引男人。刘小美有时候也会穿着裙子从街道上走过去，整个洛镇的人都会看着她，议论她。每次她试穿裙子的时候，历史老师的涎水就从嘴巴里哗啦哗啦地掉下来，就跟他的嘴巴破了一个洞那样。他会背许多古代的诗句，这时候他就开始摇头晃脑背起来了：

"北方有佳人，绝世而独立，一顾倾人城，再顾倾人国，宁不知倾城与倾国，佳人难再得。"

还有什么"凌波微步，罗袜生尘"，什么"沉鱼落雁，闭月羞花"，总之，那些古人的好句子都让他拿来使用了。这些诗句就像是子弹那样击中了刘小美。只见刘小美开心得笑个不停，还没有见到她这么高兴过。女人就是喜欢男人的甜言蜜语。老实讲，我很讨厌历史老师，他有狼子野心，而且他长得很丑，他的个头只有服装店里的柜台那么高，他头发稀少，几乎就要秃顶，经常引诱女学生；但是我也不得不承认，他是一个很有学问的人，和我一样，他也认为洛镇有一股腐烂的气味，有一天他会离开这里。他的这种勇敢精神也叫我佩服，我也会背那些诗句，但是我就没有胆量背给刘小美听。

有一天，我看见历史老师在哭。他发出沉闷、难听的哭声。鼻涕和眼泪在下巴上垂成一条线。他一边哭一边抓住刘小美的一只手。就好像他哭泣正是为了刘小美。他县城里教音乐的老婆穿着他买的裙子，却和别人鬼混。她公开地和一个歌手走在大街上。她的表情坦荡无耻。那个歌手来到县城里演出，他在人群里看见穿着鲜艳裙子的音乐老师。他其实是个骗子，一点都不可靠。但是音乐老师说，看见他唱歌的样子，她就忍不住神魂颠倒。实际上她一直是一个轻薄的女人，她愿意和所有喜欢唱歌的男人鬼混。每一次她都穿着历史老师买给她的裙子。他买的裙子超过了 100 件。他只舍得给自己买裤头。即使她和别人鬼混，历史老师也愿意爱她。但是音乐老师不想这样了。她说她原本就没有爱过历史老师。她本来就喜欢鬼混。她理直气壮，正大光明，就好像鬼混是她的润肤露。

历史老师还背了一个大包。包里全是裙子。他拉着刘小美的手，一边哭一边说，他愿意把剩下的这些裙子送给刘小美。因为他不会再把裙子送给音乐老师了。实际上，他一直认为刘小美穿裙子的样子要比音乐老师好看得多。

正如我所预料，他悲伤的样子感染了刘小美。她原本善良，别人的痛苦正如她自己的痛苦。刘小美的眼睛里泪光闪闪。她的泪水饱满玲珑，就像是晶莹剔透的珠宝。这时候，历史老师停止了哭泣，就好像他本来的意图就是为了让刘小美流泪。他盯着刘小美眼睛里的泪水，一点都不知道羞耻。他说，有一个请求，希望刘小美能够答应。刘小美点了点头。历史老师说，他一直在研究人类的泪水，据他所知，大部分人的泪水是咸的，有些人的泪水是苦的，但美丽的女人的泪水是甜的；刘小美的泪水一定是世界上最甜的泪水。他十分想尝一下她的泪水的味道。

说着话，历史老师就伸出黏糊糊的舌头，把自己的一张脸凑过去。他个头很短，又和刘小美隔着一张柜台，够了好几次总是够不着，于是他干脆就踩着那包裙子去舔刘小美的泪水。看见他这样无耻的样子，我心里就很着急。我希望他舔不到刘小美的泪水，也希望刘小美能够严肃地训斥他。我正在这么想的时候，看见历史老师从那包

哑巴的气味

裙子上面摔下来了。他摔了个四脚朝天，像一只难看的癞蛤蟆。

医生也经常来。他胸口挂着一副闪闪发光的听诊器。他每一次都要问刘小美有没有不舒服的地方。他盼着刘小美生病，这样他就可以在她的身上摸来摸去了。还有派出所的老黄。他有哮喘病，再有两年就要退休，但是他一看见刘小美就不咳嗽了。他在调查刘小美服装店一块破了的玻璃到底是谁砸的。还有信用社里的李咏。他问刘小美要不要贷款。洛镇很多人都在巴结他，为的是得到信用社的贷款，但是李咏说，只有刘小美符合贷款条件。李咏还说，他和他老婆感情破裂，很快就要离婚了。

18

我整天看着这些人，心里痛苦。他们都是我的敌人。可我不晓得怎样对付他们。我只能买刘小美的牙刷和牙膏。两年间我总共买了215只牙刷、30管牙膏。我买了那么多次牙刷和牙膏，可是每一次走到刘小美跟前的时候，她身体上的那股气味都会让我眩晕，让我喘不上气来。每一次都跟第一次一样叫我激动。实际上，我从来不刷牙。我买的那些牙刷和牙膏整整齐齐地摆放在床头。它们散发出刘小美身体的味道。每当夜晚的时候，我靠着它们，就好像是靠着刘小美。也只有靠着这些牙刷和牙膏，我才能够睡个好觉。

可是这些人让我痛苦。他们越来越放肆，越来越下流。他们在心里说，刘小美是个婊子。他们其实和洛镇的人们没有两样。可是他们贪图刘小美的气味和身体。他们挑逗她，引诱她。他们说的都是假话，但是他们说起假话来一点都不脸红，就好像他们说的是真的。总有一天，刘小美就会上他们的当。我晓得事情就是这个样子的。

所以我一定要阻止他们。

19

因此我在洛镇干了些惊天动地的事情。

镇长的汽车停放到服装店门口的次数越来越多，时间越来越长。每次看见他的汽车，我就忍不住心里的怒火。那汽车看上去得意扬扬，不晓得羞耻，和镇长一样的嘴脸。因此我在月黑风高的晚上，给他的轮胎扎钉子、放玻璃片。我偷着扎过好几次。结果他的汽车走了三里路就走不动了。有一次他的汽车差点掉到沟里去。我看见镇长站在街道上骂人。他把扎轮胎的人称之为"凶手"。他说等到抓住凶手，他一定要剥皮而后快。他的脸看起来像一个红彤彤的、锈迹斑斑的脸盆。

我讨厌中学历史老师的样子。他品尝眼泪的癖好实在无耻。因此我趁他不在房里的时候，偷偷地扔石头，砸破了他窗户上的玻璃。有一次我还找来一泡新鲜的鸡屎，摊到他回去的一条小路上。我晓得他视力不好，看不见那些鸡屎。果然，当他唱着歌往回走的时候，一脚就踩到鸡屎上了；顿时历史老师就像是脚底安装了滑轮，沿着那些鸡屎快速地滑行，最后仰面朝天摔在地上。他的一条小腿骨折。他只好老老实实地在自己的床上躺了一个月。

我一直仇恨医生。我刚出生的孩子就那么没了，他应该负一半的责任。可是他没有。他表现得就像是跟他没有一点关系。他经常趁着看病的机会摸女人的胸和屁股。我看见他胸口挂着的听诊器就来气。因此我偷偷地在医院的水井里放了一条蛇，还放了一些屎壳郎。医生每天要从井里打水。结果他就从水里打出了屎壳郎和蛇。那条蛇没有被淹死，竟然还是活的。医生最怕蛇。当时他就吓得昏过去，尿把裤子都泡湿了。我也没想到那条蛇会游泳。洛镇的蛇都不会游泳。

我还给信用社李咏的老婆捎话，叫她看好自己的男人。李咏的老婆算起来跟我还有点亲戚关系。她是我父亲的远房舅舅的孙女。我跟她没有什么往来，见了面甚至不一定能认识。可是李咏总要给刘小美贷款，又说他要和老婆离婚，这事情我就必须得管一管。我捎了两次话之后，李咏的老婆就搬到洛镇来住了。她一到镇上，就当着全镇人的面，扇了李咏一个响亮的耳光。就那么一耳光，李咏的一颗牙齿顿时就掉到了地上。她长得像一个举重运动员，从肩膀到大腿都是圆的，整个人看上去就像一节巨大的肥肠。李咏从此就再也不到刘小美的铺子里去，说什么贷款的事情了。

派出所的老黄我没有办法。他是警察，我要是有什么动静他就会晓得。不过出了这么多事情，他也就顾不上调查刘小美服装店的玻璃问题了。镇长让他立刻查找扎轮胎的凶手。于是老黄就一边咳嗽，一边挨家挨户询问，谁扎了镇长的汽车轮胎。老黄毕竟当了30年的警察，他推断说，这些事情都是有蓄谋的犯罪，是同一伙人所为。

老黄说得对。这些事情当然都是有蓄谋的。都是我干的。

20

可是我发现，情况出现了变化。这些变化超出了我的预料，根本违背了我的本意，而且我也很难控制这样的局面了。因为老黄调查了很久，也不晓得是谁扎了镇长的轮胎，大家似乎变得不关心谁是凶手了。人们转而议论说，为什么镇长的汽车轮胎会扎上钉子和玻璃，假如真有人这么干的话，一定会有人看见的，洛镇上到处都是敏锐的眼睛；还有，为什么医生的井里会出现蛇，更主要的是，为什么井里的蛇会游泳；而一泡鸡屎能够让历史老师骨折就更是不可思议，哪里的鸡会深更半夜跑到小巷里去拉屎呢？因为所有的鸡在晚上都是瞎的。人们议论纷纷的时候，突然有人说，这些事情都是刘小美引起来的，要不是这个女人，汽车轮胎就不会扎上钉子和玻璃，井里也不会出现会游泳的蛇，鸡屎也不会半夜跑到小巷里去。都是因为这个邪恶的女人，把晦气和麻烦带到了洛镇。所以，应该惩罚这个女人。人人都觉得事情就是这个样子的。人人都开始咒骂刘小美。他们的唾沫像是洛镇里到处飞舞的苍蝇。

有一天，李旦的父亲从刘小美服装店门口经过。他已经 80 岁了。他看见刘小美之后，就朝着刘小美吐了一口又浓又粘的痰。他说："婊子。"刘小美没有说话。李旦的父亲接着说："婊子。"刘小美还是没有说话。就好像她没有听见他的声音一样。刘小美的沉默就像是对他的嘲弄。洛镇上看热闹的人们也都笑起来了。于是李旦的父亲突然愤怒起来。他觉得自己受到了羞辱。他呼哧呼哧地喘着气，嘴里发出含混不清的骂人的声音。接着他在地上走来走去，像是在找什么东西。后来他看见街道上的一块石头。他就走到石头跟前，打算把那块石头搬起来，然后去砸刘小美的铺子。那石头有七八十斤，我都未必搬得起来；可是李旦的父亲居然把石头搬起来了。洛镇的人们发出喝彩的声音。他抱着石头，摇摇晃晃地往前走，只见他的一张脸越来越黑。走了七八步，他突然就倒在地上了。

李旦的父亲就这么断了气。过了一会，李旦出现了。他把他父亲的脸拍了几下，确信他父亲已经死了，接着他就把尸体拖到刘小美服装店的门口。他要刘小美赔他的父亲。他告诉镇上的人说，是刘小美的妖气害死了他父亲，她就是一个能杀人的妖精。洛镇的人们都在围观。人们也都觉得李旦的父亲死得蹊跷。他要是不从刘小美的服装店门口走过去，他就不会这么突然死了。镇上的人对李旦本来也怀着忌惮之心，因为他平时纠结了一帮游手好闲之辈，整日以打架闹事、帮人讨债为生。他还会像鸟一样飞。洛镇人亲眼所见，有一次李旦从一棵树飞到另一棵树上。他还能够顺着墙壁，从乡镇府大楼的一楼爬到四楼。这都让镇上的人觉得不安稳。但要是跟刘小美的妖气比较，李旦就不算什么了。因为刘小美带来了西装、裙子和牙刷，这些东西都是洛镇的人们用不着的东西，它们其实是危险的。更主要的是，刘小美带来了妖气，这种气味让每个人都感到苦恼。因此人们都站到李旦这一边，他们相信李旦的说法是对的。他们为李旦叫好，就好像他摇身一变，成了除妖的法师。

李旦要刘小美赔偿两万元。他说这里面包括他父亲的丧葬费、交通费、服装费、误工费和精神损失费。这些所谓的费用都是李旦从电视里听来的。实际上你晓得的，埋葬他父亲根本用不了这么多。他天

哑巴的气味

天盼着他父亲死掉。他很高兴他父亲死在刘小美的服装店门口，这就像是他突然得到一笔横财。他还威胁说，刘小美必须要立刻拿出两万元出来，不然，他就要提高赔偿的数目，因为两万元的数目太便宜了。他挥舞着手臂，眼睛通红，嘴里发出呼哧呼哧的喘息，看上去就像是一条疯狗。他还砸掉了服装店窗户上的几块玻璃。人们发出欢快的叫声。

可怜的刘小美。她始终没有说出一句话来。她就像是一个可怜的哑巴。就好像她的美丽让她胆怯和懦弱。"女人啊，你的名字叫懦弱。"她只是把服装店的大门关起来了。她躲在里面，浑身发抖，默默流泪。这样的情景，让我心如刀割。

可是刘小美的沉默就像是拒绝和反抗。只见李旦越来越愤怒。就好像刘小美真的杀死了他父亲一样。人群里有人提议说，砸开服装店的门。很多人也跟着叫嚷起来。他们高兴得就像是过节。于是李旦就把门踹开了。他把刘小美拎起来，就跟拎了一只羊羔。接着李旦从他父亲的尸体上跨过去，把刘小美拖到街道上。李旦说："你得赔我的父亲，你得掏钱，你要是不掏钱，我就把你杀了。"刘小美想站起来，李旦伸出一只手把她推倒了。刘小美又要站起来，李旦再一次用一只手把她推倒了。刘小美头发飞散，衣服上的纽扣被李旦抓掉了，露出鲜红色的胸罩，胸罩后面是她雪白的肌肤。于是有人又说："脱了她的衣服！"人群里顿时发出欢乐的喝彩声。那时候人人亢奋，人人都陷入了一种难以言语的疯狂。李旦就像是受到了额外的奖励，于是他开始撕扯刘小美的衣服和胸罩。当那件鲜红色的胸罩飞舞到空中的时刻，我听见刘小美发出撕心裂肺的哭喊。

那鲜艳的红色、红色下面的雪白顿时让我失明。就像是一道强烈的燃烧的光芒，那凄楚哀伤的哭泣就像刀子一样划过我的身体。我再也忍受不了如此残酷的场面了。我感觉自己就像是一个一直膨胀的气球，马上就要爆炸成数不清的碎片。我大喊一声，抓起画桌上的一件东西就冲了出去。当时我确实不晓得手里抓了什么东西，后来才晓得我抓起的是砚台，那块砚台有 20 斤重，但我抓在手里就跟抓了一个馒头那样。我抓着砚台奔跑的时候，烟台里的墨汁全都撒到我的脸上和身上，因此我看上去就像是来自冥府的一个鬼。那时候我身手矫健，力拔山兮气盖世，只觉得自己顷刻间拨开人流，在惊涛骇浪之间，自由穿行，呼啸而来。我觉得自己在飞。一眨眼的工夫，我已经飞到了李旦跟前。还没等他回过神来，我举起砚台，兜头就砸了下去。那砚台顿时就像是一朵黑色的花朵那样在他的头上绽放了。只见李旦立刻就倒在了地上。人群惊骇，四散而去。那时候人人都觉得我是疯子。而且有人说："这下更热闹了，李旦死了。"

　　老实讲，当时李旦应声而倒，半天也一动不动，我心里也是十分害怕。我想李旦肯定被我打死了。试想一个20斤的砚台拍成了碎片，就算他的脑袋是铁铸的，也会被砸出一个坑。他要是真的死了，那我就得偿命。我，许多多，洛镇最后的、也是最有才华的艺术家，因为一个无赖之徒而就此结束自己的艺术生涯。但是我又想，我是为了刘小美这样做的。为了一个自己心爱的女人而赴汤蹈火，值得。尤其是，她又是世界上最美的女人。我不会后悔的。

　　你晓得的，我的担心完全多余。像李旦这样的人，怎么可能随随便便就被我打死呢？他的脑袋比钢铁还硬，就算还有一块砚台拍到他脑袋上，他也一点事都没有。只是可惜了我的砚台，那是我祖宗留给我的唯一一块砚台。它经历了几百年的风雨，温润晶莹得像一块玉。拿一块玉去拍李旦的脑袋，还能把他怎么样呢？只能是看着那块玉破碎。只见李旦在地上趴了三分钟之后，就站起来了。他拍了拍脑袋上的砚台碎片，就跟一点事情都没有发生那样。接着他一把抓住我的胸口，就把我高高地举到空中了。

　　李旦说："狗日的，竟敢打我。"

　　于是我开始在空中快速地旋转起来，耳旁传来呼啸的风声。接着我就飞起来了。我感觉自己极其轻盈，就像是一片轻盈的羽毛。后来我就什么也不晓得了。

哑巴的气味

21

张三元说，我在空中的姿势就像是一只真正的鸟。我的两只手臂就像是鸟的翅膀。比起从前我在城墙上飞行的样子，那天才是真正的飞行。因为他的的确确看见，我在空中飞起来之后，突然改变了方向，朝着 30 米之外的一棵大树飞过去，然后我就落到那棵树的枝杈上去了。我在树杈上停留了一会，大概是 10 秒或者 20 秒的光景，之后我就掉到地面上了。张三元说，镇上的人看见我飞起来的样子，都觉得很惊奇。原先他们都不相信我会飞，那时才晓得我其实是会飞的。他们原本认为我必死无疑，我会像一颗从高空掉下来的西瓜那样碎成几瓣。多亏了我会飞。相比之下，李旦从一棵树飞到另一棵树就很平常了，因为他所表演的飞行，无非是从一颗高一点的树上跳到另一棵低一点的树上，两棵树的距离也就五六米的样子。于是他们都觉得，一个人要是成为艺术家，在有些时候的确是可以飞起来的。

张三元接着说，后来镇长带着派出所的老黄来。带走了李旦和刘小美。镇长最后让刘小美出 5000 元给李旦。因为李旦的父亲就死在刘小美服装店的门口。刘小美总归是要承担一点责任的。至于李旦和我打架的事情，就算是互相打了一个平手，但是出于人道主义考虑，镇长从刘小美交出的 5000 元里扣除 1000 元，支付我受伤的药费。因为我从树上掉下来的时候，摔破了胯骨。当时我正躺在医院里，还在昏迷。除了胯骨，我的内脏可能也受了伤。

这些都是张三元告诉我的。他说起这些事情的时候，我已经在兰亭艺术馆躺了一个月。我的伤口还没有痊愈，但是医生花完那 1000 元之后就不再给我用药了。我偶尔还会陷入昏迷状态，胯骨和心脏的疼痛让我睡不好。但总而言之，我还是很高兴的。我终于成功地飞了一回。这是我作为艺术家的一次完美的表演。艺术家和凡夫俗子是有区别的。洛镇的人们总算知道了这个道理。还有，我觉得我拯救了刘小美。我为了自己所爱而奋勇向前，这让我觉得自豪。

我还想再飞一次，我对张三元说："我觉得我可以飞得更高。你觉得我能飞多高？"

"唔，很高。"张三元想了想，说："我觉得你能够飞到镇政府大楼的楼顶。"

22

但是，世事无常。好多事情你根本无法预料，你也无法控制。你只能眼睁睁看着它成为那个样子。我在床上躺了三个月。等我变得清醒，能够起来走动的时候，我才晓得世上已经发生了很多变故。我听到消息之后，顿觉眼前一黑，天旋地转，昏倒在地。我的额头碰到门框上，血流如注。世界陷入了完全的黑暗。我再也看不见白天的光亮了。

你晓得我说的是什么。正是如此。刘小美走了。不晓得她是哪一天走的，也不晓得她去了什么地方。我一直把她看成是洛镇的光亮。洛镇唯一的清澈的流水，唯一的芬芳。我希望她能够在我身边。我不能让她靠近我，但我可以看见她。我只要看见她就可以。看见她我就可以画画，可以飞翔。

可是，她不肯给我。她就这样悄悄地走了。然后我觉得，我什么都没有了。

23

我整夜都睡不着觉。便秘症又犯了，比以往更严重。我觉得自己的呼吸里和身体上都是粪便的气味。我快要变成一团粪便了。我害怕这种腐烂的气味。长此以往，有一天我就会完全地腐烂发霉。我强迫自己画画，可是我发现，我画出的只是一些毫无意义的、难看的线条，它们死气沉沉，还有一股难闻的气味。刘小美带走的不光是爱情，她还带走了我画画的才华和感觉。老实讲，刘小美带给我的痛苦比欢乐要多得多，可是我愿意忍受那种痛苦，因为那痛苦里有满足。人们不晓得这里面的道理，只有我晓得。因为我是艺术家。艺术家就得有刘小美这样的女人。

为了排遣我心中的痛苦和空虚，我就不停地对着张三元说话。在洛镇，我只有张三元这一个朋友了。我不停地说话，就好像我身体里腐烂的气味可以通过说出的话能够排解出来，更主要的是，我需要确定我的见解是正确的。

我对张三元说："一个伟大的艺术家必须要承受更多的痛苦。"

张三元点头说："对的。"

"所以我所受的痛苦算不了什么。"

"对的。"

"我爱刘小美等于我爱艺术。因为一个美丽的女人和一幅好画是一样的。你晓得这中间的道理吗？"

"不晓得。"

"唔，这么说吧，因为她们像是世上最好的酒，又像是迷幻药，都可以让人飞起来，飞到任何一个人们想去的地方。"

"对的。"

"所以爱刘小美是值得的。"

"对的。"

"刘小美其实也是爱我的。你晓得的，刘小美能够看得懂我画里画了什么，也喜欢我画的画，她说过我会成为一个伟大的艺术家。总之，她觉得我和洛镇的任何一个人都是不一样的。"

"对的。"

"她总给傻子东西，方便面、糖、水果、衣服，还有钱。她给洛镇的别的孩子都没有给过这么多。她临走前还偷偷地给傻子300元。她对着傻子哭了。她的眼泪落在傻子的脸上。那是因为她舍不得傻子。她就像是傻子的妈妈一样。唉，说起这些我就很难过。"

"对的。"

"我也打算离开洛镇。我要去找她。你说，我能找得到她吗？"

"能。"

"我要发霉了。要是再留在这里，我就要发霉了。"

"你闻到我身上的味道吗？就是那种要腐烂的味道？"

张三元没有说话。因为不晓得什么时候，他已经睡着了。一股涎水长长地垂到他的嘴角。我看着他，就像是看着我的亲人。洛镇的人人都说，张三元是个比傻子更傻的傻子。可我觉得不是。他能够听明白我说的话。他是唯一一个能听我说话的人。

24

有一天，一辆装满水泥的大卡车冲过洛镇的街道。开车的司机睡着了。因为他每天要从洛镇和县城之间往返 10 次。洛镇正在修建一座商业大楼，楼高 8 层，比镇政府大楼还要高 3 层。卡车从镇上呼啸而来的时候，张三元正蹲在街道上找一个 1 元的硬币。他刚从砖瓦厂领到 180 元的工资，其中还有 5 个硬币。他走到街道上的时候，一个硬币掉到了地上。因此他就蹲下来，在街道上仔细寻找。张三元听力不好，平常我跟他说话的时候，都要用很大的声音他才能听得见。

你晓得的。一眨眼的工夫不到，那辆卡车就从张三元身上碾过去了。

25

有一天我对傻子说，我决定离开洛镇。说这话的时候我发现傻子已经长大了。因为从前我还没有这么认真地跟傻子说过话。呃，傻子是我的儿子。他 14 岁。他看上去沉默而结实，就像是一个 20 岁的男人。我看着他，忽然有一点感慨，很多年就这么过来了，我居然不晓得傻子是怎么生活的。大部分时候我几乎都要忘记还有傻子这样一个人。傻子是我身边唯一的留下来的亲人。我顿时觉得有一些愧疚。这愧疚让我热泪盈眶。作为一个父亲，我比我的父亲、我父亲的父亲、我的先祖里的任何一个父亲都要不够格。因为伟大的梦想，我忽略了我作为父亲的身份。不过令我欣慰的是，傻子居然自己长大了。他看上去比荒山上的一株草还要坚强，他几乎不需要水分就自己长得很旺盛了。

实际上当我忙于绘画的时候，傻子已经学会了自己生活。他从八岁开始就自己挣钱，在砖瓦厂搬砖，在养鸡场打扫鸡屎，在街道上捡菜叶和饮料瓶。他挣得的钱不仅能够吃饭，还能够付学费。有些时候，我需要的东西也是傻子买来的。包括画画的颜料、纸张，甚至牙刷；因为我买不起。在另一些时候，我们的生活就会陷于完全的贫困。我简直不晓得那些日子是怎么过来的。你晓得的，我鄙视金钱。因为贪图金钱会让一个艺术家画不出一幅好画，会让一个艺术家丧失艺术的品位。但是老实讲，没有钱也很让人烦恼。我经常觉得，我做出鄙视金钱的样子是因为我缺钱，是因为我觉得洛镇不应该让一个艺术家如此穷困。至于傻子，就不晓得他是怎么想的了。他一直不说话。在饥饿的时候，他吃过任何可以吃的东西。他吃过树叶和黄土，吃过牲口的草料和养鸡场的鸡食。他有一次吃了三条蚰蜒。另一次下雨的时候，吃了一条泥鳅。有一次他还吃掉了一条蛇。那蛇还是活的。很多人看见他吃掉蛇的样子。他们都觉得傻子要死掉了，因为蛇有毒，还是邪恶的。但他只是昏迷了一会，后来醒过来了。

洛镇人都说，傻子是个傻子。但是我不这么认为。我晓得傻子其实不是傻子。他只是不说话。但是他的眼睛可以把什么事情都看得清楚。他可能只是假装他是个傻子。傻子容易活下来。我曾经替傻子算了一下命。在我父亲留下的《河洛书》里，傻子是属于"骨相清奇，否极泰来"的人，说他"早岁虽遭胯下辱，他日必为人上人"。如此说来，这孩子是有福气的。但是洛镇人不晓得这些。他们只知道傻子是个傻子，不知道傻子有富贵之相。实际上，他们在很多事情上都是这个样子的，他们的眼睛里蒙了灰尘，就像是瞎子那样。

等到我和傻子说话的时候，我才晓得，傻子其实是唯一能够听懂我话里的意思的人。从前我有话就对张三元说，可是张三元其实有很多话是听不懂的。而且傻子也相信画里的书生能够挥动衣袖；很可能他也的确看见了画里的书生挥动衣袖了。他只是没有说出来。他心里明亮得像是装了一面大镜子。他明白我的孤单有多么高贵，就像他明白自己的沉默有多么坚强。想起这一点，我顿时感觉到前所未有的欣慰。我再一次感觉到自己的眼睛里湿乎乎的。我决定要像对一个朋友那样和傻子说话。实际上我说的很多话都不是什么秘密，我只是对傻子说出来罢了。

我对我的儿子说：

"我决定要离开这里了。计划先到洛州去发展，然后再到兰州或者别的地方去。这是我用了一年的时间做出的决定，不是突然就冒出这个想法的。这一年我一张画都没有画出来，我就在想我为什么一张画都没有画出来。然后我在考虑到什么地方去可以画出画。这一年时间里我就一直在想这个问题。跟刘小美是有关系的，这个你是晓得的。她是个漂亮女人，更主要的是她还是个懂画的女人，一个漂亮的女人经常只是漂亮，懂画的就很少了；一个女人要是既漂亮又懂画，那就十分难得了。洛镇还从来没有出现过这样的女人，所以她来到洛镇就像是一个奇迹。我当时就觉得这样的女人肯定在洛镇是留不了多久的。她是一棵另外种类的树，需要另外的土才能够长起来；可是洛镇的土只能长普通的树，她这样的树是长不了的。你看，她就这么走了，不晓得到什么地方去了。可是我反反复复地算卦，觉得我和她的缘分还没有结束呢。将来我一定是可以找得到她的，一定会在一个地方就遇见她。因此我离开也是为了找到刘小美。

"我没有去过别的地方。洛州我也只去过一次。可是就那一次，我就晓得洛州很大了。至少有 100 个洛镇那么大。一个地方大了，人就多了，东西也就多了，也就懂得看一幅画画得好不好了。可是洛镇的人们不觉得洛镇小，相反，他们一直觉得洛镇是世界的中心，世界就是洛镇这么大。这是因为他们没有去过别的地方。他们觉得先祖的荣耀就是修房子，养很多牲口，攒很多粮食，生一群儿女。你看这些愿望，无非就是贪图口腹之欲，解决温饱罢了。我就不这么看了。我觉得真正的荣耀是有诗书之气，画一幅好画出来，那才是千古大业，

哑巴的气味

流芳百世的；钱财不过身外之物，到头来都会烟消云散的。

"呃，我明天就会走。你就留在这里好好念书。等我混出门道来，我自然也要接你过去的。我们这个铺子你可以卖酱油什么的，反正我就交给你了。我每到一个地方就会给你写信，告诉你我在什么地方。我离开之后，别人要是问我到什么地方去了，你就说：我到洛州发展去了。要是有人来买画，你就告诉他这些画的价钱，卖不出去没关系，但是不能降价。我估计他们也不会来买，但是将来他们肯定会买了。那时候我就不卖现在这个价了，会比现在贵很多。我估计那时候他们就会后悔现在没有买。"

我跟傻子说话的时候，傻子一直是沉默的。他安静得像一块石头。但是我晓得，傻子听懂了我说的那些话，就好像他早已经知道我要说这些话一样。

26

秋天的一个早晨，我，许多多，洛镇的画家，身背行囊，离开了洛镇。我的行囊里背着几支画笔、一方砚台、一瓶墨汁、三枚印章、几张宣纸、一套《芥子园画传》，一本《王羲之真迹之兰亭序》。我挤上到县里的汽车。有个人问我到哪里去，去干什么。我没有说话。因为汽车的颠簸让我有点难受，差点就要吐出来。车到中途下了几个人之后，我找到一个座位。坐下来之后我感觉好多了。我闻见车窗外面田野里的气味，很清新，就像是刚刚下过一场雨那样。这种气味让我想到自己所渴望的那种味道。新生活的味道就应该就是这个样子的。

那时候我长长地呼出一口气，感觉身体就像是洗过一样干净清爽。前面的道路越来越宽，汽车到达的任何一个地方都比洛镇宽阔，都比洛镇明亮得多。

我心里说，任何一个地方都会很好。任何一个地方我都会卖出自己的画。然后，任何一个地方我都会找到刘小美。想到这些的时候，我忍不住又落下了眼泪。

鸡蛋长在麦子上

父亲说："如果你们把一天的活干完，就煮给你们鸡蛋，一人一个，说话算数。"

本来或许用不着我们帮忙，很多活都是父亲和母亲自己做的。他们做得很辛苦，脸面上布满了肮脏的尘土，也经常流露出饱经风雨、体力上受到巨大消耗的疲惫。可是那也不见得我们的肚皮就能鼓起来一点。餐桌上照样是没有油水的野菜汤和数量很少的菜饼。——菜饼能饱餐一顿也是可以的呀。孰料连这种愿望都不能得到满足：那些菜饼和菜汤被我们一扫而空，我看见厨房里那一口黑锅干净明亮的底子。所以我们对父亲和母亲很不信任，干不干活似乎都是一样的，就像我们不指望地里的庄稼能带给我们新鲜的粮食一样。

但是父亲说话的这一年，情形有些不一样了。空气里飘扬着一股结结实实、非常黏稠的麦粒的气味。我们都闻见了这种香味，而且每个人都看见那些庄稼是如何在不经意间由葱绿变得苗壮，既而又变成灿烂的金黄的。更重要的是，这些麦苗长在我们自家的田地里。这时候难道还要怀疑庄稼的真实性吗。

因此，当父亲说话的时候，我们的嘴巴里情不自禁地发出吞咽口水的咕噜声，一部分原因是麦粒的气息飘进土屋里来了，另一个原因是父亲提到了鸡蛋。即使没有鸡蛋，我们也都愿意帮他干活，因为空气里的麦香实在过于诱人，它到处弥漫，挥之不去，何况还有鲜美的鸡蛋。假如父亲说话算数，鸡蛋的问题不难解决。家里总共有两只母鸡，一只勤快一些，另一只略显懒散。但据我观察，母亲至少已攒下十余颗鸡蛋。我们一天吃掉三颗，完全可以维持几天，而且在这期间，两只鸡还要继续生产。

问题在于：父亲经常是说话不算数的。我在这方面耳濡目染，已经很不相信他说的话了。他经常给我们许诺，但是很少有兑现的时刻。比方他曾经说，过年的时候给我们每人两角钱，而事实上连五分钱都不能保证；有时候当我反复提醒他，曾经答应过买一本小人书的事，他先是环顾左右，到后来就恼羞成怒；如果我还坚持，他就会用暴力解决。他很缺少涵养，并且脾气不好。我只好不和他计较了。不过也不能怪他，就像他自己的裤子从来都是破了几个洞，从来不能确信明天吃一顿像样的饭一样。只要想一想他连自己都照顾不妥当，也就难怪对我们敷衍了。

这一年的情况要好得多。鸡蛋是有的，父亲的脾气也在逐渐地柔和起来，因为空气中的麦香就是一种让人变得柔和的东西。于是我们答应了父亲的要求。我问父亲说："你说话算数吗？"

父亲坚定地说："肯定算数。"

我转而问母亲说："他说话算数吗？"母亲考虑了一番，说："能行。"

母亲在家里起不了什么作用，但是她保管着鸡蛋，万一她藏到什么地方，父亲是找不到的，因此还是落实一下的好。

麦收开始了。由于我们的加盟，在麦地里干活的人一下子变成了五个人，从远处看像一支小型的队伍，显露着朝气蓬勃的气象。我们站在麦地里，举目望去，是一片广阔的金黄，仿佛铺展开来的一大块绸缎，又像是一块烙得恰到火候的面饼。当然，它们更像是那颗即将到手的鸡蛋里的蛋黄。这些流淌着奶与蜜的庄稼，在我们瘦小破败的身体面前，翩翩起舞，送来缕缕醉人的芬芳，埋葬了往昔日子里野菜清汤的苦涩和屈辱，完全和我们的收割队伍的气势融合到一起，我们的心情无比地欢唱甜美。暂且不说这些金灿灿的麦穗将会成为餐桌上甜美的面饼，仅仅想起那一颗即将到来的鸡蛋，也足以令我们欢欣雀跃了。

在我们的记忆里，鸡蛋是从来不可以随便吃的。吃鸡蛋是出于非吃不可的需要，比方每到过年的时候，可以吃三五个；在比如到我生日的那一天，可以吃两三个。除此之外，吃鸡蛋就是一件很奢侈的事情了，简直到了可耻和有罪的程度。因为鸡蛋意味着我们家里的火柴、盐、煤油、压岁钱、父亲的烟卷、我们的铅笔盒和小人书。后者对家里而言，是不可缺少的，怎能随随便便就把鸡蛋吃掉呢！我们曾经在梦里饱餐鸡蛋，在梦醒之后就会责备自己说，多么荒诞又堕落的梦。当满地都是沉甸甸的麦穗，并且它们的气味铺天盖地势不可挡的时候，我们对于鸡蛋的负罪感减轻了许多，既而变成了一种急切的占有期望，要是把鸡蛋与粮食相比，我们坚信粮食更可以使我们变得健康而自由。鸡蛋从来就是附着在庄稼上的额外的馈赠品，有了粮食，还会担心没有鸡蛋吗。

但是，当我们加入麦收的队伍之后，发现父亲其实并非我们想象的那样慷慨诚实。因为要完成他所要求的活计，不是一件容易的事情。父亲和母亲挥镰收割，收割的麦子被捆扎成许多把，一把叫"一剪"。"一剪"在十斤左右。父亲当时说，我们三个人需要分别运送 40、20、10 剪麦子到地头的路边，才算完成任务。事先我们错误地估计了形势，到了麦地之后，发现这种活计其实是一种高强度的体力劳动。因为麦地在山腰，而路面在山顶，从麦地到山顶约有近三百米的距离。每往返一趟，得耗时近半个小时。

父亲说话的这一年我们三个的年龄分别是：11 岁、9 岁、7 岁。我用扁担挑，一次可以挑四剪，大妹人背，一次背两剪，小妹则抱，一次抱一剪。我们开始劳动了。第一趟还算顺利，三个人一鼓作气，步调一致，同时出发，同时返回。第二趟就出了点问题，小妹抱了有一半的路程之后，显得力不从心，干脆就坐到地上休息了。我和大妹两个在返回的途中，嘲弄小妹说，她的鸡蛋大约吃不上了。小妹听后，神色顿时显得焦急，奋起直追，也算是把麦子抱到路上了。

太阳升起来了，很快就显得灼热起来，而父亲和母亲身后的麦子已经堆积了很多，我看见那些麦秆上升腾起来的水汽。我们的搬运速度明显慢了下来。我的汗水漫过全身，肩膀上的肌肉也开始灼痛起

哑巴的气味

来。我九岁的妹妹倒很坚强，她竟然超过了我。这家伙从小就能干活，不知道她的力气从何而来。至于小妹，已经被我们落下一趟，她不仅无意赶上，反而坐在地上哭起来了，鼻涕垂得很长，眼泪掉到手背上，把上面的污垢冲刷得色彩斑斓。我很讨厌她这样。于是我踢了她一脚，这样她的哭声更大了，整个山梁上都能听到她哭泣的声音。

父亲听到哭声之后，很生气，他从麦田里走出来，大步流星，脸上的神色十分狰狞。他就是这样的。对于我们平时的争端向来是不问青红皂白，只以快捷的暴力手段加以解决。但是这一次，当他奔至我跟前的时候，举起的巴掌并没有落下来，只是虚晃一掌，虚应风暴。大约是他看到我满面的汗水的缘故，再说，他的脾气确实不像从前了。即使他打我一掌，我可能也不用那么畏惧，因为我已经在长大。

之后父亲说，那就歇一会吧。

太阳在天空很大，离我们很近，差不多就挂到我们的背上。太阳原来也是有重量的。我们三个，仿佛是苦苦挣扎的散兵游勇，连争吵的力气都没有了。在赶往麦地之前，我实际上还带了一本小人书。原先想象麦地的气味可以使得书本的香味更加稠密，孰料在燃烧的麦地里，是没有机会和力气来读书的呢！而且那颗鸡蛋也变得遥远和缥缈起来，假如父亲允许我们休息，我们宁愿放弃，宁愿在梦中享受鸡蛋的如饴甜美，只要能够躺倒在地上休息，就可以了。

实际上不管有没有鸡蛋，麦子是必须要收回去的；如此说来，鸡蛋还是不要放弃的好。何况我们的进程过半，更没有理由尽弃前功。我对两个妹妹说："很快我们就能吃上鸡蛋了——你们是先吃蛋清还是蛋黄？"

小妹不假思索地说，先吃蛋黄。说话间她的涎水已经从嘴角流出来了。大妹则没有吭声。我知道这家伙的心思，她很可能先不吃，等到我们吃完之后，当着我们的面，她才慢慢地吃。然而我还知道她的一个优点，那就是当我采用一点巴结和哄骗的伎俩后，她的一个鸡蛋其实她自己吃不到半个。

总之，一边运麦子一边讨论鸡蛋的吃法，实际上大大提高了效率，减轻了身体的疲劳。说话间，我们的活计都要干完了。于是，鸡蛋就显得清晰起来，它在太阳底下蹦蹦跳跳，像是美妙的舞蹈。

父亲在架子车上装好麦子之后，把小妹从地上抱起来，就像是提起一把尘土。她已经趴到地上睡着了。仿佛一段落到地上的鼻涕。现在这家伙躺在车子上，由父亲拉车，一路舒舒服服地回家了。

我们三个是被父亲和母亲叫了很多次才醒过来的。我们躺在下午时分的土炕上。睁眼之后，我们看见餐桌上三个散发着奶酪一般光泽的鸡蛋，旁边是窝窝头和菜汤。父亲充满柔情地对我们说："吃吧，一人一个。下午如果干完活，再给你们煮，一人一个。"

我很怀疑父亲的慷慨。因为鸡蛋是有限的。但是很快我就打消了这个念头。我听见母亲用赞许的语气提到家里的那两只母鸡，她说："它们的表现不错，今天两只都产了蛋！"

我们的八零年代

两个女孩从窗外走过的时候，他们正坐在窗口的位置抽烟。王志文原本不会吸烟，但是此刻他也点了一支，拿三根指头撮着，就好像地上有颗鞭炮，需要他点燃引线。李义山脸上的表情很深刻。老麦的眼睛里只有眼白。水蛇站起来，扭了几下屁股，说："没意思。"李义山严肃地说："俗人才觉得没意思。"水蛇很生气，他质问李义山说："你为什么说我是俗人。"

水蛇其实就是个俗人，自以为他爸爸是供销社卖缸和坛子的，就很了不起。这种人的智商未免太低，难道他爸爸卖缸和坛子，就等于他也可以卖吗——岂有此理。不过不懂得诗歌的人，大抵聪明不到哪里去，所以这也怪不得水蛇。李义山要大家思考的是这样一个问题：假如写一首美妙的情诗，可不可以把关之琳搞定。从理论上来说，这是有可能的。理由如下：一、关之琳热爱诗歌，在文学社的刊物上发表过一首短诗，有渴望爱情的愿望；二、李义山是个逐渐有声誉的诗人，他的一首诗很正式地刊登在地区报纸的一个位置，主题深刻，透露出英雄少年的气象。并且李义山还发表了一篇小说，其中写到一个学校的教导主任有生活作风问题。这篇小说影响很大，校园里的每一个人都读过了，有些人认为李义山写的就是本校的教导主任欧阳锋。可是欧阳锋已经60岁了，怎么会有作风问题呢？三、李义山的相貌英俊，这一点很难得。一般情形，写得出好诗的人往往相貌丑陋。

四、李义山的小说发表之后，关之琳曾向他请教说，欧阳锋真的有作风问题吗。李义山回答说，他不晓得欧阳锋有没有作风问题，不过小说讲究的是虚构。虚构很重要。关之琳问什么叫虚构。李义山就解释了一下虚构。关之琳脸上的化妆品气味钻到李义山的鼻子里，又往身体上的每一个毛孔扩散。李义山心里想，做一个诗人是多么美好的事情啊。

李义山提到的事情就是这样的。要是大家同意他的推论，那么写情诗的任务就应当由老麦来完成，再由王志文去投递。老麦其实是座中真正的高手。李义山在老麦面前，只能算一个后起之秀，无法与老麦的天才相提并论。可是老麦一直不怎么说话，虽然他没有像水蛇那样明确地表示反对，但是看起来很不热心，这让李义山很着急。老麦不是那种轻易就嫉妒别人的人，可是老麦的相貌实在勉强，又不善于言辞，所以老麦只是个象征，他只剩下那些令人心动的诗歌。李义山又给老麦掏烟卷，哈巴狗一样地说："老麦，你觉得如何？"

老麦还是没有说话。他的眼睛白茫茫一片，但是老麦竟然是第一个发现窗外的风景的，这有些不可思议，但事实的确如此。老麦的眼白是何等神奇呀。很快，大家也都看见窗外的两个女孩了。这两个女孩从窗外的土路上走过去，像两只色彩斑斓的蝴蝶；她们还带了一些香气，因此又仿佛是两朵飘动起来的花。她们一下子让窗子明亮起来了，而且春天的气息也突然变得黏稠和妩媚。她们走在窗外的土路上，轻盈而新鲜，湿润而干净。

窗子里的人一时间都呆住了。

她们是谁？她们从什么地方来，到什么地方去？

这件事情很意外。李义山的计划被两个女孩的出现打乱了。即使他有继续他的话题的欲望，也没有谁会感兴趣。大家的眼睛里让这两个女孩装满了。老麦的眼黑正在一点一点地扩大，他的脑袋还在那里鸡啄米一般地点个不停，原来他在为两个女孩的步伐打节拍。老麦的天才其实就在于此。当别人还停留在两个女孩的斑斓色彩上的时候，他已经从中发现了音乐；等到别人发现音乐，他或许已经写好一两首诗了。等到像李义山这样的诗人写好一首诗的光景，老麦的诗歌就早已经让那些女孩梨花带雨或者魂牵梦绕，岂止一回两回。王志文的嘴巴张得很圆，露出一段黑乎乎的犬牙，有一股涎水正从他的嘴角流落下来，把前胸的一块地方弄湿了。王志文没有见过这样令人心动的女孩，他曾经认为关之琳已经是那种沉鱼落雁的美女，孰料山外青山楼外楼，还有比关之琳更有味道的。李义山说，他们不是本校的。李义山的语气中包含了一点感慨，但较多的是欣慰。他的意思是说，在学校范围内，没有比关之琳更有品位，因而他李义山仍然是学校的卖油郎；假如这两个女孩是学校里的，那么他李义山也仍然是第一号种子选手。

水蛇的神色倒显得镇定一些。当别人臆想纷纷的时刻，他忽发惊人之语："我认识她们的。"言语中流露出洋洋得意的意思。李义山用很不屑的眼光看他。李义山说："你当然认识啦——可她们认识你吗？"水蛇说："我说的认识她们就是她们认识我。"王志文说："那你说她们叫什么名字？"水蛇说："你们看见其中一个有两片柔软的红唇了吗？她叫林青霞；另一个有两弯细长眉毛的，是姚逸文。"

如此说来，水蛇真的认识她们。看样子他爸的缸和坛子没有白卖，要不然，他怎么会有如此能耐。可是水蛇看起来也未免太嚣张了。李义山反驳说："叫姚逸文的女孩倒也罢了；但是前面一个怎么会是林青霞呢，岂有此理，我看她叫胡慧中更合适。"水蛇生气地说："林青霞怎么会是胡慧中，你才是岂有此理。"两个人吵得很激烈，李义山最后都有些上火了。王志文说："算了，就算是林青霞吧。"

既然承认水蛇知道她们的名字，那就难免让大家对他有一点嫉妒，也就意味着诗人的诗歌还不如水蛇他爸的缸和坛子。"这怎么可能呢？"李义山说，"林青霞和姚选文肯定是喜欢诗的，对不对，老麦。"

水蛇说："她们不喜欢诗歌。"

李义山说："岂有此理，她们要是不喜欢，我李义山就是一只坛子。"

老麦这时候说话了。老麦说："她们已经是诗了——水蛇，你要是还这样理解他们，你就会把她们弄得很脏的。"老麦是轻易不说话的，一旦他说了，那就格外深刻，以水蛇的水平，很难理解其中奥妙。但是水蛇仍旧坚持说："我就是认识她们。"

水蛇的声音听起来很虚弱，他显得很孤立。李义山乘机把话题又转到关之琳身上。他再次请求老麦写一首诗。老麦沉思良久说："好的。"不知道老麦为何答应了。王志文说，等到老麦写好，他可以代为转交。因为他知道每天早晨 10 点钟，关之琳总要上厕所。他可以在通往厕所的那条必经之路上等候关之琳，然后把诗交给她。王志文的脸皮比较厚，另外，大家也都不会认为王志文和关之琳会产生什么关系，因此不太容易引起猜测和注意。

水蛇在大家讨论诗歌的时刻，坐在他的床铺上数钱。这钱就是他爸爸卖缸和坛子赚的。他似乎要大花一把，把几张钱反复地数来数去，还弄出些响声，有明显的炫耀和挑战的意味。水蛇说："我要去看电影了，林青霞的片子。"大家很气愤，可是没有什么有效的办法。

这时欧阳锋老先生来找老麦。欧阳锋有点哮喘病，气色一直不大好，自从李义山的小说发表之后，大家都揣测欧阳锋是不是有作风问题。欧阳锋也读过李义山的小说，孰料他并不生气，反而有希望李义山写的就是他的意思。但是这样一来，很多人又认为他可能没有什么作风问题了。欧阳锋从兜里摸出十元钱说，鉴于老麦在诗歌上的杰出成就，学校决定给老麦一笔奖金；但是由于学校比较穷，所以一直没有兑现，今天就顺便兑现了。欧阳锋的哮喘似乎比以前好一些，还说了几句鼓励的话，之后就走了。

这笔钱来得正是时候。老麦说："晚上咱们去看电影，由我请客好了，我们可以请她们也去看。"

水蛇十分颓丧。但是他坚持说："你们不知道她们是哪里的，你们请不到。"

王志文说："我们可以，我们只要打出老麦的旗号就可以。"

晚上，老麦、李义山、王志文在电影院门口等了一会人。他们请了关之琳，同时还希望碰见林青霞和姚逸文。关之琳没有来，这一点在李义山的预料之中，因为李义山的诗还没有送到她手上。林青霞和

哑巴的气味

姚逸文当然更不会来了，因为他们没有请她们，之后到电影开演的时候他们去看电影。

电影散场，不知道人群把王志文弄到什么地方去了。只有老麦和李义山在一起。老麦还剩一点钱，夜色又很好，所以他还和李义山蹲到马路上喝了一瓶啤酒。李义山又提起给关之琳写诗的事，老麦的兴致格外的好，老麦说，一回到宿舍他就写。

两个人往回走的时候人已经很少，他们经过一条路灯比较暗淡的巷子，忽然有三四个社会青年把他们围住了。他们的嘴里喷着酒气，手里还带着什么家伙。有一个喝得比较大的家伙凑到李义山跟前说："你认识不认识老麦？"

这几个社会青年来者不善，李义山很紧张。他赶忙说："不认识不认识，我们都不认识。"

老麦看着他们说："你们找老麦干什么？"

社会青年之一说："我们想揍他一顿。"

老麦说："为什么？"

社会青年之二说："因为这小子用写诗骗姑娘，——你问这么多干什么？"

喝大的家伙凑到老麦眼前说："难道你就是老麦？"

老麦说："我就是老麦。"

喝大的家伙摇头说："你怎么会是老麦，你不可能是老麦。"

李义山说："他不是老麦，他真的不是。"

那家伙又去看李义山。他忽然说："那你就是老麦。"

于是他们把李义山揍了一顿。老麦去劝架的时候脸上也挨了一些拳脚。之后他们走了。李义山的鼻子里流了些血，衣服很脏。老麦的牙齿有一块快掉了。李义山抱怨老麦说："谁让你问他们的，多此一举。"

老麦说："可我就是老麦呀！"

李义山想一想说："倒也是，你就是老麦。我当一回老麦也值。"

老麦晚上写诗。他告诉李义山说："一共写两首，一首送给关之琳，另一首送给林青霞和姚逸文。"